Gabriele Albertini

Mord in der Huttenstraße

Ein Bruchsal-Krimi

verlag regionalkultur

Der wohlklingende Nachname wurde durch Heirat erworben: Gabriele Albertini ist Bruchsalerin, sie wurde hier geboren und kam nach einigen Unterbrechungen immer wieder zurück. Viele Jahre unterrichtete sie Latein, Englisch und manchmal sogar Griechisch, doch jetzt kann sie sich als Pensionärin anderen Aufgaben widmen.

Anmerkungen:

Die Sprache der Bruchsaler wird in diesem Buch durchgehend hochdeutsch wiedergegeben. Das bedeutet keineswegs eine Missachtung dieser Sprache, sondern erfolgte nur, weil es für Bruslerisch keine Schrift gibt.

Es wird darauf hingewiesen, dass die Huttenstraße in Bruchsal eine überaus friedliche Gegend ist. Dass es hier zu allerlei gefährlichen Ereignissen kommt, findet nur in der Fantasie der Autorin statt.

Titel:	Mord in der Huttenstraße. Ein Bruchsal-Krimi
Titelbild und Umschlag:	Jochen Baumgärtner, vr
Satz:	Patrick Schumacher, vr

ISBN 978-3-89735-683-2

Bibliographische Information der Deutschen Bibliothek
Die Deutsche Bibliothek verzeichnet diese Publikation in der Deutschen Nationalbibliographie; detailierte bibliographische Daten sind im Internet über http://dnb.ddb.de abrufbar.

Diese Publikation ist auf alterungsbeständigem und säurefreiem Papier (TCF nach ISO 9706) gedruckt entsprechend den Frankfurter Forderungen.

verlag regionalkultur
Ubstadt-Weiher • Heidelberg • Basel

Korrespondenzadresse:
Bahnhofstraße 2 • D-76698 Ubstadt-Weiher • Tel. 07251 36703-0 • Fax 07251 36703-29
E-Mail kontakt@verlag-regionalkultur.de • *Internet* www.verlag-regionalkultur.de

1

„Mehrere Tote! Ganz übel zugerichtet!“

„In der Huttenstraße! Wir müssen sofort hin!“

„Moment mal!“ Kommissar Adam lehnte sich zurück, verschränkte die Arme und betrachtete kopfschüttelnd die beiden aufgeregten Beamten, die gerade in sein Zimmer gestürmt kamen. „Beruhigt euch. Wir sind hier in Bruchsal, nicht in Neapel oder New York. Hier gibt es keinen Massenmord.“

„Doch, doch, mindestens drei oder vier Tote.“

„Ein halbes Dutzend! Sie sind alle erschlagen worden. Sehen fürchterlich aus. Blutüberströmt, heißt es.“

„Wie viele Tote habt ihr gesagt? Ein Dutzend? Oder werden es noch mehr?“

„Nein, Kommissar, wirklich, es ist kein Witz! Auf der Baustelle in der Huttenstraße hat man sie gefunden.“

„Vielleicht eine Schlägerei, und sie haben sich gegenseitig erschlagen?“

„Am helllichten Tag? Woher wisst ihr das überhaupt?“

„Es gab einen Anruf. Anonym.“

„Aha.“ Kommissar Adam beugte sich vor. „Jetzt hört mir mal gut zu. Da wollte euch jemand einen Streich spielen, und ihr fallt darauf rein. Oder – “, seine Stimme nahm einen drohenden Ton an, „ – ist es vielleicht so, dass ihr mich auf den Arm nehmen wollt?“

„Nein, nein, bestimmt nicht.“ Polizeiwachtmeister Peter Schmitz riss sich zusammen. Es wirkte so, als wolle er vor Adams Schreibtisch strammstehen. „Uns wurde ein Verbrechen gemeldet, Herr Kommissar“, erklärte er voller Ernst. „Und wir müssen dieser Meldung nachgehen. Das ist unsere Pflicht.“

„Jawohl“, nickte Polizeiwachtmeister Enzo Magherini.

„Das ist doch alles Unfug. Tatsächlich ist hier in Bruchsal im letzten Jahr ein Mord begangen worden. Aber das bedeutet nicht, dass so was jetzt regelmäßig stattfindet. Denkt mal in aller Ruhe darüber nach. Ein Massaker in Bruchsal! Sowas!“

In diesem Augenblick öffnete sich die Tür, und Lena Hartmann, Adams Assistentin, unterbrach den Wortwechsel ihrer Kollegen.

„Wir müssen in die Huttenstraße, Adam. Jemand ist ermordet worden.“

Das war alles, was sie sagte. Und sofort, ohne irgendwelche weiteren Fragen, stand Adam auf, zog seine Jacke an, die er über die Stuhllehne gehängt hatte, und schickte sich an, die beiden Polizisten stehen zu lassen.

Schmitz und Magherini sahen sich an. Schmitz war entrüstet, Magherini grinste. So lief das hier: Was sie als gestandene Männer und erfahrene Polizisten sagten, zählte nicht. Aber Lena, kaum dreißig und dazu noch eine Frau, musste nur eine knappe Bemerkung machen, und schon war Adam auf dem

Weg. Sie war zart und zierlich, aber, wie man auf dem Revier sehr gut wusste, sie hatte einen harten Kern. Sie hatte sich ja nicht einmal vor der Kommissarin aus Berlin gefürchtet, die im letzten Jahr wegen eines Mordes nach Bruchsal gekommen war und vor der fast alle gezittert hatten. Frau Betzke besaß eine scharfe Zunge.

Es gab noch eine andere Erklärung. Vielleicht war Adam es einfach gewohnt, auf Frauen zu hören. Schließlich hatte er eine Frau und drei Töchter.

„Hast du auch einen anonymen Anruf bekommen?“, rief Magherini Lena hinterher.

„Nein, wieso? Ein Herr Neubauer hat angerufen und mitgeteilt, dass sie auf der Baustelle in der Huttenstraße Tote gefunden haben.“

„Wir kommen mit“, sagte Schmitz.

Adam blieb im Türrahmen stehen und drehte sich um. „Ihr beide bleibt gefälligst hier. Ich nehme an, ihr habt zu tun.“

Es war nur ein kleiner Spaziergang vom Revier in die Huttenstraße. Adam hatte es eilig, und Lena musste sich anstrengen, um mit ihm Schritt halten zu können. Eigentlich war es nicht seine Art, dermaßen zu hetzen. Lena betrachtete ihn prüfend von der Seite.

„Du warst ganz schön grantig zu den beiden.“

„Na und?“, brauste Adam auf. „Was die für einen Unsinn verzapft haben!“

„Schlechte Laune heute, Adam?“

„Jetzt fang du bloß auch noch an!“

„Aha. Also doch. Hat dich sonst noch jemand geärgert?“

„Es wäre mir recht, wenn wir uns auf den Fall konzentrieren könnten!“

Lena musterte ihren Kollegen immer noch kritisch, aber sie sagte nichts mehr. Ein paar Minuten gingen sie schweigend nebeneinander her. Dann war es Adam, der in einem sehr viel freundlicheren Ton das Gespräch wieder aufnahm.

„Hast du noch etwas Näheres erfahren?“

„Nein. Die reißen ein altes Haus ab und bauen etwas Neues auf. Ich weiß nur, dass die Bauarbeiter auf ein paar Leichen gestoßen sind, und der Bauleiter hat ganz korrekt die Polizei informiert.“

„Hm“, murmelte Adam. Er nickte vor sich hin, dann sagte er plötzlich ohne Zusammenhang: „Bin ich wirklich grantig?“

„Ein richtiger Brummbär“, bestätigte Lena.

„Hm.“

*

Die Baustelle befand sich im unteren Teil der Huttenstraße auf der linken Seite. Von dem eigentlichen Gebäude sah man kaum etwas, weil eine riesige Plane wie ein Vorhang die ganze Front verhüllte. Es hatten sich bereits einige Nachbarn eingefunden, denn sensationelle Nachrichten verbreiten sich schnell. Aber sie kamen nicht weit: Ein stämmig gebauter Mann stand breitbeinig an der Stelle, wo ein Viereck als Zugang zur früheren Haustür in die Plane geschnitten war. Er sah weißgrau aus, aber das war nicht die ursprüngliche Farbe seiner Jeans und des engen T-Shirts, das sich über seine muskulöse Brust spannte, das war der Staub von der Baustelle, der ihn ganz bedeckte, sogar seine Haare schienen grau zu sein. Er starrte böse auf die interessierten Zuschauer, er starrte auch noch böse auf Adam und Lena, aber er brauchte keine Aufforderung, sondern ließ sie ohne Kommentar durch. Allerdings trat er nur ein wenig zur Seite, so wenig, dass die Polizeibeamten sich hintereinander an ihm vorbeidrücken mussten. Dann wurde der Durchgang sofort wieder versperrt.

Lena blieb stehen. „Wo geht es hin?“, fragte sie mit ihrer sanftesten Stimme. So pflegte sie bei Verhören die letzten Geheimnisse hervorzulocken.

„Hier durch bis zur Kellertreppe links“, war die knappe Antwort.

Lena lächelte den Wächter an. „Sehen wir tatsächlich wie Polizisten aus?“

„Klar. Ich kenn’ Sie.“

Lena ging schnell weiter. Auch Adam grinste. „Der Mann ist Gold wert“, flüsterte er, „den könnten wir auch anderswo brauchen, wenn es darum geht, einen Tatort abzusperren.“

Der Hinweis des Wächters, so knapp er auch gewesen war, genügte. Adam und Lena durchquerten einen größeren Raum, der entstanden war, weil Wände entfernt worden waren. Sie gingen zwischen einigen Pfeilern hindurch, die man aus statischen Gründen hatte stehen lassen, und gelangten in einen Teil, der vorher wahrscheinlich ein schmaler Korridor gewesen war. Hier führte eine Treppe nach unten, nur war der Raum unten kein richtiger Keller mehr, denn eine Seite zum Hof war völlig offen. Die Bauarbeiter befanden sich im Freien und genossen die unerwartete Pause, während sie auf die Polizei warteten. Zwei saßen lässig auf einem niedrigen Mäuerchen und rauchten, ein dritter ging auf und ab. Es stellte sich heraus, dass dieser dritte Bauarbeiter der Bauleiter war.

„Neubauer mein Name.“ Er schüttelte Adam heftig die Hand. Lenas Hand ergriff er nur ganz vorsichtig. „Ich habe angerufen. Allerdings –“, fuhr er etwas verlegen fort, „ist es vielleicht doch nicht so wichtig für Sie.“

Adams Blick wanderte unwillkürlich in die dunkle linke Ecke, wo eine staubige Abdeckung undeutliche Konturen verhüllte. Er ahnte bereits, was er finden würde.

Lena dagegen hatte Mühe sich zu kontrollieren. Sie sah nicht gern Blut. Sie sah nicht gern Leichen. Aber natürlich zuckte sie mit keiner Wimper.

„Sehen Sie selbst", sagte Neubauer. Einer der Bauarbeiter rutschte von seinem Mäuerchen herunter und kam ihm zu Hilfe. Zu zweit ergriffen sie die Plane und schlugen sie vorsichtig zurück.

Lena holte tief Atem. Es waren keine blutigen Leichen. Sie sahen nicht massakriert aus. Was die Arbeiter bei ihren Bauarbeiten im Keller gefunden hatten, waren Skelette, die schon viele Jahre hier gelegen hatten. Aus irgendeinem Grund schockierten die Knochengerüste nicht im gleichen Maße wie blutige Leichen. Es hingen noch ein paar undefinierbare Fetzen an den Knochen, die Reste von Kleidern und auch von Schuhen. Die genaue Zahl der Toten war nicht auf den ersten Blick zu erkennen. Ganz links sah man ein Durcheinander von Gebeinen, hier lagen Skelette übereinander, wie zusammengeschoben. Ein Schädel war in viele Teile zerschmettert, auch lagen Steine zwischen den Gliedern, was erklärte, warum die Gelenke kaum noch miteinander verbunden waren. Ein anderer Kopf lag in der Nähe eines Knies, anscheinend hatte sich die Person zusammengekauert und versucht, das Gesicht mit den Händen zu schützen. Am besten waren die Skelette weiter rechts erhalten. Alles war mit einer weißgrauen Staubschicht bedeckt.

„Arme Kerle", sagte Adam.

„Kein Fall mehr für uns", stellte Lena fest. „Das sind Kriegsopfer." Sie musterte die Bauarbeiter der Reihe nach. Welcher hatte wohl den anonymen Anruf abgesetzt? Sie schauten alle drei harmlos drein, aber keiner wollte ihrem Blick begegnen.

Von der Treppe her hörte man jemanden kommen. Neubauer sagte: „Ich habe den Bauherrn informiert."

Klaus Diebold stellte sich als Besitzer des Grundstückes vor, ein dynamischer Mann in mittleren Jahren, der den Eindruck erweckte, dass er alles, was er tat, in effektiver Eile erledigte. Die Skelette freilich wollte er nicht aus der Nähe betrachten.

„Wie ich mir dachte: Bombenopfer. Soweit ich weiß, wurde das Haus ausgebombt. Das Ganze wird uns hoffentlich nicht beim Bauen behindern?"

„Kaum", sagte Adam. „Haben Sie eine Ahnung, um wen es sich handeln könnte?"

„Da müssen Sie sich an den früheren Besitzer wenden, Schneider von der Firma Simon und Schneider. Der weiß vielleicht, wer damals im Haus gewohnt hat, obwohl er selbst ziemlich jung ist."

„Seit wann gehört das Haus Ihnen?", fragte Adam.

„Ich habe es vor elf Jahren gekauft. Ein altes Ding, ein wenig heruntergekommen. Herr Schneider hatte sich zuletzt nicht mehr sehr um das Haus gekümmert, er wohnte selbst nicht mehr hier. Schauen Sie sich um! Die Ruine wurde nach dem Krieg wieder aufgebaut, man brauchte damals Wohnraum. Es ist wirklich höchste Zeit für eine gründliche Renovierung. Wir reißen ab, soviel wir können, aber die Front steht unter Denkmalschutz."

„Waren die Wohnungen vermietet?"

„Ja. War gar nicht leicht, die Mieter herauszubringen. Aber jetzt wird alles anders." Diebolds Augen begannen zu leuchten, als er seine Zukunftsvisionen schilderte. „Das obere Stockwerk soll später wieder vermietet werden, das gibt eine schöne Wohnung, wenn sie mal hergerichtet ist. Hier unten will ich ein modernes Bistro bauen. Ein Café kombiniert mit Bistro. Das heißt also: nicht nur für Kaffeekränzchen, sondern auch für Berufstätige, die in der Innenstadt arbeiten und in ihrer Mittagspause einen schnellen Imbiss suchen. Gesunde Küche, frische Salate, nichts, was einem am Nachmittag schwer im Magen liegt. Das wäre auch etwas für die Polizei vom Revier gegenüber dem Schloss. Sie sind herzlich willkommen." Diebold ließ seine Augen wohlgefällig auf Lena ruhen.

*

Das Ingenieurbüro Simon und Schneider befand sich in der Schönbornstraße nicht weit vom Damianstor. Adam hatte beschlossen, den früheren Besitzer des Hauses in der Huttenstraße selbst zu benachrichtigen.

Die Sekretärin lächelte, als er nach dem Juniorchef fragte. „Es gibt keinen Junior, es gibt nur einen einzigen Chef. Herr Simon ist vor fünf Jahren gestorben, darum führt Herr Schneider jetzt die Firma allein."

Obwohl sie sich sein Anliegen sehr freundlich anhörte, war es nicht leicht, mit dem Chef zu sprechen, da er gerade in einer Besprechung war. Die Sekretärin verschwand kurz, und als sie zurückkam, ermahnte sie ihn: „Aber nur ganz kurz, bitte! Herr Schneider kommt gleich."

Michael Schneider war ein schlanker, dunkelhaariger Mann mit einer modischen Brille. Auch er begann: „Entschuldigen Sie bitte, wenn ich ständig auf die Uhr schaue. Es ist nicht unhöflich gemeint. Aber die Herren können ohne mich nicht weitermachen."

„Schon recht", antwortete Adam, „ich fasse mich kurz."

Das tat er auch. Schneider hörte mit wachsendem Erstaunen zu. „Das ist unglaublich! Nehmen Sie doch bitte Platz, Herr Adam." Er ließ sich in einen der tiefen Ledersessel nieder und lud Adam mit einer leichten Handbewegung auf den andern Sessel ein.

„Vermutlich handelt es sich um Kriegsopfer", sagte Adam. „Oder haben Sie eine andere Erklärung?"

„Nein. Ich weiß, dass das Haus am 1. März 1945 durch eine Bombe zerstört wurde. Nach dem Krieg hat es mein Großvater wieder aufgebaut. Sie meinen, wir haben über all die Jahre mit den Toten im Keller gelebt?" Schneider war etwas bleich geworden. „Wir hatten da unten einen Partykeller. Mein Gott. Wir haben also Wand an Wand mit Toten gefeiert?"

„So sieht es aus. Es handelt sich um einen winzigen Kellerraum. Wahrscheinlich wurde er beim Bombenangriff verschüttet und dann später, beim Wiederaufbau, vergessen. Haben Sie eine Ahnung, um wen es sich bei den Getöteten handeln könnte?"

„Schwer zu sagen. Es gab zwei Wohnungen. Oben wohnte meine Familie, unten eine Familie Baumann. Die sind alle umgekommen, eine Mutter und zwei Kinder. Die Leichen hat man alle gefunden und beerdigt, soviel ich weiß, aber ganz sicher bin ich nicht. Der Mann ist gefallen. Ich weiß das alles nur vom Hörensagen. Mein Vater, damals sechs Jahre, war nicht zu Hause, sondern bei Verwandten in Stupferich. Meine Großmutter wurde in der Wohnung vermutet, aber man hat ihren Leichnam nicht gefunden. Wir dachten früher, dass sie vielleicht kurz das Haus verlassen hatte. Aber wir wussten es nicht. Von manchen Toten blieb ja damals gar nichts übrig." Er schüttelte langsam den Kopf. „Ob eine von den Toten meine Großmutter ist?"

„Das werden Sie leicht herausfinden. So was kann man mit einer DNA-Analyse heutzutage ohne weiteres feststellen."

„Ja. Sie haben recht. Natürlich."

„Und die anderen Toten?"

„Das weiß ich nicht. Von unserer Familie befand sich sonst niemand im Haus. Mein Großvater war im Krieg."

„Vielleicht handelt es sich um Freunde oder Nachbarn, die Ihre Großmutter besucht haben?"

Schneider seufzte. „Wird man das je herausfinden?"

2

Wenn Lena gehofft hatte, Adam am nächsten Morgen in besserer Stimmung anzutreffen, wurde sie sehr schnell enttäuscht. Als sie das Büro betrat, das sie mit ihm teilte, merkte sie sofort, dass er wütend war. Es lag schon in der Art, wie er ihr fröhliches „Guten Morgen" mit einem undeutlichen Brummen erwiderte. Es blieb ihr keine Zeit für irgendwelche Fragen.

„Hier, lies das!" rief er und schwenkte die Samstagsausgabe der *Bruchsaler Rundschau*. „Da spinnt einer, und zwar hochgradig!"

Der erste Teil der *Bruchsaler Rundschau* ist bekanntlich identisch mit den *Badischen Neuesten Nachrichten*, kurz BNN, die im Raum Karlsruhe verbreitet sind. Der zweite Teil beginnt mit der Überschrift *Bruchsal* und enthält Lokales aus dem Landkreis.

Und hier war es, auf der ersten Bruchsaler Seite. Die großen Lettern sprangen einem geradezu ins Gesicht: „Massaker in der Huttenstraße“. Das Bild darunter zeigte nicht etwa die Toten, sondern das Haus im Baugerüst mit dem böse dreinschauenden Bauarbeiter als Wächter.

Lena nahm Adam die Zeitung ab und setzte sich an ihren Platz. Die Lektüre des Artikels ließ sie nur immer wieder den Kopf schütteln.

„Eine grausige Vergangenheit holt das beschauliche Städtchen Bruchsal ein. Die traurigen Überreste von mehreren Ermordeten kamen nach Jahrhunderten wieder ans Tageslicht. Welchem brutalen Verbrechen fielen sie zum Opfer? Wer waren die Täter, die glaubten, ihre Bluttat werde für immer verborgen bleiben? Noch ist es nicht gelungen, das Alter der Funde genau festzulegen. Bei den Grabungen auf dem alten Marktplatz neben der Stadtkirche wurden jüngst die Gebeine eines Menschen gefunden, den man bisher für den ältesten Bruchsaler hielt. Muss die Geschichte umgeschrieben werden?“

„Ich fass’ es nicht“, murmelte Lena entsetzt.

„Vorhin hat schon der Staatsanwalt angerufen und wollte wissen, was es mit dem Massaker auf sich hat.“

Lena wusste, dass der Staatsanwalt der Neffe von Adams Frau war und im Übrigen ein netter Mensch, auch wenn er sein Amt sehr ernst nahm. Adam verstand sich bestens mit ihm. Aber er jammerte trotzdem.

Lena las weiter. Der nächste Abschnitt berichtete sachlich von dem traurigen Fund. Es folgten Augenzeugenberichte von Arbeitern, die in allen Einzelheiten schilderten, wie sie auf den bisher zugemauerten Raum gestoßen waren. „Die Existenz dieses kleinen Raumes war in Vergessenheit geraten. Nun wird man versuchen müssen, die Toten zu identifizieren.“

Lena überflog den Rest des Artikels. Besitzer Klaus Diebold wurde zitiert, der über den Fund entsetzt war, es aber nicht versäumte, auf seine Pläne mit dem neuen Bistro hinzuweisen. Er war offenbar recht gesprächig gewesen und betrachtete die Angelegenheit als Reklame.

„Die späteren Abschnitte sind nicht schlimm. Aber die Überschrift und der erste Abschnitt – eine Katastrophe. Von wegen seit Jahrhunderten tot! Ich verstehe das nicht. ‚Von unserem Redaktionsmitglied Sebastian Kowalewski.‘ Den kenne ich. Er hat mich letztes Jahr interviewt, du weißt schon, nach diesem Zwischenfall vor dem Amtsgericht.“ Sie rieb sich, ohne es wahrzunehmen, die bewusste Stelle am Oberarm, wo eine Kugel sie getroffen hatte. „Er hat damals wirklich einen sehr netten Artikel über mich geschrieben.“

„Nett? Man hätte glauben können, du seist die größte Heldin seit der heiligen Johanna!“

„Hör auf“, lachte Lena. „Ich glaube, du bist jetzt vor allem enttäuscht, weil das hier kein Fall für uns ist. Du hättest gern mal wieder ermittelt, nicht wahr? Mit Frau Betzke, so wie letztes Jahr!"

„Und mit Thomas Weber. Wie geht es ihm eigentlich?"

Lena zuckte die Achseln. Plötzlich war sie nicht mehr so fröhlich wie wenige Augenblicke zuvor. „Ganz gut, nehme ich an."

„So. Hast du in letzter Zeit von ihm gehört?"

„Ab und zu. Er ist in Brüssel auf einem Lehrgang. Er geht ja ständig auf Lehrgänge. Das macht ihn so schlau."

„Ruft er dich manchmal an aus Brüssel?"

„Manchmal."

„Ein bisschen einsilbig, Lena?"

„Ich bin nicht einsilbig. Darf ich darauf hinweisen, dass das Wort *manchmal* aus zwei Silben besteht?"

„Du nimmst es aber wirklich sehr genau!"

„Das habe ich von dir gelernt!"

„Was ist mit dir? Schlechte Laune heute? Ein richtiger Brummbär!"

Lena musste lachen. „Du hast angefangen, du bist seit Tagen schlechter Laune. Also, was ist los? Was für eine Laus ist dir über die Leber gelaufen?"

„Das geht dich gar nichts an!", fauchte Adam. Einen Augenblick lang schien er richtig wütend, aber es dauerte nicht lange. Dann platzte er heraus: „Martina ist schwanger."

„Adam! Du wirst Großvater! Das ist einfach wunderbar!"

„Hat meine Frau auch gesagt. Sie freut sich."

„Und du nicht? Aber Adam! Ich weiß doch, dass du immer neidisch wirst, wenn dir jemand von seinen Enkelkindern erzählt. Nein, widersprich mir nicht. Jetzt wirst du endlich Opa, und es behagt dir doch nicht? Kommst du dir zu jung vor?"

„Ach was."

„Martina ist deine mittlere Tochter, oder?" Lena hatte immer Schwierigkeiten damit, Adams drei Töchter auseinander zu halten.

„Die jüngste."

„Sie ist nicht verheiratet, ist es das? Ach Adam, da solltest du dir keine Sorgen machen. Heutzutage ist das alles ein bisschen anders als in deiner Jugend. Schau mal, ich habe doch diese Freundin aus Karlsdorf, Silke Schlindwein, erinnerst du dich an sie? Silke ist auch schwanger, das Kind kommt im Oktober. Aber sie will erst im Sommer heiraten, es soll eine richtig große Sommerhochzeit werden, und dabei wird dann auch das Kind getauft. So macht man das heute oft. Das ist gar keine schlechte Idee."

„Von Hochzeit war keine Rede."

„Noch nicht. Warte erst mal ab. Wie ist er denn, der Freund deiner Tochter?"

„Keine Ahnung“, sagte Adam unglücklich. „Ich kenne ihn überhaupt nicht. Martina wollte ihn uns letztes Wochenende vorstellen, aber es kam etwas dazwischen. Er war verhindert oder so. Mal sehen, ob es an einem der nächsten Sonntage klappt. Brigitte ist einfach unangemeldet nach Stuttgart gefahren und hat sich den jungen Mann angeschaut.“

„Brigitte ist die mittlere unter deinen Töchtern, nicht wahr?“

„Nein, die älteste. Sie fand ihn nicht übel. Er sieht gut aus.“ Adam brachte das hervor, als sei es die traurigste Tatsache der Welt.

„Das wird schon noch werden. Reg dich nicht auf, bevor du ihn kennen gelernt hast. Du musst dich wahrscheinlich erst mal an die neue Ehrenstellung als Opa gewöhnen. Deine Frau sieht das alles ganz richtig. Du solltest dich in erster Linie freuen.“

„Du redest mit mir, als wäre ich ein kleines Kind, das man trösten muss!“

„Nein, Adam, natürlich bist du kein kleines Kind. Du bist ein Mann. Und darum wirst du auch das schaffen.“ Sie schaute auf die Uhr. „Ich habe eine Verabredung mit einer Zeugin von dem Raubüberfall am Dienstag. Eigentlich könnte ich vorher noch schnell bei der *Bruchsaler Rundschau* vorbeischauen und den Herrn Kowalewski fragen, was in ihn gefahren ist. Das wäre kein Umweg.“

Adam brummte etwas und griff nach der Zeitung.

Es gab einiges zu überlegen, zum Beispiel dies, warum er sich so behandeln ließ. Immerhin war niemand in der Nähe, sonst hätte Lena sich zurückgehalten. Insofern konnte man sich auf sie verlassen. Man konnte sich überhaupt immer auf sie verlassen. Er hatte sich schon immer gewundert, weshalb Lena so anders war als seine Töchter. Allerdings kannte er sie erst seit wenigen Jahren. Vielleicht war sie als Teenager unausstehlich gewesen.

*

Lena war schon einmal bei der *Bruchsaler Rundschau* gewesen und kannte sich aus. Zur Redaktion ging es durch die Toreinfahrt zum Hof und dann über den Hintereingang hoch. In einem Zimmer des ersten Obergeschosses stand der Tisch, an dem Sebastian Kowalewski seine Artikel schrieb. Er sprang auf, als er sie sah, und kam ihr entgegen.

„Sie sind die Polizistin, nicht wahr? Sie haben letztes Jahr einen Mord verhindert. Frau Hartmann? Ja, richtig. Kommen Sie! Ich erkläre Ihnen alles!“

Das war nicht der fröhliche, unbefangene Journalist, den sie in Erinnerung hatte, sondern ein übernervöses, bleiches Wesen mit rot umrandeten Augen: Entweder hatte er in der Nacht nicht geschlafen, oder hatte er womöglich geweint? Sein Haarschopf war völlig zerzaust.

Kowalewskis Raum wurde von einem riesigen, quadratischen Tisch beherrscht. Erst aus der Nähe erkannte man, dass es in Wirklichkeit zwei große

Schreibtische waren, die aneinandergestellt waren, beide völlig bedeckt mit Stapel von Papieren, Aktenordnern, mehreren Telefonen, und natürlich stand auf jeder Seite ein Computer. Kowalewski saß mit dem Rücken zur Wand, und da der zweite Schreibtisch unbesetzt war, konnte sich Lena hier niederlassen.

Sie kam kaum zu Wort. „Kaffee? Oder möchten Sie lieber Tee? Wir hätten auch Mineralwasser oder Orangensaft – "

„Eigentlich, Herr Kowalewski, bin ich nur gekommen, um Sie zu fragen, wie Sie einen solchen Artikel schreiben konnten."

„Ja, natürlich. Also Kaffee?"

Lena gab nach. Mit einem Nervenbündel konnte man nicht reden. Also ließ sie sich eine Tasse Kaffee bringen. Kowalewski fügte nicht nur den Zucker hinzu, sondern rührte auch noch um. Dummerweise hatte er vergessen zu fragen, ob Lena überhaupt Zucker haben wollte. Sie trank Kaffee immer schwarz und ohne Zucker. Aber im Zuge von Nachforschungen musste man gelegentlich kleinere Opfer bringen.

Auch der Journalist nippte an einer Tasse, und obwohl der Kaffee schön stark war – Zeitungsleute tranken ihn wahrscheinlich nicht zum Vergnügen, sondern um wach zu bleiben –, beruhigte er sich. Vielleicht lag es auch daran, dass Lena keine Fragen stellte. Man muss den Leuten, die man verhört, Gelegenheit geben, sich zu sammeln.

Und so erfuhr sie die ganze Geschichte.

Die Bauarbeiter rissen eine Mauer ein und fanden die Toten. Kaum hatten sie den ersten Schreck überwunden, zog einer sein Handy hervor und rief nicht nur die Polizei, sondern auch die Zeitung an. Oder war es die andere Reihenfolge? Wie Kowalewski später herausfand, handelte es sich um den Cerberus, der die Baustelle bewacht hatte. Zufällig nahm der Chefredakteur persönlich den Anruf entgegen und wollte umgehend den Fotografen Theodor Vollmannshauser, genannt Theo, zusammen mit Kowalewski zum Tatort schicken. Nun war aber Theo gerade unterwegs, um eine brennende Scheune in Neuthard zu fotografieren. Man erreichte ihn über Handy, und er versprach, in zehn Minuten in der Redaktion zu sein, Kowalewski solle auf ihn warten. Das tat er auch, und er langweilte sich. Denn Theo kam und kam nicht. Aus lauter Langeweile fing er an, seinen Artikel über den angeblichen Massenmord in der Huttenstraße schon mal zu konzipieren. Er wusste nur, was der Anrufer über die vielen Leichen gesagt hatte, und entsprechend blutig klang es dann in seinem Text. Es war nur ein Spaß. Ein Zeitvertreib. Ein Spielchen mit dem Computer. Später löschte er das alles natürlich wieder. Oder vielleicht doch nicht?

Theo geriet in einen Stau, weil es auf der Mediamarkt-Kreuzung mal wieder einen Unfall gab. Er wurde länger aufgehalten, als er vermutet hatte. Darum zog Kowalewski schließlich allein los. Er besichtigte die Baustelle, sprach mit den Bauarbeitern und knipste mehrere sehr schöne Fotos, fast so schön, wie es die von Theo normalerweise waren. Eines sollte in den Artikel eingefügt werden: ein Bild von den Skeletten in der dunklen Kellerecke.

Als er aus der Huttenstraße zurückkam, schrieb er seinen Artikel, reichte ihn zusammen mit dem Foto ein und ging nach Hause. Es war schließlich Freitag.

Und am nächsten Morgen stellte sich heraus, dass er den sensationellen Langeweile-Text nicht richtig gelöscht hatte. Er stand vor dem „echten“ Artikel auf der ersten Seite des Bruchsaler Teils.

„Das ist mir aufgefallen“, sagte Lena. „Nur der erste Abschnitt war so haarsträubend, der Rest klang ganz vernünftig.“

„Wie schön, dass Sie das sagen“, hauchte Kowalewski. „Ich verstehe es immer noch nicht. Wie konnte mir das passieren? So was von blöd! Der Chefredakteur hält mich für ungefähr das Dümmste, was ihm je begegnet ist. Sie können sich nicht vorstellen, wie er über mich hergefallen ist. Die Aufgaben der Zeitung! Die Bedeutung der Lokalpresse! Verantwortung der Journalisten! Und dann noch einiges, das kann ich gar nicht wiederholen. Und das Schlimmste ist: Er hat vollkommen recht. Bestimmt wollte er mich sofort rauswerfen – ich habe zwar einen Vertrag – aber in diesem Fall – ?“

„Sicher kommt es öfter vor, dass ein Reporter sich vertut“, meinte Lena tröstend.

„Nein, das darf nicht vorkommen“, erklärte Kowalewski streng. Lena war inzwischen davon überzeugt, dass sie einem ausgezeichneten Journalisten gegenübersaß, und ihre heftige Verärgerung über den Artikel war vergessen.

„Immerhin hat er Sie nicht gefeuert. Wie geht es jetzt weiter?“

„Das weiß ich nicht. Zuerst wollte ich einen neuen Artikel schreiben und alles ausbügeln. Als ob man das ausbügeln könnte! Der Chefredakteur ist eher für Stillschweigen.“

„Die ganze Angelegenheit ist sicher bald vergessen.“

„Zur Zeit darf ich digitalisieren. Mein Chef meint, da könnte ich nicht viel Unheil anrichten.“

„Was genau müssen Sie da machen?“

„Wir digitalisieren die alten Jahrgänge der *Bruchsaler Rundschau*, damit auch alte Ausgaben jederzeit leicht einsehbar sind. Es geht rückwärts, und wir haben schon mehr als zwanzig Jahre geschafft. Wir müssen ja auch nur den Bruchsaler Teil behandeln. Die meisten halten es für eine geistlose Arbeit, aber es kann ziemlich interessant sein.“

„Es ist wirklich nett von Dir, Lena, dass du unser Häufchen Unglück nicht auch noch anschreist“, ließ sich eine Stimme hinter Lena vernehmen.

Ein junger Mann war hereingekommen, der zuerst Lena freundlich auf die Schultern klopfte, dann um die Schreibtische herumging und sich neben Kowalewski setzte.

Lena hatte Martin Lang seit vielen Jahren nicht mehr gesehen. Er sah immer noch sehr gut aus mit seinen blonden Locken, er war immer noch so charmant, wie sie ihn in Erinnerung hatte. Das Einzige, was ihr im Augenblick nicht einfiel, war, weshalb er irgendwann aufgehört hatte, ihr zu gefallen, und sie sich von ihm gelöst hatte. Warum eigentlich? Es war nichts Ernstes zwischen ihnen entstanden, aber es hatte nicht viel dazu gefehlt.

„Ich habe gar nicht gewusst, dass du wieder im Land bist“, sagte Lena.

„Seit einem halben Jahr. Ich war viel unterwegs, in Berlin. Und vor allem in Paris. Aber jetzt bin ich wieder hier.“

Verschiedene Dinge erkannte Lena in wenigen Augenblicken. Er bewegte sich in den Räumen der Redaktion, als sei er hier zu Hause. Er trug Jeans und einen dunkelblauen Pullover, der ihm natürlich sehr gut stand, und auch das deutete in ihren Augen darauf hin, dass er am Schreibtisch zu arbeiten pflegte, nicht im Außendienst. Sein Platz, das war die nächste Schlussfolgerung, war der Stuhl, auf dem sie gerade saß. Aber jetzt zog er den Stuhl neben Kowalewski vor, den Lena bisher nicht beachtet hatte, und legte schützend seinen Arm um Kowalewskis Schultern.

„Lena und ich haben schon im Sandkasten miteinander gespielt“, erklärte Lang.

Das stimmte überhaupt nicht. Sie hatten sich erst am Ende der Schulzeit kennen gelernt. War es das? Hatte es sie damals gestört, dass er sich ungenau ausdrückte?

„Du musst wissen, Lena, dass unser Jüngster ein ganz tolles Talent ist. Er hat eine große Zukunft vor sich, auch wenn er es im Moment nicht glauben will. Jeder kann mal einen Fehler machen. Sag’ es ihm, Lenalein. Du hast doch auch schon Fehler gemacht?“

Wollte er jetzt hören, dass es ihr größter Fehler war, mit ihm Schluss gemacht zu haben? Und überhaupt hasste sie die Verkleinerung ihres Namens! Lena fand plötzlich, dass sie sich schon viel zu lange aufhielt. Um Kowalewski brauchte sie sich keine Sorgen zu machen.

„Jeder macht Fehler“, sagte sie und stand auf. „Und wenn ich mich jetzt nicht beeile, mache ich auch gerade einen. Mit weiteren Artikeln in der Zeitung wird dann wohl alles zurecht gerückt, und dann kräht kein Hahn mehr danach. Ich will Sie nicht länger aufhalten.“

Kowalewski kam sogar um die Schreibtische herum, um sich von Lena zu verabschieden, und es sah fast so aus, als wolle er sie umarmen. Vielleicht hätte es er getan, wenn Lang nicht in der Nähe gewesen wäre.

An der Tür blieb Lena noch einmal stehen. So machten das die Kommissare im Fernsehen, wenn sie sich einen großartigen Abgang verschaffen wollten.

„Sie hatten doch mehrere Fotos gemacht. Wo sind denn die anderen geblieben?“

Kowalewski hob in einer tragischen Geste beide Hände hoch. „Nix mehr da! Alles gelöscht!"

3

Drei Tage später waren Adam und Lena schon wieder in der Huttenstraße. Am frühen Morgen hatte eine Angestellte des Altenzentrums einen Unfall gemeldet. Daraufhin wurde eine Polizeistreife geschickt, die die Unfallstelle um 8.10 Uhr erreichte. Nach vier Minuten forderten die Polizisten die Kriminalpolizei an.

„Es wird immer besser", brummelte Adam. „Jetzt werden wir schon bei normalen Unfällen eingesetzt. Können das die Kollegen nicht allein regeln?"

„Was war das für ein Unfall?"

„Da ist einer die Staffel heruntergestürzt, nichts weiter."

„Andreasstaffel?"

„Nein, die Treppe beim Paulusheim."

Sie fuhren an der Baustelle am unteren Ende der Huttenstraße vorbei. Von der Aufregung der vergangenen Tage war nichts mehr zu spüren, nur war jetzt auch der Eingang verhängt. Wahrscheinlich wollten die Bauarbeiter nicht von Neugierigen gestört werden, falls es solche nach drei Tagen überhaupt noch gab.

Beim Paulusheim gibt es normalerweise keine freien Parkplätze, außer vielleicht während der Schulferien. Aber da sie mit einem Polizeiauto gekommen waren, zögerte Adam nicht, sich quer hinter die parkenden Autos vor dem Altenzentrum zu stellen, unmittelbar hinter den Streifenwagen.

Zwischen dem Altenzentrum und dem Hügel, auf dem sich stolz das Paulusheim erhebt, führt eine steile Treppe nach oben. Vor den ersten Stufen stand eine Gruppe von Menschen. Erst als sie beiseite traten, um Adam und Lena zu begrüßen, wurde die Gestalt am Boden sichtbar. Sie lag auf dem Absatz nach den ersten sechs Stufen.

Die Streifenbeamten, Wachtmeister Krämer und Wachtmeister Rolli, stellten eine junge Frau vor: „Das ist Frau Notheis. Sie hat den Mann gefunden. Er ist tot."

Monika Notheis war Altenpflegerin. Sie hätte um halb acht ihren Dienst antreten sollen, aber heute war alles anders.

„Das ist mein Auto da drüben, der weiße Corsa." Sie wies auf das Auto, das an oberster Stelle in der Reihe vor dem Altenzentrum parkte. „Beim Aussteigen habe ich gesehen, dass da irgendwer liegt. Ich dachte natürlich, dass mal wieder einer ausgerissen ist." Als sie die verständnislosen Mienen der Polizisten bemerkte, erklärte sie: „Einer von den Bewohnern des Altenheims. Wissen Sie, die sind nicht alle hinfällig und unbeweglich. Manche sind noch ziemlich unternehmungslustig. Vor allem die Herren reißen gern mal aus, manchmal auch zu unpassenden Tageszeiten. Und dann überschätzen sie sich und können plötzlich nicht mehr weiter."

„Haben Sie den Mann angefasst?"

„Natürlich. Ich habe ihn zuerst angesprochen und dann umgedreht. Es war mir natürlich sofort klar, dass es keiner unserer Herren war. Das ist ein ganz junger Mann."

„Lag er ursprünglich so da wie jetzt?"

„Nein, nein. Ich habe ihn in die stabile Seitenlage gebracht. Er lag auf dem Bauch, glaube ich. Ja, natürlich, deshalb habe ich ja auch gleich gesehen, dass er zwar helle Haare hat, aber sie sind nicht grau."

Die Haare waren hellbraun und etwas länger, als es die Mode vorschrieb. An der Schläfe klebte viel Blut, auch die Kleidung war an mehreren Stellen blutig und im Übrigen schmutzig. Der Mann war die Treppe heruntergestürzt und hatte sich schlimme Verletzungen zugezogen.

„Hat er noch gelebt?"

„Ich war mir ziemlich sicher. Jedenfalls habe ich schnell Dr. Oechsler geholt."

Ein junger Mann, der sich die ganze Zeit, an die Mauer gelehnt, im Hintergrund gehalten hatte, trat vor. „Ich bin Dr. Oechsler, meine Praxis ist drüben im Altenzentrum."

„Oechsler? Ich dachte, der Arzt heißt – "

„Speck, meinen Sie. Dr. Speck ist vor zwei Jahren in Pension gegangen. Ich bin sein Nachfolger." Man schüttelte sich die Hände. Der junge Mann machte einen sympathischen Eindruck. Trotz seines jungenhaften Aussehens strahlte er den für seinen Beruf nötigen Ernst aus.

„Meine Sprechstunde hat um acht Uhr angefangen, ich möchte meine Patienten nun nicht mehr allzu lange warten lassen. Darum in aller Kürze: Der Mann ist tot, und zwar seit einigen Stunden schon. Er stürzte die Treppe herab und hat sich dabei schwer verletzt."

„War der Mann betrunken?"

„Er riecht nicht nach Alkohol."

„Na gut, das wird sich alles herausstellen", sagte Adam. „Ihr habt sicher schon den Krankenwagen gerufen?" Krämer nickte.

„Und wer wollte die Kriminalpolizei hier haben?", fragte Lena.

„Ich", sagte der Arzt. „Da ist noch etwas. Können Sie ein wenig näher kommen?" Er kniete neben dem Toten. „Hier."

Lena kniete sich ebenfalls hin, um besser sehen zu können.

Dr. Oechsler wies auf die Wunde an der Schläfe. „Er hat sich beim Fallen alle möglichen Hautabschürfungen und sicher auch innere Verletzungen geholt. Aber diese eine Wunde hier kann nicht von einem Sturz herrühren."

„Sondern?"

„Sehen Sie, wie der Schädel eingedrückt ist? Meiner Ansicht nach wurde der Mann erschlagen. Deshalb habe ich darauf bestanden, dass die Kriminalpolizei kommt. Kann ich jetzt zu meinen Patienten gehen?"

*

Kaum waren Dr. Oechsler und auch Frau Notheis gegangen, erschienen neue Besucher. Der erste war Staatsanwalt Günther Huber. Er machte eine unpassende Bemerkung darüber, dass die Huttenstraße nun wohl doch zum Tatort eines Verbrechens geworden war, und stellte die entscheidende Frage: „Wer ist das eigentlich?"

Lena schob die Haare des Toten zur Seite, damit man das Gesicht besser sehen konnte.

„Moment", rief Adam, „das ist ja der Olli!"

„Kennst du ihn?" Lena stand auf und stieß dabei mit einem Neuankömmling zusammen.

„Lena! Wie schön, dich in den Armen zu halten!" Es war Martin Lang.

Adam verlor kurzfristig alles Interesse an dem Opfer am Boden und beäugte misstrauisch den Journalisten. „Und wer sind Sie?"

„Ein alter Freund", erwiderte Lena knapp.

Lang grinste. „Ich bin die Presse."

„Sie sollten nicht hier sein", sagte der Staatsanwalt. „Wer hat Sie informiert?"

„Die Polizei – aber unfreiwillig. Ich war auf dem Weg in die Redaktion, da beobachtete ich, wie das Polizeiauto mit Blaulicht in die Huttenstraße einbog. Und da dachte ich mir: In der Huttenstraße ist wieder etwas los. Was sagten Sie über den Toten? Wie heißt er?"

„Er ist noch nicht identifiziert", behauptete Adam.

„Ich möchte nicht, dass über diese Sache schon berichtet wird", erklärte Huber. „Es wird zu gegebener Zeit eine Presseerklärung geben."

„Sie sind zur Zeit nicht gut zu sprechen auf die Journalisten? Kann ich irgendwie verstehen. Aber vielleicht ein paar sachliche Worte – "

„Nein."

Gerade kam der Krankenwagen an, und man musste zurückweichen. Adam hatte es eilig, den Tatort zu verlassen. Lang drückte sich an Lenas Seite herum, aber er kam nicht dazu, ihr etwas zuzuflüstern, denn sie rief ihm nur ein kurzes „Wiedersehen!" zu und stieg mit Adam ins Auto.

4

Adam setzte sich an seinen Computer und suchte „Oliver Ratzel“.

Es war noch gar nicht lange her, da hatte er um Computer einen großen Bogen gemacht. Tiefe Scheu erfüllte ihn dieser rätselhaften Maschine gegenüber. Und er brauchte auch nichts davon zu verstehen: Er hatte ja Lena. Allerdings war es letzten Endes gerade sie gewesen, die ihm klar machte, und zwar mit größter Zurückhaltung und ohne ihn im Geringsten zu drängen, dass ein Computer ein Gerät von unverzichtbarer Effektivität war. Im Winter hatte die Volkshochschule einen Kurs angeboten: „Computer for Seniors in Ten Lessons“. Trotz des englischen Titels war es eine ausgezeichnete Einführung gewesen. Der Computer an sich war zwar für Adam nach wie vor ein unfassbares Rätsel. Er verstand nicht, weshalb das Ding funktionierte. Aber er kannte jetzt ein paar Handgriffe und wusste, wie man an wichtige Informationen kam, die man für die Polizeiarbeit brauchte. Er war unheimlich stolz auf sich selbst, als er, so ganz lässig und nebenbei, einen Computer für sich in seinem Büro beantragt hatte. Alle wunderten sich, nur Lena nicht. Als hätte sie nichts anderes erwartet! Da sie neben ihm in seinem Büro saß, konnte er sie jederzeit fragen, aber nach der allerersten Zeit vermied er das, es sei denn, es handelte sich um eine Krise. Und nur wenn ihm die Situation allzu gefährlich schien, gab er das Problem als Auftrag an sie weiter, schließlich war er ihr Vorgesetzter. Aber es war ihm viel lieber, wenn er es allein schaffte. In seiner Schreibtischschublade befanden sich zahllose Spickzettelchen, auf denen er sich für konkrete Situationen Notizen gemacht hatte.

Inzwischen musste er nicht mehr nachschauen. Ein paar Klicks mit der Maus, und schon hatte er die Seite „Oliver Ratzel“ vor sich. Das klappte wirklich sehr gut. Allerdings wäre es in diesem Fall nicht so wichtig gewesen, die Seite aufzurufen. Er wusste ohnehin mehr über Olli Ratzel, als in den Polizeiakten stand.

Vierunddreißig Jahre war er also alt geworden, der Junge, in den man einmal so große Erwartungen gesetzt hatte. Er war im 1. FC Bruchsal groß geworden, mit 17 schon zu groß, und der KSC interessierte sich für den jungen Star. Die Bruchsaler waren stolz auf ihn. Es war nicht so, als würden sie einen Mitbürger verlieren, denn er trug ja Bruchsals Ruhm in die Welt hinaus. Man verfolgte seine Spiele und begeisterte sich an seinen Toren. Man rechnete sich aus, bei welcher Weltmeisterschaft er zum ersten Mal in der Nationalmannschaft spielen würde. Davon träumte man: Eine Weltklasse-Elf mit Olli Kahn im Tor und Olli Ratzel als Stürmer!

Allerdings war es nie so weit gekommen. Als Olli Ratzel für den KSC spielte, war der andere Olli schon weitergezogen. Auch der Fußballer aus Bruchsal ließ sich abwerben: Er ging nach ein paar Jahren beim KSC nach Hamburg.

Dies nun stand nicht in den Akten: Natürlich hatte Olli, seit er ein kleiner Junge war, immer nur Fußball gespielt. Für etwas so Nebensächliches wie Schule hatte er nicht viel Zeit. Auf diesem Gebiet hatte er also keine Karriere gemacht. Seine Eltern schickten ihn auf das Justus-Knecht-Gymnasium, aber das war nicht das Richtige für ihn. Es folgten ein paar Jahre Realschule; aber auch hier gefiel es ihm nicht. Er verließ die Schule ohne Abschluss. Wozu auch? Er brauchte seine Energie zum Fußballspielen.

Für den HSV schoss er wunderschöne Tore. Wenn ein Boulevard-Blatt oder eine Illustrierte über ihn berichtete, war die entsprechende Ausgabe in Bruchsal sofort ausverkauft. Gelegentlich kam er nach Hause und besuchte die Familie, aber mit Bruchsal kam er nicht mehr gut zurecht. Er lebte jetzt in einer anderen Welt, in der Großstadt, und für die Provinz hatte er nur leichte Verachtung übrig.

Natürlich ging nicht immer alles glatt: Wie fast jeder Fußballer erlitt er mal einen Bänderriss, mal eine Muskelzerrung. Er musste pausieren. Man hörte wenig von ihm. Dann kam er wieder ganz groß heraus und spielte wie ein junger Gott.

Und plötzlich war er wieder zu Hause. Er wollte einen Schulabschluss nachholen. Zwar war immer noch der Fußball das Wichtigste, aber man musste schließlich an die Zukunft denken. Er saß nun wieder brav daheim bei seinen Eltern und arbeitete für seinen Realschulabschluss per Fernstudium, danach sollte es weitergehen mit dem Fußball.

Ein bisschen seltsam war das schon. Man sah ihn sehr selten auf den Straßen der Stadt. Es wurde erzählt, dass er fleißig lernte.

Die nächste Station stand im Polizeibericht. Drogenmissbrauch sowie Handel mit kleinen Mengen. Verurteilung auf Bewährung. Entziehungskur. Der Ausflug in die große weite Welt hatte ihm nicht gut getan.

In Bruchsal wurde das unter der Hand weitergegeben, man wollte die allgemeine Enttäuschung nicht an die große Glocke hängen.

Bedeutende Fußballvereine interessierten sich nicht mehr für Olli Ratzel, aber der KSC gab ihm nochmal eine Chance. Olli ging für seinen alten Verein noch zweimal auf den grünen Rasen, dann meldete er sich krank.

Wenn er wieder gesund ist, sagte man in Bruchsal, wird er ganz groß aufdrehen. Aber darauf wartete man vergeblich.

Dass er beim Einbruch in eine Bruchsaler Apotheke verhaftet wurde, erschütterte die ganze Stadt. Man wollte es zunächst nicht glauben. Aber er gestand und machte die nächste Entziehungskur. Bevor die Bewährungszeit um war, stieg er nachts in ein Juweliergeschäft in der Kaiserstraße ein und füllte einen Rucksack. Die Polizei kam ihm erst nach Wochen auf die Spur. Diesmal gab es keine Bewährung mehr. Lange Zeit hörte man nichts Neues über ihn. Es hieß nur, er sei nicht in der Bruchsaler Haftanstalt, sondern irgendwo anders im Land. Man traute sich nicht, die Familie Ratzel direkt zu fragen. Die Ratzels taten einem leid. Eigentlich tat auch Olli allen leid.

Seit einem Jahr war er wieder auf freiem Fuß. Was er nun eigentlich tat, war unbekannt. Er lebte in seinem Elternhaus in einer kleinen Dachwohnung. Offenbar ging er keiner geregelten Tätigkeit nach.

Adam seufzte. Der Traum vom Star aus Bruchsal war ausgeträumt.

*

„Ist etwas mit Olli?“, fragte die Frau sofort.

Lena und Peter Schmitz standen vor der Tür des hübschen, etwas altmodischen Einfamilienhauses in der Weiherbergstraße. Sie wiesen sich aus, aber die Frau schaute nicht auf die Ausweise.

„Sind Sie eine Verwandte von Oliver Ratzel?“, fragte Lena.

„Ich bin seine Schwägerin, mein Name ist Ursula Ratzel. Bitte kommen Sie herein.“

Ein etwa zwölfjähriger Junge näherte sich aus dem Hintergrund eines dunklen Flurs, und sie versuchte ihn wegzuschicken. „Geh auf dein Zimmer, Kai, wir haben etwas zu besprechen.“

Aber Kai bewegte sich nicht von der Stelle. Er schien seine Mutter nicht zu hören. „Polizei? Was wollen Sie von uns?“

Er kam hinterher, als Frau Ratzel die Polizeibeamten in ihr Wohnzimmer führte. Es war ein ganz gewöhnliches, gemütliches Wohnzimmer, nach einem Geschmack eingerichtet, über den Olli Ratzel in seiner Zeit als Fußballstar die Nase gerümpft hätte. In einem Sessel am Fenster saß ein alter Mann, der von einer Zeitschrift aufsah und die Hereinkommenden mit einem scharfen Blick aus kleinen schwarzen Augen musterte. Sein glatter Schädel, auf dem kein einziges Härchen spross, glänzte im Licht des Fensters. Er ließ die Zeitschrift sinken, aber er antwortete nicht auf Lenas Gruß.

„Mein Schwiegervater“, stellte Ursula Ratzel vor.

Der Alte schwieg noch immer.

Lena holte tief Atem. „Wir haben eine schlechte Nachricht. Ihr Sohn, Ihr Schwager Oliver Ratzel ist tot. Es tut mir leid.“

„Beileid“, murmelte Schmitz.

Ursula Ratzel blieb ganz still. Sie ließ sich langsam in einen Sessel gleiten und faltete die Hände. „Jetzt hat er seine Ruhe“, sagte sie endlich.

„Was ist passiert?“, rief der Junge. „Hat er – Ist er – ?“

Lena überlegte, ob einem Zwölfjährigen die besonderen Probleme seines Onkels, der im selben Haus wohnte, verborgen geblieben waren. Aber sie hielt sich zurück. „Er ist die Treppe beim Paulusheim heruntergestürzt.“

Kai starrte sie an.

Der alte Mann hatte sich nicht im Geringsten bewegt. Auch seine Miene war unverändert. „So“, krächzte er, „jetzt ist es also geschafft.“

„Wie meinen Sie das?“, fragte Lena sanft.

„Es ist geschafft, das meine ich. Geschafft. Du verstehst mich, Ursel, gell?“

Ursula Ratzel schien ihren Schwiegervater nicht wahrzunehmen. Sie rieb ihre Hände gegeneinander und fragte: „Soll ich meinen Mann anrufen?“

„Das eilt nicht. Wir werden selbstverständlich mit ihm sprechen. Mit Ihnen allen. Tut mir leid. Hat jemand von Ihnen bemerkt, dass Oliver Ratzel heute Nacht nicht zu Hause war?“

„Nein, er hat eine abgetrennte Wohnung. Aber er ist oft unterwegs. Manchmal auch mehrere Tage. Er kündigt das nicht vorher an.“

„Seine Wohnung muss von den Kollegen untersucht werden“, sagte Schmitz. „Sie verstehen das. Ich werde jetzt ein Siegel anbringen und hier bleiben, bis unsere Leute kommen. Wo ist die Wohnung?“

„Mein Sohn wird sie Ihnen zeigen. Ich möchte jetzt mit meinem Mann telefonieren.“

„Tu das“, rief Kai, „und sag ihm gleich, dass du echt froh bist, weil du Olli endlich losgeworden bist!“

*

„Der Junge hing sehr an seinem Onkel“, berichtete Lena. „Seine Mutter hat die Nachricht mit großer Fassung entgegengenommen. Ich hatte den Eindruck, sie hat immer damit gerechnet, dass es mit Olli kein gutes Ende nehmen wird. Ollis Vater war seltsam.“

„Wer gehört alles zur Familie?“ fragte Adam.

„Ollis Mutter ist vor drei Jahren gestorben. Vater Ratzel ist pensioniert und wirkt nicht ganz gesund. Wahrscheinlich fällt ihm das Gehen schwer, denn neben seinem Sessel lehnte ein Stock. Im Haus leben außerdem Patrick Ratzel, der ältere Sohn, mit seiner Familie. Es gibt zwei Kinder, der eine ungefähr zwölf, der andere acht. Den Kleinen haben wir nicht angetroffen, er war natürlich in der Schule. Kai ist daheim, weil er erkältet ist. Es gibt in dem Haus eine kleine Wohnung unterm Dach, dort wohnte Olli.“

„Ich erinnere mich an den alten Ratzel. Er war ein hohes Tier bei der Volksbank. Als Olli anfing, polizeibekannt zu werden, ging er frühzeitig in Pension. Ich bezweifle, dass das ganz freiwillig geschah.“ Adam seufzte. „Seine Mutter starb an gebrochenem Herzen, sagt man. Eine traurige Geschichte. Was habt ihr sonst noch herausbekommen?“

„Wenig. Olli führte sein eigenes Leben, er kam und ging, wie es ihm beliebte. Mir kam die Atmosphäre in dem Haus irgendwie ungut vor. Frau Ratzel sagt nicht, was sie weiß. Der alte Herr ist böse auf jemanden, auf uns, auf seine Schwiegertochter, vielleicht auf die ganze Welt. Mit dem Jungen hätte ich mich gern unter vier Augen unterhalten. Aber das geht ja nicht bei Minderjährigen, und wenn die Eltern dabei sind, wird er nichts sagen. Jetzt müssen wir zunächst abwarten, was die Spurensicherung in der kleinen Wohnung findet."

„Wann sprechen wir mit Patrick Ratzel?"

„Seine Frau hat ihn an seinem Arbeitsplatz erreicht, er sitzt in einem Büro bei der Bahn. Ich habe ihm ausrichten lassen, dass er erst nach Ende seiner Schicht vorbeikommen muss. Es war so eine Idee von mir. Ich dachte, wenn er hierher zu uns kommt, können wir uns ungestört mit ihm unterhalten."

„Das", sagte Adam, „war keine schlechte Idee."

„Wir sind sowieso noch eine Weile hier. Sag mal, Adam …"

„Ja?"

„Wenn das Mord ist, werden die bestimmt wieder einen Kommissar aus Karlsruhe schicken."

Adam seufzte. „Ich weiß schon, was du denkst. Aber Frau Betzke ist nicht frei. Sie beschäftigt sich gerade mit einer Messerstecherei unter Barbesuchern. Sie hat mich am Wochenende angerufen, als sie den Bericht über unser Bruchsaler Massaker in der Zeitung las. In der Karlsruher Ausgabe stand er nämlich auch. Was ist denn da in Bruchsal wieder los, sagte sie. Ein Massaker kriegt ihr doch überhaupt nicht zustande in diesem niedlichen Städtchen." Adam lachte leise. „Du kennst sie ja."

„Was wird sie erst sagen, wenn wir jetzt doch einen Kriminalfall haben?"

„Und dazu noch in der Huttenstraße!"

*

„Es war nicht immer leicht", sagte Patrick Ratzel.

Das ist wohl die Untertreibung des Jahres, dachte Adam. Vor ihm saß ein hagerer, gebeugter Mann, tiefe Falten im Gesicht, das Haar schütter und von der Stirn zurückweichend, müde und alt. Adam wusste, dass er knapp vierzig war, aber man schätzte ihn zehn Jahre älter. Eine Ähnlichkeit mit seinem jüngeren Bruder Oliver fand man nur mit Mühe; man musste sich vorstellen, dass seine Augen früher geleuchtet hatten und dass es diese Linien zwischen Nase und Mund nicht gegeben hatte. Lena, die an ihrem Platz saß und Patrick Ratzel daher von der Seite sah, entdeckte Ähnlichkeiten mit dem alten Vater.

„Sie wissen doch alles", sagte Patrick Ratzel, „Sie haben Ihre Akten. Er war im Gefängnis. Er hat Drogen genommen. Er hat zwei Einbrüche begangen. Was wollen Sie von mir hören?"

„Wir wollen herausfinden, wer es getan hat", erklärte Adam schlicht.

„Ich weiß es nicht. Ich weiß nicht, mit wem er zusammenkam. Ich weiß nicht, von wem er seinen Stoff bekam …“ Ratzel brach ab, als er merkte, dass er zuviel gesagt hatte.

„Er war also noch immer abhängig?“, fragte Adam.

Ratzel zuckte die Achseln. „Zwischendurch hat er immer wieder gesagt: Ich habe aufgehört. Oder auch: Morgen höre ich auf. Oder nächste Woche.“

„Woher hatte er das Geld?“

„Da er arbeitslos war, bekam er ein bisschen Hartz IV. Das war praktisch sein Taschengeld. Fürs Essen gab er nicht viel aus, und außerdem, wenn – wenn die Stimmung gut war, aß er mit uns. Er brauchte nicht viel, er wohnte ja mietfrei.“

„Sie meinen, dass phasenweise die ganze Familie zusammen lebte, zusammen die Mahlzeiten einnahm, aber ab und zu gab es Krisen.“

„Genau so war es. Krisen.“

„Auseinandersetzungen?“

„So etwas Ähnliches.“

„Die Konflikte gab es aber nicht zwischen Ihrem Bruder und Ihren Söhnen.“

„Nein. Mit den Kindern hat er sich immer sehr gut verstanden. Er war lieb zu ihnen. Einmal – aber das ist nicht wichtig.“

„Wer weiß? Erzählen Sie.“

„Thilo, das ist der Kleine, hat sich mal den Finger in einem Türrahmen eingequetscht. Da ist Olli mit ihm zum Arzt gegangen und hat sich um ihn gekümmert. Er konnte das sehr gut – “ Es fiel ihm schwer weiterzureden. Er räusperte sich, schluckte und fuhr dann mit veränderter Stimme fort: „Natürlich haben wir uns alle um ihn gekümmert. Aber Olli – der hat ihn auch am nächsten Tag noch gefragt, ob es weh tut. Wir hatten inzwischen andere Sorgen, wir hatten es schon wieder vergessen, weil es gar nicht schlimm war. Nur Olli – Und das sagt auch Kai: Nur der Olli hat sich gekümmert. Das ist nicht wahr, natürlich nicht, aber vielleicht doch ein bisschen. Ich rede dummes Zeug, oder?“

„Nein, Herr Ratzel, bestimmt nicht. Alles ist wichtig, was mit Ihrem Bruder zu tun hat. Wie kam Ihr Vater damit zurecht, dass sein jüngerer Sohn arbeitslos war?“

Eine elegante Formulierung, dachte Lena. Als sei die Arbeitslosigkeit an sich das Problem gewesen!

„Mein Vater hat seine eigene Meinung.“

Adam wartete.

„Mein Vater glaubt, dass man Olli bitter Unrecht getan hat.“

„Ich verstehe“, sagte Adam. Lena verstand nicht, aber vielleicht musste man Vater oder Mutter sein, um zu verstehen.

„Halten Sie es für möglich, dass Oliver von Ihrem Vater gelegentlich Geld bekam?"

„Schon möglich", erwiderte Ratzel knapp. Das war nun wieder leicht zu interpretieren. Diese Antwort bedeutete: regelmäßig und in größeren Mengen.

„Hat er sich davon Drogen gekauft?"

„Möglich."

„Kennen Sie die Leute, mit denen er Umgang hatte?"

„Er hat nie jemanden mit nach Hause gebracht, wenn Sie das meinen. Hat sie immer außerhalb getroffen."

„Gab es eine Freundin?"

„Ich glaube, er hatte keine Zeit für eine Freundin. Vielleicht wäre es gut für ihn gewesen, wenn er ein Mädchen gehabt hätte."

„Der Konflikt bestand also zwischen Ihrer Frau und Oliver", sagte Adam ohne Überleitung.

Ratzel fuhr auf. „Das habe ich nicht gesagt."

„Ist doch naheliegend", sagte Adam ruhig.

Ratzel schien den Tränen nahe. Er beherrschte sich nur mit Mühe. „Er ist mein Bruder. War mein Bruder. Ich konnte ihn doch nicht hinauswerfen. Mein Vater hätte das auch niemals zugelassen."

„Ihre Frau wollte, dass Oliver das Haus verlässt." Das war keine Frage, sondern eine Feststellung.

„Sie hatte Angst. Die Buben, wissen Sie. Olli war immer nett zu ihnen, aber Ursel fürchtete den Einfluss – " Er fuhr sich mit der Zunge über die ausgetrockneten Lippen. „Vor ungefähr zwei Wochen hat er Kai an einer Zigarette ziehen lassen. Als ich so alt war wie Kai, hat mich mein Vater auch mal probieren lassen, nur so zum Versuchen – ganz harmlos. Es war eine normale Zigarette, nicht eine – nun, Sie wissen schon. Aber meine Frau hat völlig durchgedreht. Sie hat gesagt – egal, was sie gesagt hat."

Adam drang nicht weiter, was Lena zunächst wunderte. Aber Patrick Ratzel sah so elend aus, dass man ihn nicht weiter quälen konnte.

5

Am nächsten Morgen herrschte Ungeduld.

Adam und Lena saßen in ihrem Büro und warteten. Die Spurensicherung hatte einen Bericht versprochen. Ein erster Bericht des Amtsarztes war noch nicht da. Die Kollegen, die Oliver Ratzels Wohnung untersucht hatten, wollten ihr Protokoll vorbeibringen. Aber noch geschah nichts. Adam rief sie alle der

Reihe nach an und erhielt jeweils eine fast gleichlautende Antwort: „Gleich, jeden Augenblick, auf jeden Fall noch heute Morgen."

Außerdem wusste man noch nicht, wer die „Sonderkommission Ratzel" leiten würde. Der Hauptkommissar aus Karlsruhe war noch nicht eingetroffen.

Der erste konkrete Hinweis betraf Ratzels Fahrrad: Es war nahe bei der Stelle abgestellt, wo die Seilersbahn auf die Huttenstraße trifft, neben einer weiß-rot gestreiften Barriere, die dafür sorgen soll, dass nur Fußgänger in den Bürgerpark gelangen.

Schließlich machten sich Adam und Lena auf den Weg zum Tatort in die Huttenstraße. Sie gingen mehrfach die Treppe hinauf und hinunter, ohne wesentliche Erkenntnisse zu gewinnen. Von fern sahen sie die Kollegen, die in der Huttenstraße von Haus zu Haus gingen und Anwohner befragten. Auch im Altenzentrum unmittelbar an der Treppe waren Polizisten unterwegs.

Auf dem Rückweg schimpfte Adam leise vor sich hin, und Lena war ein wenig deprimiert. Doch das sollte sich schnell ändern.

*

In Adams Büro, an Adams Platz, thronte eine Frau mittleren Alters mit einem scharfgeschnittenen Gesicht, die Arme herausfordernd über der Brust gekreuzt, und fixierte die Ankommenden kritisch.

„Was ist denn das für ein Saftladen? Ich sitze seit Stunden hier in einem leeren Büro und warte, bis die Bruchsaler Polizei sich zum Dienst einfindet! Zustände sind das!"

Adam hörte überhaupt nicht auf das, was sie sagte. Mit ausgebreiteten Armen ging er auf sie zu, ergriff mit beiden Händen ihre rechte, die er dann ziemlich heftig schüttelte, und rief begeistert: „Frau Betzke! Wie schön Sie zu sehen!"

Sie schaute immer noch grimmig, aber in ihren Augen blitzte es auf. Es klang, als müsse sie sich beim Schimpfen zu ihrem resoluten Ton zwingen. „Wenn Sie mich gelegentlich loslassen, könnte ich auch Hartmann begrüßen. Nun, Hartmann, wie geht es Ihrem Computer?"

„Danke, Frau Betzke. Wir arbeiten gut zusammen." Lena war, ähnlich wie ihr Vorgesetzter, in keiner Weise eingeschüchtert. Auch sie freute sich offensichtlich, die Hauptkommissarin aus Karlsruhe zu sehen.

„Da ist ja noch einer. Spielen Sie jetzt auf zwei Computern, Hartmann?"

„Der hier ist meiner", sagte Adam beiläufig und fuhr, ohne einen Kommentar abzuwarten, fort: „Man hat uns gesagt, dass der Kommissar aus Karlsruhe erst heute Mittag kommt."

„Mittag? Na und? Es ist kurz vor zwölf", meinte Betzke erstaunt.

„Wenn Adam *mittags* sagt, meint er nachmittags", erklärte Lena.

„So? Ist wohl eine Art Abkürzung: Mittag für Nachmittag. Und was sagen Sie, wenn Sie wirklich Mittag meinen?“

„Dann sagen wir: Es ist zwölf.“

„Sagen Sie wenigstens: Mitternacht?“

„Das ist auch zwölf. Es hat noch nie Missverständnisse gegeben.“

„Schwierige Sprache“, brummte Betzke, als sie ihren Platz räumte, denn es war schließlich Adams Platz, und Lena holte Kaffee von dem Automaten auf dem Flur. Es war fast wie damals, ein Jahr zuvor, als schon einmal ein Mordfall Bruchsal erschüttert hatte.

„Und ich dachte schon, Sie könnten nicht kommen“, sagte Adam glücklich. „Waren Sie nicht mit einem anderen Fall beschäftigt?“

„Ach ja, die Messerstecherei. Aber das war nichts Besonderes. Das können andere fertig machen, es war sowieso nicht viel aufzuklären. Ich bin die Spezialistin für Bruchsaler Mordfälle. Hier kenne ich mich aus, das kann so leicht kein anderer.“ Jetzt konnte sie ihre grimmige Miene nicht länger durchhalten und lachte. „Was ist überhaupt los? Ich dachte, Bruchsal ist eine so friedliche Stadt?“

„Selbstverständlich. Eigentlich schon. Wir wissen noch nicht viel über die Sache. Wer ist diesmal Ihr Assistent?“

„Weber natürlich.“

„Oh, wie schön!“ Adam blickte unwillkürlich auf Lena, aber die hatte sich an ihren Platz am Computer gesetzt und schien sehr beschäftigt. „Ist der nicht auf einem Lehrgang in Brüssel?“

„Nun ja, der Lehrgang endet diese Woche. Ich habe ihn einfach angefordert.“

„Sehr gut. Wo steckt er?“

„Er spaziert auf dem ganzen Revier herum, um alte Bekannte zu begrüßen. Sie wissen ja, wie er ist.“

Adam nickte.

„Übrigens eine seltsame Geschichte“, fuhr Betzke fort. „Der Junge rief mich gestern aus Brüssel an, um mir zu sagen, dass ich einen Fall in Bruchsal aufzuklären habe. Zu dem Zeitpunkt wusste man in Karlsruhe noch nichts davon.“

„Was Sie nicht sagen!“

„Tja, ist das nicht merkwürdig?“

„Wissen Sie, in Bruchsal spricht sich alles schnell herum, aber dass das bis nach Brüssel reicht, hätte ich nicht gedacht.“

Lena schien von dem Gespräch nichts mitzubekommen. Sie bemerkte auch nicht, dass sich zwei Augenpaare in ihren Rücken bohrten.

„Und dann meinte er ganz nebenbei, ich könne ihn schnell mal anfordern. Nun war er die ganze Nacht im Zug unterwegs, er wird schön müde sein. Mit dem ist heute nichts mehr anzufangen.“

Noch immer war Lena schwerhörig oder auch völlig abgelenkt durch etwas Wichtiges auf ihrem Monitor. Sie drehte sich erst um, als Thomas Weber das Büro betrat. Er hatte einen Stoß Papiere in der Hand und sah keineswegs unausgeschlafen aus.

„Herr Adam, wir haben gehört, dass Sie wieder unsere Hilfe brauchen." Zuerst wurde natürlich Adam begrüßt.

Als er sich Lena zuwandte, war seine sonst übliche Fröhlichkeit gänzlich verflogen. Mit großer Ernsthaftigkeit nahm er ihre Hand und sagte: „Tag, Hartmann."

„Tag, Weber."

Betzke und Adam sahen sich an. Betzke zog die Augenbrauen hoch.

„Wenn es Ihnen nichts ausmacht, Herr Weber", begann Adam nach einer kurzen Pause, in der absolut nichts geschah, „könnten Sie uns vielleicht diese Papiere zeigen, die Sie uns mitgebracht haben."

„Natürlich. Sehr gern. Habe ich unterwegs eingesammelt. Zunächst die Spurensicherung." Offenbar lag der Bericht in dreifacher Form vor. Weber legte schwungvoll ein Blatt vor Betzke und ein Blatt vor Adam. Das dritte musste er sich mit Lena teilen. Er zog einen Stuhl heran und setzte sich neben sie. Lena blickte unverwandt auf das Blatt, das er ihr hinhielt.

„Diverse Spuren von Blut und sogar Hautfetzen über die Treppe verteilt," begann Adam, „stammen alle einwandfrei vom Opfer. Fußspuren Fehlanzeige: Die ganze Staffel ist voll davon, da ist nichts zu identifizieren. Das konnten wir uns denken."

„Was hier fehlt", meinte Weber, „sind sonstige Hinweise, zum Beispiel abgerissene Knöpfe oder Stofffetzen vom Mantel des Mörders. In Krimis kommt das immer vor."

Betzke seufzte. „Neulich sah ich einen Film, da hinterließ der Mörder am Tatort sein Handy, und gleich hatten sie ihn. Muss ein langweiliger Fall für die Polizei gewesen sein."

„Auf der Treppe fand sich kein Handy." Adam überflog den Bericht. „Die haben nur ein bisschen Dreck gefunden, so das Übliche: Zigarettenkippen, herausgerissene Seiten eines Schulheftes, zwei weggeworfene Tüten vom Bäcker unten in der Huttenstraße. Und nichts davon ist frischer Dreck. Hm. Haben Sie zufällig auch den Bericht des Amtsarztes?"

„Ja, aber es ist nur ein vorläufiger Bericht." Dieses Mal gab es nur ein einziges Blatt. Weber wollte es Betzke geben, aber sie winkte ab. „Sagen Sie uns das Wesentliche, Weber."

„Die Leiche wird im Institut in Heidelberg untersucht, detaillierter Bericht folgt nach der Obduktion. Was sie bisher sagen können: allgemeiner Gesundheitszustand normal, leichtes Untergewicht, gut ausgeheilter Bänderriss, der einige Jahre zurückliegt. Verletzung an der Kniescheibe, ebenfalls ausgeheilt. Oho!"

„Was ist?“

„Einstiche an beiden Armen deuten auf eine seit mehreren Jahren bestehende Abhängigkeit hin.“

„Sieh an“, murmelte Betzke. „Weiter!“

„Zu den aktuellen Verletzungen: diverse Abschürfungen und Prellungen, linker Arm gebrochen, Verletzung am Kinn.“

„Rührt das von einem Schlag her?“

„Nein. Was ich bisher aufgeführt habe, waren Verletzungen, die sich aus dem Sturz ergeben. Hier steht, dass der Tote eine Treppe hinuntergestürzt sein muss. Und jetzt kommen die anderen Verletzungen. Ha!“ Weber machte eine Pause.

„Lesen Sie doch weiter!“

„Schläge mit einem stumpfen Gegenstand. Fußtritte. Schwerste Gehirnverletzungen. Todesursache.“

„Das heißt: Er wurde zuerst niedergeschlagen, und dann, als er am Boden lag, hat man ihm mit aller Wucht den Kopf zerschmettert.“

„Zwei weitere Verletzungen mit demselben Gegenstand in der Hüftgegend, dem Opfer im Liegen zugefügt.“

„Und die Fußtritte, damit er über den Treppenabsatz bis zu den nächsten Stufen rollte“, ergänzte Lena, die ihre momentane Stummheit vergessen hatte.

„Wahrscheinlich sofort an der Gehirnverletzung gestorben, kann höchstens noch wenige Minuten gelebt haben. Tatzeit: zwischen 23 Uhr und etwa vier Uhr. Wird eventuell durch weitere Untersuchungen eingegrenzt.“

„Steht etwas da über die Art des Gegenstands?“

„Nein. Darüber können sie noch nichts sagen.“

„Warten wir's ab“, sagte Adam. „Es ist ja nur der vorläufige Bericht.“

„Ich hätte mir nicht träumen lassen, dass in Bruchsal so etwas passiert“, erklärte Betzke. Sie nahm Weber das Blatt aus der Hand und reichte es Adam. „Vermutlich bestehen Sie wieder einmal darauf, Herr Adam, dass ein Bruchsaler ein solch furchtbares Verbrechen nicht begangen haben kann?“

„Ein Bruchsaler? Nein, das kann ich mir wirklich nicht vorstellen. Unsere Leute tun so etwas normalerweise nicht. Es ist nicht üblich. Hier steht noch: ‚Von einem Fremdverschulden ist mit an Sicherheit grenzender Wahrscheinlichkeit auszugehen.‘ Das gefällt mir. ‚Mit an Sicherheit grenzender Wahrscheinlichkeit‘! Der Olli kann sich doch nicht selbst erschlagen!“

„Olli? Ein Bekannter von Ihnen?“

„Das erzähle ich Ihnen alles nachher. Haben Sie noch etwas, Herr Weber?“

„Die Wohnung des Oliver Ratzel ist durchsucht worden.“

Betzke sah, dass Weber drei Seiten in der Hand hatte, deshalb sagte sie schnell: „Wir lesen das später detailliert durch, jetzt nur das Wichtigste. Fassen Sie zusammen, Weber.“

Er überflog die Blätter. „Nicht sehr ordentlich, nicht sehr sauber. Der junge Mann legte keinen großen Wert auf seine Umgebung. Raucher, Marke Marlboro. Drei Päckchen mit je 50 g Haschisch, mit Folie und Paketband umwickelt. Kleine Plastiktütchen, zwei leer, zwei voll. Inhalt: Kokain, gute Qualität. Wird noch auf Hinweise über die Herkunft untersucht. Eine Spritze, benutzt, eine Spritze, noch eingepackt. Eine angebrochene Packung Strohhalme. Eine Flasche Wodka, halbvoll."

„Soll das bedeuten, dass er den Wodka mit Strohhalmen getrunken hat?", fragte Lena erstaunt.

Weber lachte. „Das wohl nicht. Die Strohhalme hat er zum Schniefen des Kokains verwendet. Das wirkt natürlich nicht so stark wie eine Spritze, aber wenn es dringend ist, geht es schneller. Jetzt kommt der Inhalt von Schrank und Schubladen. Wollen Sie das hören?"

„Nur die interessanten Einzelheiten."

„Das klingt alles sehr bieder. Müssen wir wissen, wie viele Socken er besaß, damit wir den Mord aufklären können? Bemerkenswert finde ich die Sonnenbrille: eine Ray-Ban, schwarzer Rand, grüne Gläser. Nicht schlecht. Was kostet so ein Ding? Ah, hier ist noch etwas." Weber sah hoch. „Eine Sammlung von Fußball-Trikots von verschiedenen Vereinen. Und zwar von großen Vereinen."

Adam seufzte. „Dazu kann ich Ihnen einiges erzählen. Ich denke, wir sollten jetzt essen gehen. Heute gibt es Schupfnudeln in der Kantine."

„Wie bitte?", fragte Betzke.

„Man kann auch Bubespitzle sagen."

„Herr Adam!"

*

Weil es der erste Tag der gemeinsamen Arbeit war, besorgten Weber und Lena Kuchen aus der Bäckerei beim Schönbornplatz. So saßen sie dann zu viert in Adams Zimmer, es gab den bewährten Kaffee aus dem Automaten, und die Arbeit ging weiter.

„Kann es sein, Frau Betzke, dass ich Sie neulich mal in Bruchsal gesehen habe?", fragte Lena plötzlich.

„Tatsächlich?" Betzke lächelte.

„Sie sind die Kaiserstraße entlangspaziert. Ich habe Sie vom *Café am Markt* aus gesehen."

„Schon möglich." Betzke lächelte weiterhin sphinxhaft, gab aber keine Erklärung.

„Mit wem warst du im *Café am Markt*?", fragte Weber sofort.

„Weiß ich nicht mehr", sagte Lena. Dann sah sie sein Gesicht und verbesserte sich schnell: „Mit Mimi Berger. Wir sind uns zufällig über den Weg gelaufen. Aber eigentlich war ich mit Silke Schlindwein verabredet, die kam erst später. Sie ist immer ein bisschen unpünktlich, die Gute."

„Ich denke, wir sollten uns unserer Arbeit zuwenden", erklärte Betzke mit Entschiedenheit.

Weber griff nach den Papieren, die vor ihm lagen, doch bevor er einen Blick auf sie warf, begann er: „Sie waren also wirklich ohne mich in Bruchsal, Frau Betzke?"

„Keine Ablenkungsmanöver! Weber, fassen Sie zusammen!"

„Es steht nicht fest, ob es einen oder mehrere Täter gab. Eine einzelne Person ist ohne weiteres imstande, die Tat auszuführen. Ich werde im Folgenden der Einfachheit halber nur von dem Täter, Singular, sprechen."

„In Ordnung", nickte Betzke.

„Zur Reihenfolge: Oliver Ratzel wird niedergeschlagen, dann versetzt ihm der Täter einen äußerst heftigen Schlag auf den Kopf. Diese Verletzung führt sofort oder ziemlich bald zum Tod. Danach wird das Opfer mehrfach über mehrere Stufen hinuntergestoßen, es gibt weitere Verletzungen, die vom Sturz herrühren. Soweit die Tatsachen."

„Hm", sagte Adam.

„Und nun die Fragen: Weshalb waren die zwei, Täter und Opfer, mitten in der Nacht zusammen unterwegs? Gerieten sie in Streit? Ist der eine plötzlich ausgerastet und in Wut geraten, oder war alles von vornherein geplant?"

„Totschlag oder Mord."

„Wenn das ein Wutanfall war, muss er ziemlich heftig gewesen sein", meinte Lena.

„Wenn dagegen alles geplant war", fuhr Weber fort, „dann hat sich der Täter zunächst vergewissert, dass weit und breit kein möglicher Zeuge zu vermuten war, und er schlug erst bei günstiger Gelegenheit zu. Es sollte natürlich wie ein Unfall aussehen."

„Es wäre bestimmt als Unfall behandelt worden: ein Drogenabhängiger, der ein bisschen wackelig auf den Beinen ist und daher stürzt. Man hätte den Olli in aller Ruhe begraben, wenn dieser clevere junge Arzt nicht dazugekommen wäre."

„Wir müssen auf jeden Fall die Beziehungen des Opfers zur Drogenszene ins Auge fassen", erklärte Betzke. „Gibt es so etwas in Bruchsal?"

„Selbstverständlich", sagte Adam. Es klang fast, als sei er stolz darauf. Eine Drogenszene verleiht einer kleineren Gemeinde etwas vom Flair einer Großstadt. „Wir wollen uns morgen mit Heißler vom Drogendezernat treffen. Ich organisiere das."

„Da ist noch etwas", begann Weber erneut. „Wie war das mit einem Massaker in derselben Straße?"

„Das sogenannte Massaker in der Huttenstraße? Lieber Himmel! Ich sehe keinen Zusammenhang."

„Das waren Kriegsopfer aus dem Jahr 1945. Und jetzt haben wir ein Verbrechen von heute!“

„Allerdings in derselben Straße.“

„Aber an zwei verschiedenen Enden derselben Straße!“

„Worauf wollen Sie hinaus, Weber?“

„Allgemein ausgedrückt, gibt es zwei Möglichkeiten: Es ist reiner Zufall, dass in derselben Straße innerhalb von wenigen Tagen Leichen entdeckt werden, oder es besteht ein Zusammenhang. Ich möchte davor warnen, die Möglichkeit eines Zufalls kategorisch auszuschließen. Es gibt irre Zufälle. Ich war da vor ein paar Jahren in London und wollte zum Tower. Ich steige also in die U-Bahn, und plötzlich steht mir ein ehemaliger Klassenkamerad aus Papenburg gegenüber. Wir hatten uns seit Jahren nicht mehr gesehen. Ich wusste nicht, dass er in London war. Sie verstehen? Wenn ich fünf Minuten früher gekommen wäre, wäre ich in einer anderen U-Bahn gelandet. Oder ich hätte zwar dieselbe U-Bahn erwischen können, aber ein anderes Abteil. Die Wahrscheinlichkeit, dass wir uns auf diese Art über den Weg laufen, war extrem gering. Ich würde es nicht glauben, wenn ich es nicht selbst erlebt hätte.“

„Schon gut. Es gibt verrückte Zufälle. Und die andere Möglichkeit?“

„Schwer zu sagen. Das Einzige, was mir gerade in den Sinn kommt, wird Ihnen nicht gefallen: Da liest einer die tolle Überschrift: ‚Massaker in der Huttenstraße‘ und fühlt sich angeregt. Prima! Ein Massaker! Da müssen noch ein paar mehr Leichen her.“

„O nein“, stöhnte Betzke. „Ein geistesgestörter Mörder!“

„In den Fernsehfilmen sind die Mörder oft pathologische Fälle.“

„Ich hasse das“, sagte Betzke. „Die Autoren erfinden Verrückte als Täter, dann müssen sie sich keine Gedanken über logische Zusammenhänge machen.“

„Das wäre furchtbar für Lenas kleinen Freund von der *Bruchsaler Rundschau* “, seufzte Adam. „Der hat doch schon genug angestellt. Stellt euch vor, er hätte zu allem Überfluss auch noch einen Mörder inspiriert!“

„Lenas kleiner Freund?“, wiederholte Weber mit finsterer Miene. „Ist das der, dem wir vorhin auf der Straße begegnet sind?“

Lena errötete, worüber sie sich maßlos ärgerte. „Ach wo. Der war zwar auch von der Zeitung, aber den Artikel hat einer namens Kowalewski geschrieben, ein niedlicher junger Bursche mit Wuschelkopf.“ Trotzig fügte sie hinzu: „Die BNN haben nämlich mehr als einen Mitarbeiter!“

„Zurück zum Thema“, entschied Betzke. „Wenn ein schlummernder Massenmörder zu bösen Taten aufgestachelt worden ist, werden wir das, fürchte ich, bald merken, denn er wird das Massaker weiter ausbauen wollen.“

„In Bruchsal???“

*

Zwei Stunden später kramte Weber einen Autoschlüssel hervor und schob ihn zu Betzke über den Tisch. „Ich fürchte, Sie müssen heute allein nach Karlsruhe fahren. Ich habe mit Hartmann noch etwas zu besprechen."

„Tatsächlich?" Betzke lächelte. „Aber wir haben doch alles schon besprochen."

„Herr Weber kann später immer noch mit der Stadtbahn fahren", mischte sich Adam ein.

„Na gut. Aber vielleicht hat Hartmann ja eine Zahnbürste für ihn."

„Ich möchte ihn fragen, ob es in Brüssel schöne Mädchen gibt", sagte Lena.

„Na und? Weber, beantworten Sie die Frage!"

„Es gibt jede Menge schöne Mädchen in Brüssel."

„Lena!", rief Adam vorwurfsvoll. „Du bist doch nicht etwa eifersüchtig?"

„Ich? Wie kommst du denn auf sowas?"

„Ich bin auch nicht eifersüchtig", sagte Weber. „Selbstverständlich nicht. Aber eines würde ich trotzdem gern wissen: Wer zum Teufel war dieser blondgelockte Kerl, der dich vorhin auf der Straße so lüstern angegrinst hat?"

6

Adam saß auf einer Bank in der Grünanlage an der Viktoriastraße. Es war ein kühler Morgen mit einem grauen Himmel, der Regen ankündigte. Spaziergänger waren nicht unterwegs. Gerade hier gab es selten Spaziergänger, um diese Gegend machten die meisten lieber einen Bogen. Adam schaute müßig einer Putzkolonne zu. Zwei Arbeiter pflückten mit langen Zangen kleine Gegenstände vom Boden auf und ließen sie in große Säcke fallen.

Plötzlich ließ sich ein Mann neben Adam auf der Bank nieder.

„Morgen, Chef. Lange nicht gesehen."

„Guten Morgen, Johann. Bin zufällig vorbeigekommen, da dachte ich, ich schau mal, wie es dem alten Johann geht."

„Du warst gestern schon mal da und hast auf mich gewartet, Chef. Ich war verreist, hihi."

Johann hatte ein seltsames hohes Kichern, wenn er lachte. Er war ein älterer Mann unbestimmbaren Alters. Sein Gesicht war von tiefen Furchen gezeichnet, unter seinen Augen befanden sich schwere Tränensäcke. Besonders auffällig war seine Nase, ein dickes, rotes Organ, das in der Vergangenheit einen schlimmen Schlag abbekommen hatte. Sein Mantel, ein dunkelgraues Kleidungsstück mit abgewetzten Ärmeln, war ihm viel zu weit.

Adam grinste. „Wenn ich hier sitze, denke ich, ich bin ganz allein. Aber die Büsche haben Augen, stimmt's?"

„Das stimmt, hihi. Die Büsche haben Augen. Die Bäume auch. Du wolltest einfach mal wieder mit mir ein Schwätzle machen."

„Kann schon sein."

„Ein Schwätzle."

„Ja." Adam lehnte sich bequem zurück und verschränkte die Arme. „Schlimm mit Olli." Das kam ohne Einleitung und ohne Übergang, überraschte Johann aber keineswegs.

„Schlimm mit Olli, schlimm, schlimm. Hab mir gedacht, dass du deswegen kommst."

„War er öfter hier?"

„Öfter, na ja. Mal war er hier, mal war er nicht hier. Er kam sich als etwas Besseres vor. Er war ja auch etwas Besseres, er hatte nämlich eine Wohnung. Und er hatte eine Familie. Ja, ja, er war etwas Besseres. Er hat das aber nicht so gesehen. Er hat nicht gewusst, dass das etwas Besonderes ist, der Depp, die dumme Sau."

Falls Adam die Sprache seines Gegenübers störte, ließ er es sich nicht anmerken.

„Er war ein Star. Das hat er immer noch geglaubt. Er redete ständig davon, dass er demnächst wieder ganz groß Fußball spielt."

„Wann war er zuletzt hier?"

„Das willst du gern wissen, Chef, hihi. Denkst, ich löse dir deinen Fall. Ich mache deine Arbeit für dich. Nee. Musst du schon allein machen." Johann zog die Nase hoch. Er war anscheinend erkältet.

Adam fuhr fort, als habe er Johanns Erklärungen nicht zugehört. „Er ist in der Nacht von Sonntag auf Montag umgekommen." Den verharmlosenden Ausdruck wählte er mit Absicht.

Johanns Miene wurde ernst. Nachdenklich wiederholte er: „Von Sonntag auf Montag. Samstag war er hier. Oder Freitag. Nein, Samstag. Keine halbe Stunde. Dort drüben. Dort auf der Bank." Johann zeigte mit einem knochigen, verkrümmten Finger in eine dunkle Nische zwischen hochgewachsenen Büschen. Es war die dunkelste Ecke im ganzen Park, sogar bei Tag.

„Aber er saß nicht allein auf der Bank", sagte Adam.

„Stimmt, Chef. Du bist ein ganz Kluger. Es war einer bei ihm, aber den habe ich nicht richtig gesehen. Der wollte auch nicht gesehen werden, verstehst du? Wie ich da so ganz gemütlich heranschlendere, steht der Kerl schnell auf und macht sich davon. War das der Mörder?"

„Vielleicht. Wie hat er ausgesehen?"

„War bloß ein Schatten. Kann nicht mal sagen, ob's wirklich ein Kerl war. Vielleicht auch eine Frau. Nee, da ist nix drin. Keine Ahnung."

„Bist du sicher, dass es Samstag war?"

„Nein. Es war Freitag. Und ich weiß genau, wie spät es war. Ich kann dir eine ganz exakt genaue Zeitangabe machen, hihi."

Adam wartete.

„Es war", begann Johann langsam und feierlich, „der Augenblick des Sonnenuntergangs. Bin ich nicht gut?"

„Sehr gut."

„Du kannst nachsehen, wann die Sonne an diesem Tag untergegangen ist. Ihr habt da sicher allerhand Möglichkeiten. Und dann weißt du, wann der andere abgehauen ist und wann der Olli mir winkte. Er wollte nämlich mit mir reden. Hatte ein Anliegen, der Olli."

„Bei Sonnenuntergang."

„Ja. Ich weiß das so genau wegen der Mondbrille."

„Was ist eine Mondbrille?", fragte Adam geduldig.

„Was ist eine Mondbrille?", wiederholte Johann und kicherte. „Es gibt gar keine Mondbrillen. Bist reingefallen, hä? Ich will's dir erklären. Ich gehe da also hin zu der Bank, wo der Olli sitzt, ich setze mich neben ihn, und dann sag' ich: ‚Du, die Sonnenbrille brauchst du jetzt nicht mehr.' Er hat nämlich eine Sonnenbrille auf, ein tolles Ding. Grüne Gläser, stell dir so was vor! ‚Guck, da geht die Sonne unter.' Aber er sagt: ‚Was soll's? Das ist eine Mondbrille! Die brauche ich, wenn der Mond scheint.' Was haben wir gelacht!"

Johann wieherte wie ein krankes Pferd und schlug sich auf die mageren Schenkel. Im nächsten Augenblick besann er sich. „Nee, ist nicht zum Lachen", sagte er nachdenklich. „Der hatte ja keine Ahnung, was ihm blühte. Ist aber andrerseits ganz gut so. Prima Laune bis zum Schluss. Besser als wochenlang in Angst leben oder so."

„Da hast du recht."

„Weißt du was, Chef, ich helfe dir. Ich gebe dir einen Tipp. Wie findest du das?"

„Das finde ich gut."

„Ich sage dir nicht, wer der Mörder war. Das würde ich nie tun. Außerdem gäbe es da ein kleines Problem, ich weiß nämlich gar nicht, wer es war, hihi. Aber ich sage dir, wer es nicht war. Das ist doch auch etwas, gell?"

„Sicher."

„Dann hör mir zu, Chef. Hör mir gut zu." Johann kam mit seinem Kopf ganz nahe an Adams Gesicht und flüsterte mit Verschwörermiene:„Es war nicht der, den du meinst."

„Und wen meine ich?"

„Du meinst den Mann mit den Tütchen. Du denkst, wer das eine tut, der tut auch das andere. Aber so ist es nicht. Da denkst du ganz falsch. Der war es nicht."

„Der Mann mit den Tütchen ist der Kontaktmann?"

„Kontaktmann! Das ist gut! Kontaktmann! Wir nennen ihn den Schneemann. In den kleinen Tütchen ist nämlich Schnee. Na ja, so eine Art Schnee. Hihi."

„Ich nehme an, du willst mir nicht sagen, wer der sogenannte Schneemann ist?"

„Das hättest du gern, hihi. Von mir erfährst du nichts über den Schneemann. Das muss ich dir nicht erklären. Wir verstehen uns, gell, Chef? Du brauchst nicht zu wissen, wer der Schneemann ist. Er hat dem Olli nichts getan. Such dir einen anderen Mörder."

„Warum glaubst du, dass es der Schneemann nicht war?

„Weiß ich eben."

„Warum weißt du, dass es der Schneemann nicht war?", fragte Adam unbeirrt.

„Ich weiß das, hihi. Also gut, ich helfe dir weiter. Ich helfe Kommissar Adam. Toll ist das, wirklich toll. Hätt' ich nie von mir gedacht." Er wurde ernst. „Es ist wegen dem Olli. Er war ein blöder Kerl, aber trotzdem."

„Ich verstehe."

Johann nickte. „Ja, ja, habe mir gedacht, dass du verstehst. Deswegen sage ich es dir ja auch. Der Olli, weißt du, der Olli hat am Freitag eine größere Bestellung aufgegeben. Das ist es."

„Er hat also gesagt – "

„Wir sollten dem Schneemann ausrichten, dass er einen größeren Kauf vorhat. Er will sich einen Vorrat anschaffen, sagt er. Der Schneemann soll ein bisschen mehr als sonst mitbringen."

„Das heißt, dass er gerade Geld hatte."

„Er wollte nicht sagen, woher das Geld kommt. Wir haben ihn aufgezogen: Hast eine reiche Braut gefunden oder so? Hat dir dein Alter das Erbe ausgezahlt? Er hat nur geheimnisvoll getan. Als wäre es viel Geld."

„Der Schneemann bringt keinen um, der ihm viel abkauft und vielleicht das Geld hat, um auch in absehbarer Zukunft öfter mal gut einzukaufen."

„Hast recht, Chef. Du bist richtig klug. Ich habe dir geholfen, gell?"

„Ich danke dir, Johann", antwortete Adam. Er gab Johann nie etwas, nicht einmal Zigaretten, und schon gar kein Geld. Vielleicht hatte er deswegen Johanns Vertrauen. „Mach's gut, Johann. Auf Wiedersehen."

Sie standen beide auf und reichten sich förmlich die Hand. Dann ging Adam weg, ohne sich umzudrehen. Er hörte aber, dass sich ein anderer Mann zu Johann gesetzt hatte. Die zwei unterhielten sich leise und kicherten.

7

Zu Adams ältesten Angewohnheiten gehörte es, jeden Tag eine Viertelstunde vor seinem eigentlichen Dienstbeginn in seinem Zimmer einzutreffen. Das bedeutete, dass er sich in aller Ruhe niederlassen konnte in dem sicheren Gefühl, noch Zeit zu haben, bis die Arbeit richtig einsetzte. Lena hatte sich ihm angepasst. Auch sie erschien immer etwas früher, und so konnten sie sich die ersten paar Minuten auf den Tag einstimmen.

„Weißt du, Adam, eine der ganz großen Fragen, die die Menschheit bewegen, haben wir immer noch nicht beantwortet: Was hat Frau Betzke neulich allein in Bruchsal getan?"

„Sie hat jedenfalls nicht abgestritten, dass sie hier war."

„Ich dachte zuerst, ich hätte mich geirrt. Sie spazierte ganz gemütlich durch die Kaiserstraße und lutschte ein Eis. Kannst du dir das vorstellen? Und sie hatte einen völlig anderen Gang als sonst, lässig und entspannt. Man kann Menschen an ihrem Gang erkennen, aber so wie damals geht Frau Betzke normalerweise nicht. Deshalb glaubte ich, dass es ein Irrtum war. Ich hatte es fast vergessen."

„Und sie hatte ein Eis in der Hand, sagst du?"

„Ja. Sie hat daran geschleckt, und zwar mit Genuss."

„So was", sagte Adam kopfschüttelnd.

„Ob wir das mal rauskriegen?"

„Natürlich. Früher oder später. Sag mal, Weber kommt morgens mit Frau Betzke an und nicht mit dir."

„Na und? Er wohnt ja nicht bei mir. Er ist nur manchmal zu Besuch da."

„Ich verstehe. Du willst ihn nicht ständig in deiner Wohnung haben. Und wieso? Meiner Ansicht nach ist er ein Typ, mit dem man es aushalten kann."

„Das denke ich auch."

„Ist mit deiner Wohnung etwas nicht in Ordnung? Entsetzliches Durcheinander und selten geputzt?"

„Adam!"

„Verzeihung. Manchmal geht der Kriminalist mit mir durch."

*

Betzke bestand darauf, dass mit modernen Methoden gearbeitet wurde. Sie hatte eine große weiße Tafel aufstellen lassen, dazu gab es besondere Schreibstifte in verschiedenen Farben. Adam betrachtete alles mit äußerstem Misstrauen.

Betzke schrieb schwungvoll „Opfer" in die obere linke Ecke, daneben „Motive", „Täterprofil" und „Tatort".

Dann bat sie um Diskussionsbeiträge.

„Ich komme mir vor wie in der Schule“, brummte Adam.

Sie arbeiteten über eine Stunde. Dann war die Tafel fast voll, wobei die einzelnen Spalten unterschiedliche Länge hatten.

„Das ist noch zu theoretisch“, kritisierte Weber. „Wir brauchen Fotos, viele Fotos.“

„Ich finde“, sagte Adam, „wir sollten uns mit dem Geld befassen.“

„Wieso fangen Sie immer mit dem Geld an? Es gibt nicht den geringsten Hinweis, dass Geld eine Rolle spielt. Das haben wir schon mehrfach besprochen.“

Tatsächlich ging Adam seinen Mitarbeitern ein wenig auf die Nerven, weil er immer wieder nachhakte. Von der größeren Geldsumme, die sein Gewährsmann erwähnt hatte, fanden sich keinerlei Spuren. Man hatte bei Ratzel ein Portemonnaie mit Münzgeld und ein paar Scheinen gefunden, er war also nicht ausgeraubt worden. In seiner Wohnung gab es nichts, was Johanns Andeutungen entsprochen hätte. Trotzdem ließ Adam nicht locker.

„Was fehlt noch?“, fragte Betzke.

„Die Farben fehlen noch!“, rief Lena. Sie nahm das Etui mit den Farbstiften und stellte sich vor die Tafel. „Wir müssen das alles farbig markieren: Rot heißt dringend verdächtig, orange ist ein bisschen weniger wahrscheinlich, dann kommt gelb, hellgrün, dunkelgrün, blau… Blau ist das unwahrscheinlichste Motiv.“ Sie unterstrich die einzelnen Wörter, von Betzke misstrauisch beobachtet. Weber grinste.

Als die Tafel bunt war, sagte Adam anerkennend: „Das ist ja ein Kunstwerk! Jetzt gefällt es mir. Das können wir hier stehen lassen.“

Alle Punkte, die mit Drogenmissbrauch zu tun hatten, waren nicht nur rot unterstrichen, sondern auch noch eingerahmt. Weber meinte, dass auch „Erpressung“ besonders hervorgehoben werden sollte.

„Wir brauchen zwei Fotos von Ratzel“, erklärte Lena, „die werden dann hier oben angebracht: links Olli Ratzel als junger, erfolgreicher Fußballer, rechts das aktuellste Bild, das wir auftreiben, als arbeitsloser Junkie. Bilder inspirieren. Ich will mich gleich darum kümmern.“

„Ha“, rief Adam plötzlich. „Ich hab's! Es gibt nur eine mögliche Erklärung. Er hat das Geld gar nicht bekommen. Es ist ihm nur versprochen worden.“

Lena, bereits auf dem Weg zu ihrem Computer, hielt inne. „Er hat recht. Wir haben uns den Kopf zerbrochen, weshalb Ratzel mit dem Täter nach Mitternacht spazieren geht. Seht, das ist die Erklärung. Ratzel ging mit, weil der andere ihm Geld versprochen hatte, so nach dem Motto: ‚Komm mit, Olli, ich will's dir gleich geben.‘ Sind die zwei eigentlich die Treppe hinauf- oder hinuntergegangen?“

„Es gibt da noch einiges, über das wir nachdenken müssen“, sagte Adam. „Aber hier kommen wir heute nicht weiter. Ich denke, ein Spaziergang im Schlossgarten ist nötig.“ Das war sein gar nicht so geheimes Rezept: Wenn die

Probleme unlösbar schienen, musste man eine Weile in der schönen frischen Luft im Schlossgarten auf und ab gehen, dann klärte sich der Kopf.

Die andern wussten natürlich, dass Adams Methode unfehlbar war, aber Betzke regte trotzdem ein anderes Ziel an: Sie bat Adam, ihr den Tatort zu zeigen, den sie bisher nur aus der Beschreibung kannte.

Das war dem Kommissar recht. Die beiden ließen ihre Assistenten zurück und verließen das Revier.

Adam schlug vor, zum Paulusheim zu laufen.

„Laufen?" sagte Betzke. „Das meinen Sie doch nicht wirklich?"

„Nein, nein, ich meine zu Fuß gehen. Man sagt hier *laufen*, auch wenn man es langsam macht."

„Und was sagen Sie, wenn man es schnell macht?"

„Dann sagt man *springen*. Zum Beispiel sagt die Mutter zu ihrem Kind: ‚Jetzt musst du aber springen, sonst kommst du zu spät in die Schule.'"

„Springen? Nun schauen Sie diesen kleinen Jungen an, da vorne auf der Treppe."

„Das ist das Finanzamt."

„Gute Stelle für ein Finanzamt! Es ist nicht weit zur Polizei, und eine Kirche ist auch in der Nähe. Was will der Junge auf dem Finanzamt? Egal. Er steht auf der dritten Stufe, und er will herunter. Nun überlegt er, ob das zu hoch ist. Was sagen Sie zu dem Kind?"

„Ich sage: ‚Hopf runter'."

„Hopf? Kommt das von hüpfen?"

„Kann sein."

„Schon wieder etwas gelernt!"

Sie spazierten gemütlich durch die Huttenstraße. Adam zeigte seiner Kollegin das Haus, in dem die Kriegstoten gefunden worden waren. Betzke betrachtete die alten Häuser und fand eine Inschrift, die besagte, Viktor von Scheffel habe hier gewohnt, allerdings nur ein halbes Jahr. Adam klärte sie über den „Ekkehard" und den „Trompeter von Säckingen" auf. Inzwischen passierten sie das Haus, in dem Anna Zeiser gewohnt hatte. Adam wusste natürlich, wie wichtig es war, diese bedeutende Bruchsalerin zu erwähnen – das hatten ihm seine Frau und seine Töchter oft genug erklärt, und gerade Betzke hätte sich für Anna Zeiser sicher interessiert. Aber er kam nicht mehr dazu.

Plötzlich blieb er stehen und rief: „Da ist ja die Mimi Schweikert!"

Miriam Berger hatte, als sie noch ein kleines Mädchen war und Mimi Schweikert hieß, mit einer von Adams Töchtern gespielt. Betzke wusste das, denn die Bergers hatten im Jahr zuvor in einem anderen Kriminalfall in Bruchsal eine wichtige Rolle gespielt. Sie erkannte die junge Frau sofort wieder und registrierte gleichzeitig, dass Miriam Berger unübersehbar schwanger war. An dem Haus, das sie gerade verließ, verkündete ein großes Schild die Praxis eines Frauenarztes.

Miriam Berger zog ihr Handy hervor und telefonierte. Es war ein sehr kurzes Gespräch. Als sie aufblickte, bemerkte sie Adam und winkte fröhlich.

„Und Frau Betzke ist auch wieder im Land! Ich habe schon gehört, dass Sie auch diesmal zusammen ermitteln."

„In Bruchsal weiß man sowas schnell", sagte Adam. „Sie sind hier eine prominente Persönlichkeit, Frau Betzke."

Betzke hörte kaum auf ihn. Eigentlich kannten sich die beiden Frauen nicht besonders gut, aber es gibt Themen, bei denen sich der Kontakt sofort einstellt und zu einem lebhaften Gespräch führt. Adam hatte das schon häufig in ähnlichen Situationen festgestellt. Die Teilnahme von Männern an solchen Gesprächen war nicht vorgesehen.

„ – Anfang Oktober. Wir bleiben auf jeden Fall in Bruchsal, obwohl Daniel verschiedene Angebote bekommen hat. Das hier ist der richtige Ort, um ein Kind aufzuziehen. Aber wir sind am Überlegen, ob wir ein größeres Haus brauchen."

Adam fühlte sich sehr, sehr überflüssig.

„ – Nein, das wissen wir noch nicht, aber uns ist beides recht, ob Junge oder Mädchen."

Hier wurden sie unterbrochen, weil ein schwarzer BMW direkt neben ihnen am Gehweg anhielt. Miriam Berger hatte ihren Mann angerufen, der sie nach ihrem Arztbesuch abholte. Obwohl sie in keiner Weise hilflos wirkte, stieg er aus, führte sie um das Auto herum auf ihre Seite und half ihr beim Einsteigen. Erst dann hatte er Zeit für ein kurzes Händeschütteln und die gemurmelte Erklärung: „Wir sind schwanger."

Hinter dem Bergerschen Wagen bildete sich ein kleiner Stau von zwei Autos, deren Fahrer beide zuerst kurz hintereinander empört hupten. Dann aber stellten sie fest, dass die Ursache des Verkehrshindernisses eine zwar noch nicht hochschwangere, aber doch deutlich schwangere Frau bildete, worauf der erste freundlich lächelte und der zweite einen lustigen Rhythmus hupte.

So fuhren die Bergers los, und die anderen Autos folgten wie im Konvoi.

*

„Ich finde es herrlich, wenn die jungen Leute Kinder kriegen", verkündete Betzke, als sie mit Adam von der Besichtigung des Tatorts zurückkam. „Sie wussten sicher, dass die Bergers Nachwuchs bekommen, Hartmann?"

„Natürlich. Wir treffen uns gelegentlich."

„Und dieser Dr. Berger! ‚Wir sind schwanger.' Klingt das nicht wunderbar?"

Lena lachte. „Miriam sagt, er ist ganz verrückt. Er hat mehr Schwangerschaftsbeschwerden als sie! Sie fährt zwar jeden Tag Auto, aber wenn es um Arztbesuche geht, besteht er darauf, sie zu fahren. Er meint, ein Arztbesuch sei besonders belastend. Dabei wohnen sie ganz in der Nähe, sie könnte ohne weiteres zu Fuß gehen."

Betzke ließ ihre Blicke nachdenklich von Lena zu Weber und wieder zurück schweifen. „Und was ist mit Ihnen, Hartmann? Sind Sie auch schwanger?"

„Im Augenblick nicht", erwiderte Lena ungerührt.

„Und Sie, Herr Adam?"

„Ich bin auch nicht schwanger."

Betzke fixierte ihn kritisch. „Aber Ihre Tochter?!"

„Nur eine von meinen Töchtern", beeilte sich Adam zu versichern. „Da hat wohl Lena geplaudert?"

„Nein, Hartmann hat nichts verraten. Sie selbst haben das verraten. Schon die Art und Weise, wie Sie Frau Berger stumm betrachtet haben. Und dann sind wir einer Frau mit Kinderwagen begegnet: Sie haben wie gebannt das Baby angestarrt."

Lena lachte. „Als Krimineller hättest du keine Chance, Adam. Wie gut, dass du dich auf die andere Seite geschlagen hast!"

Während Betzke, noch immer gut gelaunt, Adam mit seiner bevorstehenden Würde als Großvater neckte, studierte Lena Webers Miene. Aber er murmelte nur: „Anscheinend bekommen zur Zeit alle Leute Kinder. Ist wohl ansteckend."

*

Nun war schon mehr als eine Woche vergangen seit jenem Montag. an dem man Oliver Ratzel gefunden hatte, und sie waren der Lösung noch immer nicht näher gekommen.

Die Unterlagen hatten beträchtlich zugenommen, man musste bereits einen zweiten Aktenordner anlegen. Kollege Heißler vom Drogendezernat besaß einen eigenen Ordner „O. Ratzel", in dem sich allerlei Informationen über diesen einen Aspekt aus dem Leben des Opfers fanden, sämtliche Kontakte und Bezugsquellen eingeschlossen, aber bisher hatte sich nichts gefunden, was Heißler zur aktuellen Situation beitragen konnte.

Eine große Anzahl von Nachbarn war vernommen worden, frühere Freunde, vermeintliche Freunde, Bekannte von Oliver Ratzel, dazu Nachbarn in der Weiherbergstraße, Anwohner in der Huttenstraße, mögliche Zeugen aus dem Altenzentrum, alles ohne nennenswerte Ergebnisse.

Aus der Bevölkerung kamen ungewöhnlich viele Hinweise, die manchmal eher unterhaltsam als nützlich waren. Verschiedene Zeugen wollten Ratzel mit verdächtig aussehenden Gestalten gesehen haben, an allen möglichen Stellen in und um Bruchsal, sogar auf Mallorca, aber sämtliche Begegnungen, falls sie überhaupt stattgefunden hatten, lagen Monate zurück. Der einzige Hinweis neueren Datums bezog sich auf den Sonntag, den letzten Tag im Leben von

Oliver Ratzel. Er sei auf der Großen Brücke gestanden und habe tieftraurig in den Saalbach hinuntergeschaut. Aber nicht einmal die ungefähre Uhrzeit konnte der Zeuge angeben: Vielleicht war es um die Mittagszeit gewesen. Aber möglicherweise auch viel, viel später.

Dagegen war die Aussage eines anderen Zeugen äußerst detailliert: Ratzel war von einem „riesigen Hund mit tollwütigem Blick" verfolgt worden. Das Untier hatte ihn zuerst ins linke, dann ins rechte Bein gebissen – genau in dieser Reihenfolge. Deshalb war Ratzel gestürzt, und der Höllenhund hatte ihm, als er am Boden lag, unter lautem Knurren ins Gesicht gefaucht. Leider entsprach trotz der Genauigkeit rein gar nichts dem Befund der Ermittlungen.

Zwei junge Mädchen waren ganz sicher, dass ein Mann und eine Frau, die beide unsterblich in Ratzel verliebt waren, sich seinetwegen duelliert und dabei aus Versehen das Ziel ihrer Begierde umgebracht hatten.

Es gab auch eine Verschwörungstheorie, die mit großer Überzeugung vorgebracht wurde. Demnach hatten Anhänger von Bayern München Rache dafür genommen, dass „unser Olli" in seiner Zeit beim HSV einmal zwei Tore gegen die Bayern geschossen und damit das Spiel entschieden hatte.

8

Adam nahm an Oliver Ratzels Beerdigung teil. Es war ein sonniger Tag mit angenehmen Temperaturen, und ein leichter Luftzug wehte über den Hügel, auf dem sich der Bruchsaler Friedhof befindet.

Adam war früh gekommen. Er setzte sich auf eine Bank gegenüber der Aussegnungshalle und wartete. Von hier aus hatte er den Eingang zum Friedhof von der Straße her im Blick, den Platz vor der Halle, die Treppenstufen und den Eingang zur Halle. Und die Trauergäste.

Auf der Beerdigung eines Mordopfers begegnet man dem Mörder. So besagt es eine alte Legende. Ebenso heißt es, dass der Täter an den Tatort zurückkehrt.

Legenden sind nicht Realität, aber oft bauen sie auf einem realen Kern auf.

Adam sah sich die Leute an. Viele kannte er, manchmal waren ihm zwar die Gesichter bekannt, aber er wusste die Namen nicht. Es waren fast nur Einheimische.

Wer profitiert von Oliver Ratzels Tod? Das war der klassische Ansatz. In diesem Fall war die Antwort einfach: Den größten Nutzen hatte die Familie. Für sie bedeutete Ollis Tod die große Befreiung. Ursula Ratzel war die Sorge los, dass der Schwager ihre Söhne, besonders Kai, auf einen fatalen Weg in den Abgrund führen konnte. Wie weit geht eine Mutter, um ihre Kinder zu verteidigen? Wie lange hält ein Mensch wie Patrick Ratzel die ständigen Spannungen zwischen Frau, Bruder, Vater aus?

Die Familie Ratzel stand mit ein paar älteren Personen vor den Stufen zur Aussegnungshalle zusammen. Sie unterhielten sich leise mit gesenkten Köpfen. Eine der Frauen versuchte dem jüngeren Sohn übers Haar zu streichen, doch der Junge wich aus. Immer wieder brachen Vorbeigehende den Halbkreis auf, schüttelten Hände, wechselten ein paar Worte, gingen weiter.

Kai hielt sich abseits. Er trug eine auffällige grüne Sonnenbrille, die ihm zu groß war und beinahe über seine Nase rutschte. Als er sie absetzte, kniff er die Augen zusammen und blinzelte verwirrt um sich.

Schließlich machten sich die Familienmitglieder langsam auf den Weg ins Innere der Halle. Jetzt war Ursula Ratzel nicht mehr dabei. Nach einer Weile entdeckte Adam sie im Gespräch mit einem Mann, in dem er einen führenden Bruchsaler Bestattungsunternehmer erkannte. Es gab wohl noch etwas zu regeln, und Ursula Ratzel war es, in deren Händen die Organisation lag.

Auch Oliver Ratzels Vater hatte sich aus der Gruppe gelöst und kam auf Adams Bank zu. Der alte Mann ging beschwerlich und langsam, ohne nach rechts oder links zu schauen. Schließlich ließ er sich neben Adam auf die Bank fallen.

Anstelle einer Begrüßung sagte er: „Muss erst mal frische Luft tanken. Ist mir zu stickig da drinnen."

„Das ist eine große Beerdigung", sagte Adam.

Der alte Ratzel nickte. „Ja, jetzt kommen sie alle. Eine große Beerdigung."

Er putzte sich umständlich die Nase mit einem Taschentuch, das er zuerst mit einiger Mühe auseinandergefaltet hatte.

Adam wartete. Er hatte keine Eile.

„Sehen Sie die hübsche Blonde da drüben?", begann Ratzel nach kurzer Pause. „Das ist die kleine Annette Lohr. Sie war mal ganz verliebt in Olli."

Adam betrachtete die junge Frau, die einen etwa achtjährigen Jungen bei sich hatte. Sie trug Schwarz und sah traurig aus, der Junge aber war unruhig und schien jemanden zu suchen.

„Sie macht einen netten Eindruck", meinte Adam.

„Natürlich. Als junges Mädchen war sie eine Schönheit. Olli war mit ihr befreundet, als er ungefähr achtzehn war. Bevor es ernst wurde mit dem Fußball und er wegging von Bruchsal."

„Der Kleine muss ihr Sohn sein. Sie ist also längst verheiratet und hat vielleicht mehrere Kinder."

„Kann sein. Aber wie Sie sehen, hat sie Olli nicht vergessen", bemerkte Ratzel triumphierend.

„Sind irgendwelche Fußballer da?"

„Nur die Bruchsaler. Die Gruppe dort links, das sind die, mit denen Olli angefangen hat. Die Jungs vom FC Bruchsal. Aus den meisten ist nicht viel geworden."

Was war aus Oliver Ratzel geworden? Adam hatte eine Bemerkung auf der Zunge, aber er schwieg.

„Ganz links, das ist der junge Stumpf und daneben Manfred Licht. Sind nur einfache Handwerker."

Adam wusste, dass Jürgen Stumpf in die väterliche Installationsfirma eingetreten war, die zu den größten und erfolgreichsten Betrieben in Bruchsal gehörte. Manfred Licht hatte eine Gärtnerei aufgebaut und saß im Gemeinderat.

„Über den jungen Stumpf habe ich neulich etwas in der Zeitung gelesen", sagte Adam. „Was war es nur?"

„Der ist etwas geworden im Bruchsaler Golfclub. Vorsitzender oder Beisitzer oder so etwas." Ratzel kicherte. „Die Fußballer spielen alle Golf, wenn sie älter werden. Denken Sie an Franz Beckenbauer!"

„Interessierte sich Olli auch für Golf?"

„Nein, nein. Das war ihm zu langweilig."

Und zu teuer, fügte Adam in Gedanken hinzu.

„Früher sind sie öfter vorbeigekommen, der Stumpf und der Licht. In letzter Zeit nicht mehr."

„Vielleicht hatten sie keine Zeit, als vielbeschäftigte Geschäftsleute."

„Na, Olli hatte natürlich auch nicht immer Zeit. Neben Manfred Licht steht Enzo Magherini. Sein Großvater hat die erste italienische Eisdiele in Bruchsal eröffnet. Ich weiß nicht, was er beruflich macht."

„Er ist bei uns", sagte Adam.

„Polizist, meinen Sie? Ach so." Darüber musste Ratzel kurz nachdenken. „Sie kennen sicher Michael Schneider, das ist der in der Mitte. Den kenne ich gut, die Schneiders waren früher Nachbarn. Schneider vom Ingenieurbüro Simon und Schneider. Der hat es zu etwas gebracht."

„Ich bin ihm neulich begegnet. Sagen Sie, gab es da nicht mal einen Skandal mit der Firma? Sie hatten etwas falsch berechnet, und dann stürzte eine Brücke ein."

„Ja, so war es, ist schon eine Weile her. Die waren mal ganz am Boden. Völlig ruiniert." Ratzel erwähnte die bedauerliche Tatsache mit einer gewissen Genugtuung.

„Aber sie haben sich wieder erholt", warf Adam ein.

Ratzel nickte. „Der alte Simon ist inzwischen gestorben, jetzt ist Schneider der alleinige Chef. Er ist rechtschaffen und tüchtig. Das kommt vom Sport, wissen Sie. Da lernen die Buben, anständig und fair zu spielen. Ah, da ist noch einer, der dazugehört. Sehen Sie den Blonden? Den kenne ich auch, aber sein

Name fällt mir nicht ein. Ziemlich arrogant, der hat sich jahrelang nicht mehr sehen lassen."

„Martin Lang. Er ist bei der Zeitung. Aber er war ein paar Jahre im Ausland, deshalb haben Sie ihn nicht gesehen."

„Stimmt, Martin Lang, das ist der Name. Olli war der Jüngste. Und der Beste. Vom HSV sehe ich keinen. Oder vom KSC."

„Wahrscheinlich sind einige da, aber wir erkennen sie nicht", sagte Adam ohne Überzeugung.

Es wurde Zeit für den Beginn der Zeremonie. Thilo, der jüngere Enkel, kam gelaufen, um seinen Großvater zu suchen. Er zerrte ihn am Ärmel mit sich fort.

Adam blieb zurück. Er beobachtete weiter die Leute, die sich jetzt alle eilends in die Aussegnungshalle begaben. Er wollte der Letzte sein und sich in die hinterste Reihe stellen.

Schon hörte man die ersten Klänge der einleitenden Orgelmusik, und jemand schloss von innen die Türen, als die letzten Teilnehmer an Oliver Ratzels Beerdigung erschienen.

Sie wären auch vorher schon in der Menge aufgefallen.

Der junge Mann war völlig in schwarzes Leder gekleidet. Er hatte eine merkwürdige Art zu gehen, mit großen Schritten und in einer aggressiven Haltung, die er sich von einem Filmstar abgeschaut hatte. Das eine Mädchen hatte langes, glattes Haar, das ihr über den Rücken bis fast zur Taille fiel, und sie trug zu abgetragenen Jeans eine grell gemusterte, lange Bluse. Adam wusste, dass die Jeans nicht wirklich alt waren, sondern künstlich zerfetzt; er vermutete auch, dass die Farben der Bluse, die seiner Meinung nach überhaupt nicht harmonierten, gerade sehr modern waren. Das andere Mädchen war blond, die Haare nicht ganz so lang, aber wild zersaust. Sie war für Adams Begriffe ebenfalls recht seltsam bekleidet, nämlich mit Jeans und darüber einem extrem kurzen Rock. Ihre lila Bluse war weit ausgeschnitten und hatte kurze Ärmelchen. Ohne Zweifel fror das Mädchen.

Ich verstehe nichts von Mode, sagte sich Adam. Dann fiel ihm noch ein, dass die Mädchen keine Blusen trugen, sondern sogenannte Shirts.

Was suchten die drei bei der Beerdigung von Oliver Ratzel? Sie waren viel zu jung, um Freunde zu sein. Adam schätzte den jungen Mann auf etwa zwanzig, die Mädchen waren noch jünger.

Adam stand auf und begab sich nun auch zur Aussegnungshalle. Die jungen Leute schlugen ihm die Tür vor der Nase zu, aber sie hatten ihn sicher nicht gesehen. Möglichst leise öffnete er die Tür einen Spalt und zwängte sich hinein. Ihn bemerkte niemand. Aber er stellte fest, dass viele Augen in der Halle sich nach dem jungen Mann und den zwei Mädchen umdrehten, die im Mittelgang nach vorn gingen. Sie waren sich bewusst, dass sie große Aufmerksamkeit erregten, und begegneten den Blicken mit trotziger Herausforderung. In einer der vordersten Reihen gab es noch Plätze, die sie nur erreichen konnten, nachdem sie sich an bereits sitzenden Trauergästen vorbeigedrängt hatten.

Es würde nicht schwierig sein, die Namen der drei herauszubekommen.

*

Die Trauerfeier verlief in angemessener Würde. Es wurde kaum etwas Persönliches über den Toten und sein Schicksal erwähnt. Der Pfarrer hob den christlichen Aspekt von Leben und Tod hervor, und es gelang ihm, eine ernste Ruhe und sogar einen gewissen Trost zu verbreiten. Es folgte der Gang zum Grab, und auch hier gab es keine Ansprache außer den Worten des Pfarrers. Die drei jungen Leute stachen wie bunte Vögel aus der Trauergemeinde hervor, aber ihr Benehmen allein wäre nicht aufgefallen. Die Mädchen wirkten blass und verängstigt.

Auf dem Weg zum Parkplatz sagte plötzlich eine Stimme neben Adam: „Ich hasse Beerdigungen.“ Es war Enzo Magherini, der Polizist.

„Willst du mit mir fahren?“

„Wenn's recht ist.“ Ohne dass Adam fragte, fuhr er fort: „Ich habe mit dem Olli früher mal Fußball gespielt. Das ist schon lange her.“

Adam nickte.

„Wenn der wüsste, dass ein Polizist an seiner Beerdigung teilnimmt.“ Er lachte bitter. „Das würde ihm nicht gefallen. Was soll's? Jürgen und Manfred haben herumtelefoniert. Sie meinten, wir sollten zu der Beerdigung kommen. Natürlich waren nicht alle erreichbar. Ich glaube, manche wollten auch einfach nichts mehr von Olli wissen. Aber ein paar sind gekommen, immerhin.“

„Wann hast du Olli zum letzten Mal gesehen?“

„Vor ein paar Jahren, nach dem Einbruch in die Apotheke. Ich war an den Ermittlungen nicht beteiligt, aber als er aufs Revier gebracht wurde, hatte ich das Gefühl, ich müsste ihm wenigstens Guten Tag sagen. Er hat mir ins Gesicht gespuckt.“

„Es war trotzdem gut, dass du heute gekommen bist“, sagte Adam.

„Ja. Ich glaube inzwischen auch, dass es richtig war. Trotz allem.“

„Hast du die drei bunten Vögel gekannt?“

„Nein. Da drüben sind sie.“

Die drei stiegen gerade in einen knallroten Audi ein. Mit quietschenden Reifen fuhr das Auto los, haarscharf wurde die Kurve vom Parkplatz auf die Straße genommen. Eine Gruppe von Leuten, die gerade vom Friedhof kamen, schüttelten missbilligend die Köpfe.

Magherini hatte sich die Autonummer notiert, bevor er noch zu Adam ins Auto stieg. Als nächstes setzte er sich mit dem Revier in Verbindung.

*

In Adams Zimmer herrschte geschäftiges Treiben. Betzke thronte am Tisch und ordnete die Papiere, die ihr zugereicht wurden. Lena saß an ihrem Computer, das war am wenigsten überraschend, doch neben ihr arbeitete Weber an seinem eigenen Laptop, und zwischen ihnen saß der Kollege Heißler vom Drogendezernat. Er residierte normalerweise in der Schlossstraße, wo die Außenstelle der Bruchsaler Polizei untergebracht war.

„Wir haben schon einiges", sagte Betzke munter. „Setzen Sie sich, Herr Adam. Wie war's? Haben Sie den Mörder bei der Beerdigung gesehen?"

„Schon möglich. Was ist denn hier los? Ich dachte, Sie stellen nur den Besitzer eines Audi fest?"

„Das haben wir getan." Betzke sortierte ihre Blätter und zog das unterste hervor. „Der Halter ist ein gewisser Walter Horn."

„Sie meinen Dr. Horn?"

„Ja. Scheint eine bekannte Persönlichkeit in Bruchsal zu sein. Das Auto ist auf den Namen seiner Frau zugelassen, wird aber von seinem Sohn gefahren. Lukas Horn, 19 Jahre alt."

Weber fand, dass Adam nach seinem Friedhofsbesuch einen heißen Kaffee brauchte, und nahm auch gleich weitere Bestellungen auf. Lena ging mit ihm, um beim Transport zu helfen. Dann setzten sich alle an den großen Tisch.

Heißler legte seinen großen Ordner vor sich hin, und Lena zog schnell noch einen Ausdruck aus ihrem Computer.

„Ich wusste den Vornamen nicht mehr, aber ich habe mich daran erinnert, dass uns der Name Horn vor kurzem begegnet ist", sagte Lena.

„In welchem Zusammenhang?"

„Zweimal Überschreiten der Höchstgeschwindigkeit. Das Auto ist einfach zu schnell für ihn. Aber der Name Lukas Horn kommt noch woanders in unseren Akten vor: bei Heißler nämlich."

„Nur drei Gramm Haschisch", grinste Heißler. „Er sagte, irgendeiner habe ihm das Zeug aufgedrängt, er wollte es eigentlich gar nicht rauchen. Was die Jungs eben so sagen. Der Zusammenhang ist folgender: Wir haben letzten Dezember eine Großrazzia in der Disco *Rocket* veranstaltet. – Das ist die große Disco im Industriegebiet, Frau Betzke. – Wir hatten einen Hinweis, dass im Rahmen einer sogenannten Schnee-Party ganz besondere Arten von Schnee verkauft und konsumiert werden sollten. Es lief alles wie am Schnürchen: Zugriff um 0.30 Uhr, alle Anwesenden kontrolliert, ein alter Bekannter aus Karlsruhe und sein Freund verhaftet: Kravic und Florin, um diese beiden ging es uns in erster Linie. Wir haben uns dann aber bei der Gelegenheit auch die übrigen Anwesenden vorgenommen. Außer Lukas Horn gab es noch vier weitere Personen, die etwas Haschisch hatten, und zwei mit ein bisschen Kokain.

Einer war Oliver Ratzel. Wir nehmen an, dass er mit den Karlsruher Händlern bekannt war, aber sie streiten es ab. Sie streiten sowieso alles ab. Kravic hat einen wunderbaren Anwalt, und ich bin gespannt, wieviel man dem widerlichen Kerl letztlich nachweisen kann. Bei Lukas Horn war es so, dass sein Vater sich eingeschaltet hat, um sein armes, unschuldiges Kind mit Zähnen und Klauen zu verteidigen. Auch hat er sich dafür verbürgt, dass sein Sohn nie wieder mit der Polizei zu tun haben würde."

„Es besteht also eine Verbindung zwischen Lukas Horn und Oliver Ratzel. Ich glaube, wir können keine Rücksicht auf Dr. Horns frommen Wunsch nehmen."

„Und die Drogenhändler müssen wir auch unter die Lupe nehmen."

„Ich glaube nicht, dass Ratzel von Drogenhändlern umgebracht wurde", erklärte Adam.

„Ja, wir wissen, dass Sie immer nur von dem Geld reden, das Ratzel hatte oder vielleicht auch nicht hatte", brummte Betzke unwirsch.

„Heißler ist noch nicht fertig", mahnte Lena.

„Soweit ich weiß", fuhr Heißler fort, „haben Sie vorhin zusammen mit Lukas Horn zwei Mädchen gesehen. Darum wird es Sie interessieren, dass er auch damals im *Rocket* zwei Mädchen bei sich hatte."

„Ist es in Bruchsal üblich, dass man zwei Mädchen auf einmal hat?"

„Ruhe, Weber."

„Wir haben, wie gesagt, alle Anwesenden damals registriert, aber ich denke, wir finden die zwei Girls schnell. Wo sind die Bilder, Lena?"

Die Fotos waren in Betzkes Stapel. Adam sah auf einem ein Mädchen mit grünen Locken, das eine böse Grimasse schnitt. Auf dem zweiten lachte die Langhaarige provozierend den Fotografen an.

„Die Grünhaarige ist jetzt blond. Die andere schaut immer noch so frech. Ja, das sind die beiden."

„Tanja Woll, siebzehn, und Vanessa Schneider, sechzehn. Sie hatten damals nichts bei sich, kein Haschisch oder so. Aber sie sind uns natürlich aufgefallen, weil sie so jung waren."

„Der Name Vanessa Schneider war uns bekannt", ergänzte Lena. „Sie wurde ein paar Monate zuvor in einer anderen Disco aufgegriffen, als sie noch keine sechzehn war. Damals bekam sie nur eine Verwarnung. Sie war zum ersten Mal aufgefallen, und es steht ein ordentliches, gutbürgerliches Elternhaus dahinter. Aber das sagt heutzutage ja nichts. In einem ähnlich gutbürgerlichen Elternhaus fand im Februar eine Fastnachtsparty statt, und dort hat sich Vanessa dermaßen mit Wodka zugeschüttet, dass ihre Freunde mitten in der Nacht den Notarzt riefen. Sie wurde mit einer hochgradigen Alkoholvergiftung ins Krankenhaus gebracht."

„Ein Früchtchen also. Sagtest du Schneider?"

„Ja. Und ich sagte auch etwas von einem gutbürgerlichen Elternhaus.

Es handelt sich um die Tochter von Ingenieur Schneider. Firma Simon und Schneider."

Adam erinnerte sich daran, dass Michael Schneider zu denen gehört hatte, die sich in der Aussegnungshalle missbilligend nach den drei auffälligen jungen Leuten umgedreht hatten. Es war also nicht nur allgemeine Entrüstung gewesen.

„Und das andere Mädchen?"

„Im Vergleich zu ihrer Freundin relativ unauffällig. Sie ist uns bisher nur dieses eine Mal im *Rocket* über den Weg gelaufen.

„Lukas Horn ist neunzehn, die Mädchen sechzehn und siebzehn. Wie passen die zu Oliver Ratzel, der schon vierunddreißig war?"

„Das ist nur eine von den Fragen, mit denen wir uns beschäftigen werden." Betzke wirkte beinahe zufrieden. Es gab etwas zu tun, es hatten sich ein paar Spuren gezeigt. Man musste nicht wartend herumsitzen und Akten lesen. Mit neuer Energie wurde der nächste Tag geplant.

Der eine Gedanke plagte Adam auch viel später noch, als er bereits auf dem Heimweg war, der Gedanke, der ihn schon auf dem Friedhof gepackt hatte. Seltsam, dass auch Betzke davon sprach.

Hatte er bei Oliver Ratzels Beerdigung seinen Mörder gesehen?

9

Da die drei jungen Leute vermutlich noch in die Schule gingen, wurden die Befragungen auf den Tag nach der Beerdigung verlegt, einen Samstag. Lena führte die Telefongespräche. Sie hatte sich einen sachlichen, harmlosen Text zurecht gelegt: Es gehe um den Mord an Oliver Ratzel (von dem sowieso alle Bruchsaler wussten), und die Polizei sei auf der Suche nach Hinweisen, weshalb man jedem Einzelnen, der ihm je begegnet war, ein paar Fragen stellen wollte.

Frau Horn erklärte, ihr Sohn käme erst am späten Nachmittag nach Hause, die Polizei könne ihn gegen halb sechs erreichen.

Tanja Woll war selbst am Telefon. Es sei völlig unnötig, sie zu befragen, da sie Olli Ratzel gar nicht gekannt habe. Und überhaupt wolle sie weggehen, sie habe eine wichtige Verabredung. Höchstens vor vier. Aber sie habe „echt null Ahnung".

Frau Schneider wehrte sofort ab. Ihre Tochter sei nicht zu sprechen, sie sei krank. Die Angelegenheit gehe weder sie noch ihre Tochter an. Sie wünsche keinen Besuch der Polizei.

Sofort war klar, dass Betzke und Adam sich unverzüglich zu Schneiders begeben würden, anschließend zu Horns. Weber und Lena bekamen die voraussichtlich weniger interessante Adresse der Familie Woll. Danach, so Betzke freundlich, hätten sie dann Zeit, die Berichte zu schreiben und das Tafelbild zu ergänzen.

Die Villa Schneider lag in der Adolf-Bieringer-Straße. Wilhelm Simon hatte das Haus in der ersten Nachkriegszeit erbaut, es war eins der ersten in dieser wunderbaren Lage mit Blick über die ganze Stadt und weit in die Rheinebene hinaus. Neben den später hinzugekommenen Häusern wirkte dieses bescheidener, doch beim Näherkommen entpuppte sich die Anlage als großes Anwesen mit unüberschaubarem Garten, und das stilvolle Wohnhaus wies eine äußerst elegante Innenausstattung auf.

Frau Schneider öffnete ihnen. Ihre Begrüßung lautete: „Ich weiß wirklich nicht, warum Sie gekommen sind", und sie führte sie mit deutlichem Unwillen durch eine große Diele in das Wohnzimmer.

Betzke blieb gegenüber der breiten Fensterfront stehen und staunte. „Das ist ein herrlicher Ausblick. Welch ein schönes Haus!"

Das hatte Frau Schneider schon oft gehört, und es beeindruckte sie nicht. Mit einer Knappheit, die fast schon unhöflich war, lud sie zum Sitzen auf einer weißen Couch ein und ließ sich selbst in einem sehr großen Sessel nieder. Da ihre Tochter sechzehn war, hatten Betzke und Adam eine Frau von etwa vierzig erwartet, aber ihr Gegenüber in einer eleganten Kombination von schwarzem Oberteil und weißer Hose und dazu einer jugendlichen Kurzhaarfrisur wirkte jünger. Adam fand sie attraktiver als ihre Tochter.

„Sie haben gehört, dass hier in Bruchsal ein Mord geschehen ist, und es ist uns bisher nicht gelungen, den Täter zu finden", begann Betzke. „Wir sind daher gezwungen, jedem auch noch so kleinen Hinweis zu folgen. Vor allem müssen wir mit allen Personen sprechen, die Oliver Ratzel gekannt haben. Sie verstehen das sicher."

„Ich kann Ihnen nicht helfen, ich kannte diesen Mann nicht. Wenn ich ihm einmal begegnet sein sollte, war es mir nicht bewusst. Mein Mann hat ihn in seiner Jugend gekannt, aber das ist lange her. Es gibt keine Kontakte."

„Er war auf der Beerdigung."

„Ich fand das unangebracht."

„Auch Ihre Tochter war auf der Beerdigung. Das ist der Grund, weshalb wir mit ihr sprechen möchten."

„Ich weiß nicht, warum Vanessa auf diese Beerdigung ging. Wahrscheinlich hat jemand sie dazu überredet."

„Das würden wir gern von ihr selbst hören. Was hat sie denn? Ist sie erkältet?"

„Meine Tochter leidet unter Migräne."

„Oh, das kann sehr unangenehm sein", sagte Betzke mitfühlend. „Sicher hat ihre Freundin sie schon besucht?"

„Tanja? Nein, aber sie hat angerufen."

Das war zu erwarten. Wahrscheinlich hatten die beiden Mädchen unmittelbar nach Lenas Anrufen miteinander telefoniert und die Situation diskutiert.

„Wie lernte Ihre Tochter Oliver Ratzel kennen?"

„Ich kann mir nicht vorstellen, dass sie ihn wirklich kannte."

Da die Tür noch immer offen stand, hörte man deutlich ein Geräusch von der Treppe her. Es war ein vertrautes Geräusch für Adam, aber er brauchte ein paar Sekunden, bis er es einordnen konnte. Er hatte dieses Geräusch oft gehört, als seine Töchter noch zu Hause lebten. So klang es, wenn jemand mit hochhackigen Schuhen die Treppe herunterstöckelte.

Dann betrat Vanessa das Zimmer. Sie ging sehr langsam, nickte ein wenig mit dem Kopf anstelle einer Begrüßung und setzte sich. Adam hatte Mühe, den bunten Teenie vom Vortag wieder zu erkennen. Sie war ganz in Schwarz. Sie trug einen Rollkragenpullover und einen einfachen Rock, der bis über die Knie reichte, schwarze Strümpfe und schwarze Schuhe. Die langen Haare fielen glatt zu beiden Seiten des Gesichts herab, und wie sie nun da saß, die Hände im Schoß gefaltet, die Augen gesenkt, hatte sie etwas von einer still duldenden Madonna.

Frau Schneider zog scharf die Luft ein. Es war klar, dass sie von dem Auftritt genauso überrascht war wie Adam.

„Wir müssen dich leider stören, Vanessa." Betzke sprach so mild, dass jeder, der sie kannte, in Panik geraten wäre. „Es wird nicht lange dauern. Aber du verstehst, dass wir herausfinden müssen, wer Oliver Ratzel getötet hat."

Vanessa nickte.

„Hast du ihn schon lange gekannt?"

Vanessa schüttelte den Kopf.

„Lassen Sie das Kind in Ruhe", fuhr Frau Schneider dazwischen.

Das Kind? Betzke bemerkte, dass das junge Mädchen unter langen Wimpern einen verstohlenen Blick auf die Mutter warf. „Ich muss Sie bitten, Frau Schneider, halten Sie sich zurück."

„Sie beunruhigen Vanessa", ergänzte Adam.

„Du hast Oliver Ratzel im Dezember in einer Disco getroffen, stimmt's?"

Vanessa murmelte etwas Unverständliches.

„Bitte?"

„*Rocket*."

„Du musst etwas lauter sprechen."

Vanessa hob den Kopf und bot den Polizeibeamten ein tieftrauriges Gesicht dar. „Ich habe Olli im *Rocket* kennen gelernt. Vorher kannte ich ihn nicht. Nachher habe ich ihn geliebt."

„Vanessa, was redest du für ein Zeug?!“

„Oh Mama“, hauchte Vanessa tragisch.

„Wann hast du ihn zum letzten Mal gesehen?“

„Letzte Woche.“

„Das kann nicht sein. Letzte Woche war er schon tot.“

„Die Woche vorher. Sie verwirren mich!“

Frau Schneider stand auf. „Ich dulde das nicht. Lassen Sie meine Tochter in Frieden. Sie haben kein Recht, sie zu quälen.“

„Hat er dir irgendwann erzählt, dass er Feinde hat? Dass ihm jemand gedroht hat?“

„Nein. Über so etwas haben wir nie gesprochen.“

„Wenn Sie nicht sofort das Haus verlassen, rufe ich – “

„Die Polizei? Das sind wir.“ Auch Betzke erhob sich. „Es hat wohl heute keinen Zweck. Wir werden ein anderes Mal kommen müssen. Sorgen Sie inzwischen dafür, dass Vanessa sich beruhigt. Sie sind ja die Mutter, Sie können das am besten.“ Noch immer klang ihre Stimme weich wie Samt.

Frau Schneider wollte etwas erwidern, aber sie besann sich anders. Adam reichte ihr die Hand. „Ich habe selbst drei Töchter, ich weiß, wie das ist“, sagte er, ohne näher zu erklären, was er meinte. „Wenn Sie etwas erfahren, was für unsere Ermittlungen von Bedeutung sein könnte, rufen Sie uns bitte an.“

Von Vanessa konnten sie sich nicht verabschieden, da sie beide Hände vor das Gesicht geschlagen hatte.

10

Auch die Familie Horn wohnte in einer Villa, und zwar mit Blick auf die Rheinebene, allerdings sah man im Vordergrund die breit hingestreckte Anlage des Bruchsaler Krankenhauses. Da Dr. Horn dort Chefarzt war, brauchte er vielleicht diesen vertrauten Anblick.

„Lukas ist noch nicht da, er verspätet sich mal wieder. Kommen Sie herein und warten Sie, er muss jeden Augenblick kommen.“ Weder der Besuch von zwei Polizeibeamten noch das offenbar ständige Zuspätkommen ihres Sohnes brachte Frau Horn aus der Ruhe. Sie bot sogar etwas zu trinken an, was jedoch abgelehnt wurde.

Das wiederum deutete sie auf ihre Art. „Ist es so schlimm? Was hat er denn wieder angestellt?“

„Er stellt wohl oft etwas an?“

„Pausenlos. Das wissen Sie doch. Wahrscheinlich gibt es bei Ihnen eine Akte Lukas Horn.“ Sie lachte. „Aber da steht er nur drin, wenn Sie ihn erwischen. Die anderen Sachen wissen Sie nicht. Natürlich ist vieles gar nicht interessant für die Polizei. Können Sie mir sagen, um was es diesmal geht? Vielleicht kann ich Ihnen helfen.“

„Wir sprechen mit allen, die Oliver Ratzel gekannt haben. War Ihr Sohn mit ihm befreundet?“

„Das nicht, Lukas ist ja viel jünger. Aber er hat ihn natürlich gekannt. Als er ungefähr zehn war, hängte er sämtliche Wände seines Zimmers mit Plakaten von Fußballspielern zu, und da hatte Olli Ratzel einen besonderen Platz, schließlich stammt er von hier. Eine Zeitlang war Lukas Fußballfan. Das war vor der Tierschutz-Phase.“

Adam stellte sich vor, wie Lukas’ Zimmer während der Tierschutz-Phase ausgesehen hatte.

„Er war auf Ratzels Beerdigung“, sagte Betzke.

„Ja, gestern. Das war die Idee einer Freundin, und Lukas ging mit.“

„Heißt die Freundin Vanessa Schneider?“

„Nein, es war Tanja Woll. Lukas nahm sich extra frei und lieh sich den Audi aus.“

„Einen roten Audi? Ich dachte, das sei sein Auto.“

„Nein, es ist meines. Aber ich leihe es ihm, wenn er es braucht.“

„Ach so. Ja, sie waren zu dritt auf der Beerdigung, Ihr Sohn, Tanja und Vanessa. Sie haben ein bisschen Aufsehen erregt, schon allein weil sie zu spät kamen.“

„Das wundert mich nicht.“

„Und weil sie etwas auffällig gekleidet waren, vor allem die Mädchen.“

Frau Horn lachte. „Das war bestimmt ein großer Auftritt. Ist Lukas in seinem Clint-Eastwood-Schritt einmarschiert? Das ist bei ihm ein Zeichen, dass er unsicher ist.“

„Ach so“, sagte Adam noch einmal.

„Dann ist also Tanja Woll seine Freundin?“, fragte Betzke.

„Nein. Er hat keine Freundin. Tanja und Vanessa sind mit meiner Tochter Julia befreundet, die dieses Schuljahr in Amerika verbringt. Lukas spielt gern den Chauffeur für sie, weil er dann den Audi bekommt. Autofahren ist ganz wichtig für ihn.“

„Das erste eigene Auto gibt es wohl erst zum Abitur?“

„Er hat letztes Jahr schon Abitur gemacht.“

„Letztes Jahr? Ich dachte, er ist erst neunzehn.“

„Er hat mal ein Schuljahr übersprungen, deshalb war er beim Abi der Jüngste.“

„Es war ein gutes Abi?“

Frau Horn zuckte die Achseln. „Ziemlich gut. Er hat nie besonders viel für die Schule gearbeitet, aber wenn es darauf ankam, war er gut. Einen Klassenpreis bekam er natürlich nie – wegen der Verhaltensnote, Sie verstehen. Alle unsere Kinder sind so."

„Macht Ihnen das keine Sorgen?", fragte Adam verwundert.

Frau Horn zuckte wieder die Achseln. „Irgendwann beruhigen sie sich. Bei unserem Ältesten geschah es praktisch über Nacht. Er hat ein Mädchen getroffen und wurde ein anderer Mensch. Es ist eben einfach das richtige Mädchen. – Heute ist Lukas aber wirklich spät dran. Tut mir leid, dass Sie so lange warten müssen. Er macht zur Zeit seinen Zivildienst hier im Altenzentrum. Eigentlich hat er um fünf aus, aber er kommt nie pünktlich weg. Da gibt es immer noch irgendetwas, das ihn aufhält. Mal brauchen sie ihn schnell noch, weil jemand aus dem Bett gefallen ist, mal muss ihm ein Tantchen unbedingt noch eine Geschichte aus ihrem Leben erzählen. Lukas hat mir erklärt, dass man bei einer solchen Arbeit nicht mit dem Glockenschlag aus dem Haus stürmen kann. Wenn er dann endlich heimkommt, ist er fix und fertig."

„Was wird er studieren, wenn er mit dem Zivildienst fertig ist?"

„Medizin natürlich. Ich nehme an, es liegt an den Genen. Ich bin auch Ärztin. – Oh, er kommt."

Weder Betzke noch Adam hatten zunächst etwas gehört.

Lukas Horn war offenbar nicht darüber informiert worden, dass ihn die Polizei erwartete, doch es brachte ihn nicht aus dem Gleichgewicht. Er grinste nur und sagte: „Bin ich schon wieder zu schnell gefahren? Ich war doch nur mit dem Fahrrad unterwegs."

„Bist du müde?", fragte Frau Horn.

„Nein, nur hungrig."

„Kannst du warten, bis Papa kommt, oder ist es dringend?"

„Nicht dringend. Ich muss ohnehin zuerst verhört werden."

Frau Horn fragte, ob sie bei dem Gespräch zugegen sein sollte, doch hielt Betzke dies nicht für nötig. Als sie gegangen war, setzte sich Lukas auf den Platz seiner Mutter. An der Art, wie er sich langsam in den Sessel sinken ließ, sah man, dass er todmüde war.

„Ich glaube nicht, dass ich wertvolle Aussagen machen kann, aber fragen Sie einfach."

Er bestätigte, dass die Teilnahme an der Beerdigung Oliver Ratzels auf einen spontanen Vorschlag von Tanja Woll zurückging. Vanessa war sofort dafür, und Lukas ließ sich leicht überreden.

Das Trio kannte Ratzel seit einer zufälligen Begegnung in der Disco *Rocket*. Lukas hatte den einst so berühmten Fußballer im Gewimmel erkannt und angesprochen.

„Er war sehr freundlich. Ich glaube, er freute sich darüber, dass man ihn noch kannte. Ich wusste, dass er seit einiger Zeit wieder in Bruchsal lebte, aber ich hatte ihn noch nie aus nächster Nähe gesehen. Wir haben uns eine ganze Weile unterhalten."

„Dann haben Sie also Ratzel und die Mädchen zusammengebracht?"

„Nein, so kann man es nicht sagen. Wir drei waren zwar zusammen gekommen, aber in einer Disco verliert man sich schnell aus den Augen. Sie verstehen – ich meine, Sie waren doch sicher schon mal in einer Disco?"

„Ja", sagte Betzke. „Wir sind zwar beide schon steinalt, aber wir haben davon gehört, wie es auf einer Disco zugeht."

Lukas legte den Kopf schief. „Sie würden ziemlich auffallen. Jeder, der ein bisschen älter ist als ich, fällt auf."

„Ein bisschen älter", wiederholte Betzke. „Danke für das Kompliment." Adam warf einen verwunderten Blick auf seine Kollegin. Der junge Mann schien ihr zu gefallen.

„Ich habe also mit Oliver Ratzel gesprochen, und plötzlich ist Vanessa da, schiebt sich vor mich und sagt zu ihm: ‚Hallo, Olli. Du kennst meinen Vater, Michael Schneider. Ich bin Vanessa.' Oder so ähnlich. Was er geantwortet hat, habe ich nicht verstanden. In der Disco ist es manchmal ein bisschen laut. Ich weiß nicht, wie es weiterging. Es kamen dann meine Kumpels vorbei."

„Hat Ratzel versucht, Ihnen Drogen zu verkaufen?"

„Nein, das war nicht Ratzel. Sie wissen natürlich, dass ich zwei Joints in der Tasche hatte? Aber die waren nicht von Ratzel. Ich habe nie gesehen, dass er etwas verkauft hat. Nein, die Dinger kamen von einem der beiden Männer, die die Polizei später verhaftet hat. Er ging an diesem Abend herum, sprach die Leute an und bot allerlei Drogen zu Spottpreisen an. Joints gab es fast umsonst. Es war eine Werbeveranstaltung."

„Ja, Sie haben recht. Eine Bande aus Karlsruhe wollte in Bruchsal neue Kunden werben, aber hier beherrschen die Mannheimer den Markt. Sie können sich also denken, woher die Polizei den Tipp hatte. Eines wundert mich übrigens: Wieso hatten Sie zwei billige Joints bekommen? Andere bekamen nur einen."

Lukas schwieg und grinste.

„Jemand hat Ihnen seinen Joint zugesteckt, als die Polizei kam. Vanessa?"

„Ist doch egal."

„Andere Frage: Haben Sie gesehen, mit wem Vanessa die Disco verließ?"

„Mit mir natürlich. Und mit Tanja und Paul. Karen und Henny haben wir auch noch mitgenommen. Ich hatte an dem Abend das Auto."

„Sechs Personen?"

Lukas lachte. „Die Mädchen sind ja so dünn, die brauchen nicht viel Platz."

„Und Sie haben alle nach Hause gebracht?"

„Ja, ich bin einfach die Runde gefahren und habe sie nacheinander ausgeladen. Vanessa in der Bieringer-Straße war die letzte."

„Gehen Sie regelmäßig in diese Disco?"

„Gelegentlich, nicht regelmäßig. Es gibt noch anderes zu tun."

„Wie oft haben Sie Oliver Ratzel dort getroffen?"

„Insgesamt zweimal. Soviel ich weiß, kam er nur ganz selten. Beim zweiten Mal einige Zeit später war er nicht besonders freundlich, er reagierte kaum, als ich Hallo sagte. Wahrscheinlich hatte er einen schlechten Tag." Lukas zuckte die Achseln. Es war exakt dieselbe Bewegung, die vorher schon an seiner Mutter zu sehen war.

„War Vanessa dieses Mal auch dabei?"

„Nein. Es gab da eine Zeit, in der sie überhaupt nicht ausgehen durfte."

„Wegen der Razzia in der Disco? Aber man hat keine Drogen bei ihr gefunden. Oder war es die Geschichte mit der Alkoholvergiftung?"

„Oje, Sie wissen alles. Vanessa hat oft Ärger mit ihren Eltern."

„Eine Alkoholvergiftung ist kein lustiger Streich."

„Ich weiß", sagte Lukas ernst. „Ich war auch auf der Party bei Uwe. Es war grausam. Ich habe damals den Notarzt gerufen. Und deshalb dachten alle, ich hätte sie abgefüllt, das habe ich nun davon. Im Haus Stolz habe ich seither Hausverbot, und außerdem ist es mir strengstens verboten, Uwe zu treffen. An die erste Anweisung halte ich mich natürlich."

„Wenn Sie es nicht waren, wer hat dann Vanessa zum Trinken verleitet?"

„Niemand. So etwas macht sie von ganz allein. Ich hätte auf sie aufpassen sollen, aber ich hatte sie aus den Augen verloren. Es war eine wilde Party, und die Leute verteilten sich über verschiedene Zimmer."

„War Ratzel auf dieser Party?"

„Aber nein. Er gehört doch nicht in die Clique!"

„Waren Sie damals auch mit dem Auto unterwegs?"

„Nein. Meine Mutter und ich konnten uns nicht einigen. Ich war der Meinung, ich sollte das Auto haben, und sie war der Meinung, ich sollte es nicht haben." Er zuckte wieder die Achseln. „Man kann auch mit dem Fahrrad fahren."

„Wir haben erfahren, dass Vanessa Schneider mit Oliver Ratzel eine Liebesbeziehung hatte."

„Tatsächlich? Davon weiß ich nichts. Aber bei Vanessa ist alles möglich. Sie ist ein bisschen verrückt."

„Dann hat sie es geheim gehalten?"

„Es hat nichts zu bedeuten, wenn ich davon nichts weiß. Ihre Freundinnen sind bestimmt eingeweiht. Vanessa findet eine heimliche Romanze cool. Aber mit Oliver Ratzel?" Achselzucken. „Der passt doch nicht. Und er war viel zu alt für sie. Ist sie jetzt traurig? Zum Glück kommt meine Schwester Julia in vier Wochen zurück. Das Schuljahr in Amerika endet nämlich viel früher.

Julia wird sich um sie kümmern." Lukas nickte zufrieden, als habe er eine Lösung für das Problem gefunden.

„Tja", Betzke sah Adam an, „ich glaube, das war's für den Moment, oder?" Und zu Lukas: „Hat mich gefreut, mit Ihnen zu reden."

*

„Die Erziehung im Hause Horn besteht allein darin, das Auto zu geben oder zu verweigern", sagte Betzke. „Das ist eine primitive Erziehungsmethode, aber sie ist logisch und durchschaubar."

„Ich habe es wohl bemerkt, das der junge Mann Sie beeindruckt hat. Er gefällt Ihnen besser als vorhin das Mädchen, habe ich recht?"

„Es ist viel einfacher, mit Männern zurechtzukommen. Sie sind nicht so zickig. Nur eines ist mir nicht klar: Wieso stellt ein intelligenter Mensch wie dieser Lukas ständig etwas an?"

„Das kann ich erklären. Ich habe mir vorgestellt, was meine Töchter gesagt hätten, wenn so einer in ihrer Klasse gewesen wäre: ein Spitzenschüler, der noch dazu ein Schuljahr übersprungen hat. Wissen Sie, wie die ihn genannt hätten?"

„Einen Streber."

„Richtig. Und diesem vernichtenden Urteil ist Lukas Horn entgangen, weil er sich einen schlechten Ruf verschafft hat. Wenn es ihm im Unterricht zu langsam voranging, hatte er Zeit, sich Unfug auszudenken. Um ihn müssen wir uns nicht sorgen, der wird seinen Weg machen. Aber Vanessa tut mir leid."

„Die Mama behütet ihr Baby, wahrscheinlich ist der Vater streng", sagte Betzke. „Die Atmosphäre im Haus Schneider behagt mir nicht. Hat hier jemand ein Motiv, Ratzel umzubringen? – Nebenbei: Sie haben natürlich bemerkt, dass die Kleine uns eine Komödie vorgespielt hat."

„Eher eine Tragödie. War das alles in erster Linie für uns oder eher für ihre Mutter?"

*

Lena und Weber waren längst von ihrem Auftrag zurückgekehrt. Sie saßen in Adams Zimmer und warteten. Betzkes erster Blick galt ihrer Tafel. Es war kein weiterer Text dazugekommen, aber am oberen Rand klemmte eine Reihe von Fotos wie ein Fries. Sie zeigten Oliver Ratzel in chronologischer Reihenfolge, angefangen mit einem jugendlichen Porträt in einem roten Fußballtrikot mit der Aufschrift „1. FC Bruchsal" bis zu der letzten Aufnahme des Toten. Ein fertiger Bericht über das Gespräch mit Tanja Woll lag auf dem Schreibtisch. Jetzt waren Lena und Weber in die Diskussion einer sprachlichen Feinheit verwickelt.

„‚Das kann ich nicht sagen.' Diesen Satz hat Tanja mehrfach wiederholt. Was meint sie damit?"

„Der Satz ist zweideutig. Er kann bedeuten: Das weiß ich nicht."

„Oder: Das darf ich nicht sagen."

Adam und Betzke kannten das von früheren Gelegenheiten: Ihre beiden Assistenten hatten eine Angewohnheit entwickelt, sich mit kurzen Aussagen abzuwechseln, wenn sie etwas gemeinsam erarbeiteten.

„Auf die Frage, ob sie etwas von Ratzels Affäre mit Vanessa Schneider weiß – "

„Ob Ratzel jemals Drogen angeboten hat – "

„Ob er versucht hat, etwas zu verkaufen – "

„Immer dieselbe Antwort."

„Es gibt verschiedene Erklärungen."

„Ist etwas?" Weber schaute hoch. Anscheinend bemerkte er jetzt erst, dass seine Vorgesetzte sich gar nicht erst gesetzt hatte.

„Genug für heute", erklärte Betzke. „Es ist spät, und wir sind alle erschöpft. Diese Teenies sind ungeheuer anstrengend. Ich schlage vor, wir gehen jetzt nach Hause. Über Sonntag denken wir dann über alles nach, was wir heute erfahren haben."

*

Als Betzke und Weber schon gegangen waren und Adam mit ein paar Handgriffen seinen Schreibtisch aufräumte, begann Lena plötzlich: „Ist es schlimm, wenn jemand *Zeuch* sagt statt Zeug?"

Adam wusste natürlich sofort, wer der Jemand war. „Überhaupt nicht schlimm. Du musst dafür Verständnis haben. Weber kommt halt von da oben, und dort sprechen sie so."

„Er sagte auch *Oobst* und *Duusche*."

„Das legt sich mit der Zeit."

„Er lebt schon dreizehn Jahre in Karlsruhe! Er ist hier sogar noch ein Jahr in die Schule gegangen. Und trotzdem!"

„Aber dich hat er erst letztes Jahr kennen gelernt."

„Ach so. Das stimmt natürlich", sagte Lena nachdenklich. „Eine gewisse Entwicklung hat ja auch schon eingesetzt. Man merkt es bei dem Wort Tag. Ist dir aufgefallen, dass er manchmal *Tach* sagt und manchmal *Tag*?"

„Na also. Gib die Hoffnung nicht auf. Hat er sonst noch irgendwelche Fehler?"

„Er hat natürlich eine Menge Fehler. Es fällt mir bloß gerade keiner ein."

„Du musst dich einfach ein bisschen um ihn kümmern. Das ist alles."
Lena seufzte. Es war durchaus kein verzweifelter Seufzer.

11

„Es war grauenhaft."

„Kaffee oder Tee?"

Das war es, was Adam an seiner Assistentin so schätzte. Lena hatte ein Talent, die Lage mit einem einzigen Blick zu erkennen, und sie verlor sich nicht in nutzlosen Sentimentalitäten. Auch brachte ihn die sachliche Frage, ihre einzige Reaktion, zur Normalität zurück. Er war Kaffeetrinker. Er durfte sich nicht gehen lassen, Tee war für Krankheiten. Dies war ein normaler Arbeitstag.

Lena blieb lange weg. Sie ging jetzt überall im Revier herum und warnte die Kollegen, Adam sei heute grantig, sie sollten ihm aus dem Weg gehen. Oder sie appellierte an alle, Adam heute mit Rücksicht zu begegnen, da er gerade schwer zu leiden habe.

Lena mit dem Kaffee und die Kollegen aus Karlsruhe kamen fast gleichzeitig.

„Schauderhaftes Wetter", schimpfte Betzke, als sie sich aus ihrem Regenmantel schälte. „Und wie kühl es ist! Sind Sie auch nass geworden, Herr Adam?"

„Nein. Das ist es nicht. Er war gestern in Stuttgart", sagte Lena.

„Ist das etwas Schlimmes für einen Badener?"

„Weber, du hast keine Ahnung! Er hat seinen Schwiegersohn kennen gelernt."

Adam hatte nicht vor, sich über seine familiären Probleme zu verbreiten, aber nicht nur Lena, sondern auch Weber und sogar Betzke sahen ihn so interessiert an, dass er das Gefühl hatte, es würde ihm gut tun, ihr Mitleid zu verdienen.

„Er ist nicht mein Schwiegersohn, und wer weiß, ob er es je wird. Martina hatte angedeutet, wir würden überrascht sein. Also dachten wir natürlich, das könnte nichts anderes sein als das Datum der Hochzeit. Von wegen! Die Überraschung war, dass er Schauspieler ist. Schauspieler und Sänger. Er tritt in einem Musical auf. Nicht als Hauptdarsteller, nur so."

„Ein Künstler in der Familie? Nicht schlecht! Sie werden eines Tages stolz auf ihn sein", meinte Betzke.

„Wirklich wichtig ist nur, dass er ein netter Mensch ist", sagte Weber. „Und das ist er doch?"

„Hm. Er war ziemlich freundlich, wenn Sie das meinen.“

„Na also. Vielleicht darf er nicht heiraten, damit er seine Fans nicht vergrault. Er sieht bestimmt gut aus.“

„Ich denke schon“, sagte Adam unsicher. „Meiner Frau hat er gefallen. Aber vielleicht tut sie auch nur so. Er heißt Rob Walter. Habt ihr je von ihm gehört? Nein. Lore meint, er sei halt noch am Anfang seiner Karriere. Und außerdem ist er Vegetarier.“ Er sah die anderen der Reihe nach an. „Ist das nicht furchtbar? Sie haben extra für uns gekocht. Vegetarisch! Ich weiß nicht, was in Martina gefahren ist. Sie war früher ganz normal.“

„Was gab es denn?“

„Es sah aus wie die Knödel, die wir im Winter für die Vögel in den Vorgarten hängen. Und geschmeckt hat es nach gar nichts. Martina hat das Rezept aus einem alten Kochbuch ihrer Großmutter. Aber die ist schon mit fünfzig gestorben.“

„Ich habe vorhin gelesen, dass es heute in der Kantine Gulasch gibt“, sagte Weber. „Schön saftig und fleischig.“

„Tatsächlich?“ Adam schaute unwillkürlich auf seine Uhr. Es würde noch lange dauern bis zum Mittagessen. Immerhin war es eine tröstliche Aussicht. Er seufzte. „Ich hätte lieber Sie als Schwiegersohn.“

„Kommt nicht in Frage“, sagte Lena sofort.

„Vegetarische Ernährung ist sehr gesund“, erklärte Betzke. „Man muss nicht jeden Tag ein Steak essen.“

„Das ist richtig“, erklärte Adam. „Gulasch tut’s auch.“

„Soweit zum Essen. Und jetzt an die Arbeit“, sagte Betzke.

Sie setzten sich an den großen Tisch, lasen die Protokolle, die sich angesammelt hatten, und tranken größere Mengen Kaffee.

„Vanessas Mutter hatte keine Ahnung davon, dass da etwas lief mit Vanessa und Olli“, meinte Adam. „Das war eine ganz heimliche Sache. So etwas gefällt einem Mädchen in dem Alter. Die Heimlichkeit macht die Geschichte erst richtig romantisch. Ich stelle mir vor, was jetzt im Hause Schneider vorgeht. Sicher ist inzwischen der Vater eingeweiht. Er wird entsetzt sein. Es ist eine Sache, auf Ollis Beerdigung zu gehen, zumal ihn alte Freunde von früher dazu aufgefordert haben. Aber es ist etwas ganz anderes, wenn er erfährt, dass seine Tochter mit Olli Ratzel eine Beziehung hatte.“ Adam seufzte. Die anderen schwiegen rücksichtsvoll. Es war klar, dass sich Adam als Vater von drei Töchtern in diesen Dingen gut auskannte.

„Es gab nur ein einziges Telefongespräch zwischen dem Haus Schneider und Ratzel, und zwar nicht einmal über Handys, sondern über den Festnetzanschluss“, berichtete Lena. „Wie haben die beiden sich bloß verständigt? Ich bin sicher, da spielte Tanja eine Rolle. Vielleicht war ihre Wohnung auch der Treffpunkt. Tanja ist viel allein zu Hause, denn ihre Mutter kommt erst abends heim. Sie arbeitet bei dem Optiker in der Friedrichstraße. Die Eltern sind seit langem geschieden.“

„Wir müssen mit den Mädchen noch einmal in aller Ruhe reden."

An dieser Stelle kam die willkommene Störung.

Wachtmeister Müller führte Frau Ratzel herein. Sie brachte eine große, schwarz-weiß gemusterte Plastiktüte mit, auf der *Schneider* stand, obwohl das Kaufhaus Schneider längst geschlossen hatte. Im Haushalt der Familie Ratzel warf man Plastiktüten nicht weg, sondern bewahrte sie zur weiteren Nutzung auf.

Ursula Ratzel war immer noch blass, aber sie wirkte ruhiger und ausgeglichener, als Lena sie in Erinnerung hatte. Adam dachte daran, wie sie auf der Beerdigung die Organisation in Händen hielt. Frau Ratzel betrachtete ihn, da er der Älteste war, als den Chef. Betzke erkannte das sofort und reagierte: Sie bot Frau Ratzel ihren Platz an, also gegenüber von Adam, und verzog sich in den Hintergrund.

„Sie wissen wohl immer noch nicht, wer unseren Olli umgebracht hat?" begann Frau Ratzel schüchtern. Sie hatte die Plastiktüte auf ihre Knie gestellt und hielt sie mit beiden Händen fest.

„Nein, aber wir kriegen ihn", erklärte Adam ohne Zögern. „Was haben Sie auf dem Herzen?"

„Sie haben gesagt, Sie wollen alles wissen. Alles, was irgendwie auffällt. Deshalb dachte ich, ich komme gleich vorbei. Es ist ja bestimmt nicht wichtig. Aber Sie haben gesagt – "

„Ich verstehe Sie vollkommen", sagte Adam.

„Es geht um diese Jacke." Frau Ratzel zog einen khakifarbenen Parka aus der Tüte. „Ihre Leute wollten Ollis Kleider sehen, und ein paar Sachen haben sie auch mitgenommen, vor allem Schuhe und so."

„Man sucht nach Spuren, um festzustellen, wo Oliver in den letzten Tagen war. Wenn er zum Beispiel im Wald war, würde man Erde an seinen Schuhen finden oder vielleicht einen kleinen Zweig auf einem Mantel." Tatsächlich hatte man nicht den geringsten Hinweis gefunden.

„Ja, ja, so haben es uns die Herren erklärt. Es ist nur so: Diese Jacke wurde vergessen. Ich meine: nicht eigentlich vergessen. Kai hat sie sich genommen. Mein Sohn Kai wollte einfach gern Ollis Ami-Jacke haben. Sie passt ihm nicht besonders gut, ist ein bisschen zu weit, weil unser Kai so dünn ist. Aber er wollte sie haben, und ich habe gar nicht gleich gemerkt, dass die Jacke fehlt. Dann habe ich es doch gemerkt. Aber ich weiß gar nicht, ob ich haben will, dass Kai Ollis Sachen trägt. Wir haben darüber diskutiert, und schließlich haben wir uns geeinigt: Ich wasche die Jacke, und wenn sie die Wäsche gut übersteht, dann darf Kai sie behalten."

Betzke räusperte sich.

„Die Jacke war also schmutzig?", fragte Adam ruhig

„Schauen Sie, es ist ein altes Ding, Ollis Ami-Jacke. Sie war halt schon etwas abgenutzt, am Kragen zum Beispiel und an den Ärmeln. Aber sie kam gut aus der Wäsche heraus. Ich habe selber gestaunt. Ich habe nicht gedacht, dass man sie in die Waschmaschine stecken kann. Also soll Kai sie haben, von mir aus. Kann ich sie wieder mitnehmen?"

„Die Jacke ist also frisch gewaschen?"

„Ja, das sehen Sie ja."

„Wann hat Oliver Ratzel sie zuletzt getragen?"

„Das weiß ich nicht genau. Er hatte sie oft an, obwohl sie schon alt war."

„Waren irgendwelche besonderen Verschmutzungen daran?"

„Nein, nur normaler Dreck. Das Komische ist das hier." Ursula Ratzel beugte sich über ihre Einkaufstüte und zog einen kleinen, durchsichtigen Beutel heraus, wie man ihn zum Einfrieren von Lebensmitteln verwendet. „Bevor ich etwas in die Waschmaschine stecke, schaue ich immer in den Taschen nach. Da sind oft noch Sachen drin. In der Tasche von Ollis Ami-Jacke habe ich das hier gefunden. Ist das nicht komisch?"

Auf den ersten Blick sah der Beutel leer aus. Tatsächlich enthielt er nur einen kleinen, dünnen Gegenstand.

Adam hielt den Beutel hoch. Betzke verrenkte sich beinahe, um gut zu sehen.

„Ein kleiner Knochen", fuhr Frau Ratzel fort. „Ich habe keine Ahnung, was das zu bedeuten hat."

An dieser Stelle schloss Weber sorgfältig den Aktenordner, der vor ihm lag, und Lena beendete das Programm auf ihrem Computer. Betzke räusperte sich erneut und rieb sich die Hände, ohne es wahrzunehmen.

Nur Adam fuhr unbeirrt fort. „Ich danke Ihnen, Frau Ratzel. Es war ganz richtig, dass Sie zu uns gekommen sind. Bitte lassen Sie die Jacke und das Beutelchen vorerst hier. Ich denke, Ihr Sohn wird die Jacke bald zurückbekommen."

Bevor Frau Ratzel ging, fragte Adam, was ihr von einer Freundin Oliver Ratzels bekannt war. Sie wusste nichts, hielt es eher für unwahrscheinlich, dass er in letzter Zeit mit einem Mädchen angebandelt hatte. Allerdings war er sehr häufig außer Haus, ohne dass jemand von der Familie wusste, wo er war. Auf jeden Fall hatte er keine Freundin ins Haus gebracht. Ursula Ratzel kannte Vanessa Schneider nicht.

*

„Vermutlich gibt es eine harmlose Erklärung."

„Das sagt man so daher. Aber wer trägt einen Knochen in der Jackentasche mit sich herum?"

„Hat jemand in der Geschichte einen Hund?"

„Das ist kein Knochen, den ein Hund abgenagt hat."

Sie saßen alle vier am Tisch und reichten sich das rätselhafte Beweisstück weiter.

Weber war der letzte, der den Beutel bekam. Er befühlte ihn gründlich. „Das“, sagte er schließlich, „ist ein Stück von einem menschlichen Daumen.“

„Ha!“, rief Betzke und riss ihm den Beutel aus der Hand.

„Kennen Sie sich aus in solchen Sachen?“, fragte Adam erstaunt.

„Ich habe da mal einen Lehrgang gemacht“, erwiderte Weber leicht verlegen.

Betzke hielt sich das Knöchelchen im Beutel neben ihren Daumen. „Wissen Sie, unser Weber ist ein verrückter Kerl.“

„Diese Lehrgänge, die er ständig macht, sind vielleicht gar nicht schlecht“, bemerkte Lena.

„Es ist nur so“, ergänzte Adam, der inzwischen ebenfalls das Knöchelchen mit seinem Daumen verglich, „er könnte recht haben.“

„Das ist bei ihm häufig der Fall“, bestätigte Betzke.

„Vielleicht sollte trotzdem ein Fachmann das Ding untersuchen“, sagte Lena.

„Natürlich. Wir werden auch den Parka überprüfen lassen, obwohl er frisch gewaschen ist.“ Adam seufzte. „Es ist nicht gut, dass Hausfrauen dermaßen ordentlich sind.“

„Jedenfalls besteht Handlungsbedarf. Was ist, Weber, haben Sie eine Erklärung für das Knöchelchen?“

„Spontan fällt mir jetzt nur diese andere Sache in der Huttenstraße ein. Dort wurden Skelette gefunden. Halten Sie es für möglich, Herr Adam, dass sich dieser Fund in Bruchsal schnell herumgesprochen hat?“

„Das ist mit Sicherheit anzunehmen. Und zwar schon bevor es am nächsten Tag in der Zeitung zu lesen war.“

„Dann kamen bestimmt Neugierige.“

„Sie meinen, Oliver Ratzel schaute vorbei und nahm sich ein Stückchen als Souvenir mit?“

„Wenn Sie es so ausdrücken, klingt es absurd – “

„Sie haben mich missverstanden, Weber. Das ist genau das blöde Verhalten, das die Leute an den Tag legen, wenn es eine Sensation gibt. Man rennt hin, will alles unbedingt mit eigenen Augen sehen, und wenn dann irgendetwas herumliegt, ein kleines Steinchen oder, noch origineller, ein kleines Knöchelchen, steckt man es ein.“

„Kinder würden das auf jeden Fall tun.“

„Warum nicht auch Erwachsene? Sind wir eigentlich auf dem neuesten Stand über das sogenannte Massaker in der Huttenstraße?“

„Hm. Wir hatten Wichtigeres zu tun. Die Leichen werden in diesem Pathologischen Institut in Heidelberg mit Hilfe von DNA-Tests identifiziert. Haben wir Berichte bekommen, Lena?“

„Ich habe nichts Derartiges gesehen."

„Ach, ich kenne den Verein", rief Betzke. „Das sind fürchterliche Langweiler, die lassen sich Zeit, und wenn man nachfragt, machen sie dumme Witze darüber, dass ihnen noch nie einer ihrer Kunden weggelaufen ist. Ich ruf mal an."

Im Folgenden erlebten Adam, Lena und Weber, wie es sich anhörte, wenn Betzke jemandem ihre Meinung sagte.

„ – und zwar umgehend. Dazu brauchen Sie keine fünf Minuten. Sie hätten uns schon längst informieren müssen. Wir haben uns verstanden. Auf der Stelle!" Grußlos beendete sie das Gespräch. „Das ist vielleicht ein Laden! Zuerst hat es eine Ewigkeit gedauert, bis man mich mit jemandem verbunden hat, der wenigstens entfernt zuständig ist. Oder der nicht ganz abstreiten konnte, zuständig zu sein."

„Bekommen wir einen Bericht?"

„Ja. Sie haben uns bisher noch nichts geschickt, weil die Identifizierung der Toten nicht abgeschlossen ist. Aber darauf können wir nicht warten, das kann ewig dauern, und im Übrigen bezweifle ich, dass alle nach so vielen Jahren noch identifiziert werden können. Wir bekommen also eine Art Zwischenbericht. Ich habe gefragt, ob sie eventuell einen Daumen vermissen. Das hätten Sie hören sollen! Die Dame ist fast in die Luft gegangen. Wie ich auf den Gedanken kommen könnte, dass jeder Angestellte des Instituts grundsätzlich jedes Knöchelchen von jedem einzelnen Fall nachzählt, und überhaupt -! Dabei habe ich nichts Unmögliches verlangt, oder? Dieses schnippische Ding hat zwar erklärt, sie könne nicht versprechen, dass sie heute noch die Zeit dazu findet, aber der habe ich was erzählt! Der Bericht kommt als Fax. Das ist übrigens dieselbe Truppe, die uns nicht sagen will, mit was für einem stumpfen Gegenstand Ratzel erschlagen wurde."

„Da kommt das Fax", sagte Lena.

12

„Die Leute sind an einer Rauchvergiftung gestorben", sagte Betzke „Erst nachträglich stürzten Teile der Decke herab. Sind Sie bereit? Ich lese vor."

„Person A: weiblich, ca. 20–30 Jahre alt. Identifizierung siehe Anlage." Das war das zweite Blatt. „Hilde Schneider, geborene Kraft, 24.04.1918–01.03.1945. Wahrscheinlichkeit der DNA-Analyse: 95 %. Übergabe an Michael Schneider und Familie ist erfolgt. – Ist das unser Schneider, Vanessas Vater?"

„Ja. Das Haus in der Huttenstraße gehörte früher seiner Familie, darum hat er von vornherein vermutet, dass unter den Toten seine Großmutter ist. Und die anderen?"

Betzke nahm das Papier wieder zur Hand. „Person B: weiblich, ca. 40–45 Jahre alt. Zwei Goldzähne. Keine Identifizierung. Person C: weiblich, ca. 13–15 Jahre alt. Identifizierung siehe Anlage. Moment. Hier haben wir es. Irma Baumann, 11.10.1930–01.03.1945."

„Ich glaube, ich weiß, wer das ist", sagte Adam. „Schneider sprach davon, dass eine Familie Baumann im Hause wohnte. Das wäre dann die Tochter."

„Person D: männlich, ca. 60–65 Jahre alt. Da gibt es ein paar Einzelheiten. Schadhaftes Gebiss, verheilter Beinbruch, Schulterverletzung kurz vor dem Tod. Keine Identifizierung. Person E: männlich, ca. 20–30 Jahre alt. Guter Gesundheitszustand. Keine Identifizierung."

„Das ist nett. Völlig gesund, nur tot."

„Bestimmt ein junger Soldat auf Heimaturlaub."

„Es heißt noch, dass die fünf Personen nicht miteinander verwandt sind. Hier kommt ein weiterer Anhang. Ah, das betrifft Person B. Die Identifizierung ist noch nicht bestätigt, aber wahrscheinlich handelt es sich um eine Frau Gerda Rastetter, die in der Seilersbahn wohnte. Es haben sich die mutmaßlichen Verwandten gemeldet."

„Vielleicht hat die Frau einen Besuch in der Huttenstraße gemacht, oder sie war zufällig in der Nähe und suchte beim Alarm das nächste Haus auf."

„Was ist denn das für eine Bahn, die Seilersbahn?", fragte Betzke.

„Gar keine Bahn, das ist eine Straße, die auf die Huttenstraße mündet."

„Und warum heißt sie Bahn, wenn sie eine Straße ist?"

„Die Autobahn heißt auch Bahn. Da fahren auch keine Züge."

„Oho. Dann ist die Seilersbahn mit einer Autobahn vergleichbar?"

„Hm. Nicht direkt."

„Die Seilersbahn", ergänzte Lena, „ist ziemlich eng, wenn auf beiden Seiten geparkt wird."

Weber grinste. „Steht sonst noch etwas Interessantes da?"

„Der Rest ist Fachchinesisch. Die Skelette sind relativ gut erhalten, aber alle mehr oder weniger von herabgefallenen Bauteilen zerschlagen. Es wird nicht erwähnt, ob wirklich alle Knochen jeweils vorhanden sind."

„Moment mal", sagte Lena.

„Wir werden denen auf jeden Fall umgehend das Knöchelchen schicken. Ha! Die werden sich freuen!"

„Kann ich den Bericht mal sehen?"

„Was ist denn los, Hartmann, warum unterbrechen Sie dauernd?"

Lena blätterte in den Unterlagen. „Hier ist die Rede von fünf Toten."

„Genau. Zwei Frauen, ein 14-jähriges Mädchen, zwei Männer. Identifiziert sind bisher nur die Frauen und das Kind."

„Adam“, sagte Lena hilfesuchend, „waren es fünf Skelette?“
Adam runzelte die Stirn. „Ich bin nicht sicher.“
„Was wollen Sie, Hartmann? Haben wir eine Leiche zuviel?“
„Im Gegenteil. Ich glaube, ich habe sechs Tote gezählt.“
„Ist da einer aufgestanden und davongelaufen?“
„Weber!“

*

Zehn Minuten später war Betzke allein im Büro. Sie besuchte Bärbel Brecht jenseits des Ganges und informierte sich über ihre neuesten Kreationen. Brecht war Spezialistin für aparte Teemischungen.

Adam und Weber wollten die Baustelle aufsuchen und nochmals mit den Arbeitern sprechen. Lena begleitete sie ein erstes kurzes Stück. Ihr Ziel war die Zeitungsredaktion.

„Denk dran, dass du mit dem andern Journalisten zu reden hast“, rief Weber ihr hinterher. Adam brauchte einen Augenblick, um zu verstehen, was er meinte, dann schmunzelte er. Weber war seit einigen Tagen etwas nervös, wenn es um die *Bruchsaler Rundschau* ging, genauer gesagt: seit dem Tag, an dem Martin Lang auf dem Revier angerufen und Lena um ein Interview gebeten hatte. Lena lehnte das unter Zeugen ab, doch es beunruhigte Weber deswegen nicht weniger.

Natürlich traf Lena auf beide Journalisten. Sie arbeiteten an ihrem großen, quadratischen Schreibtisch, Kowalewski auf der einen Seite, Lang gegenüber.

„Welche Freude! Herzlich willkommen, Lenalein. Komm her, dies ist unser bester Stuhl.“ Lang räumte einen Stoß Papiere von einem altmodischen, sesselartigen Sitzmöbel herunter und zog es näher an den Schreibtisch.

„Kaffee?“, fragte Kowalewski. „Ich glaube, Sie nehmen keinen Zucker?“

Lena erinnerte sich an den überaus süßen Kaffee, den sie das letzte Mal hier bekommen hatte: Offenbar hatte sie sich damals verraten. Oder war Kowalewski scharfsinniger, als sie gedacht hatte?

„Was will uns die Polizei mitteilen?“, fragte Lang, als sie alle ihren Kaffee hatten und dazu eine Platte mit dicken Keksen. Das Getränk war immer noch viel schlechter als der Kaffee aus dem Automaten im Polizeirevier.

„Ich habe eine Frage an Herrn Kowalewski.“

„Oh, soll ich mich zurückziehen?“

„Sei nicht albern, Martin.“ Eigentlich hätte sie gern auf Martin Lang verzichtet. „Es geht um die Fotos, die Sie neulich in der Huttenstraße aufgenommen haben, Herr Kowalewski. Eines erschien in der Zeitung, das war der Cerberus, der an der Tür Wache hielt. Aber Sie haben viele Aufnahmen gemacht. Sind sie wieder aufgetaucht?“

„Nein“, erwiderte Kowalewski bekümmert, „die Fotos sind verloren gegangen. Ich habe damals aus Versehen die Bilder gelöscht statt des unsinnigen Textes. Tut mir leid.“

„Was für ein Pech“, sagte Lang. „Warum fragst du danach, Lena?“

„Wir hätten die Fotos gern gehabt.“

„Steckt etwas Besonderes dahinter?“

Lena ärgerte sich, dass Lang sich einmischte. Sie wandte sich ausschließlich an Kowalewski, aber das schien Lang nicht zu beeindrucken. „Erinnern Sie sich, wie die Skelette da lagen?“

„Sicher.“

„Wie viele waren es Ihrer Meinung nach?“

„Vier oder fünf.“

„Können Sie das nicht genauer sagen?“

Kowalewski kniff die Augen zusammen, als versuche er mühsam sich zu erinnern. „Schwer zu sagen.“

„Wie kommen Sie auf vier oder fünf? Sie haben bestimmt nicht die Beine gezählt, sondern die Schädel. Erinnern Sie sich, dass der Schädel ganz links in zwei Teile zerbrochen war?“

Kowalewski schloss noch einmal fest die Augen. Dann klärte sich seine Miene. „Fünf“, sagte er mit Entschiedenheit.

„Sind Sie sicher?“

„Oder sechs. Ich bin wirklich ganz sicher, es waren fünf oder sechs. Um was geht es?“

„Es ist noch nicht reif für eure Zeitung.“

„Noch nicht? Was heißt das? Bahnt sich eine Sensation an?“, wollte Lang wissen.

„Das erzähle ich euch demnächst.“

*

„Schon wieder?“, brummte einer der Bauarbeiter missmutig, als Adam und Weber erschienen.

Es waren vier Männer da, von denen Adam zwei wieder erkannte: den muskulösen Cerberus, der nur mit Mühe zum Reden zu bewegen war, und einen schmächtigen Mann, der das Wort führte. Die beiden anderen stellten, obwohl sie nicht betroffen waren, ebenfalls die Arbeit ein.

Jetzt sah alles ganz anders aus. Man stand in einem geschlossenen Raum mit noch nicht verputzten Wänden, und durch ein Kellerfenster, das früher nicht existiert hatte, fiel Licht auf einen sauberen Fußboden. Unübersichtlich angeordnete Rohre und Leitungen befanden sich an der Stelle, wo man die Skelette gefunden hatte.

„Das hier wird eine der Toiletten in dem neuen Café“, erklärte der Wortführer. „Ein bisschen eng, wenn Sie mich fragen, aber mich fragt ja keiner.“

„Hier lagen die Leichen“, sagte Adam. „Sie erinnern sich?“

Die Maurer nickten.

„Wie viele Skelette waren es?“, fragte Adam.

„Weiß nicht.“

„Vier oder fünf?“

„Sechs“, sagte einer.

„Zehn mindestens“, sagte der Cerberus gleichzeitig.

„Also jedenfalls mehr als drei“, folgerte Weber.

Adam seufzte. „Haben Sie sie denn nicht näher betrachtet?“

„Eigentlich nicht. Wir hatten eine Plane über sie gebreitet. Es waren doch Leichen.“

Die Skelette waren an einem Freitag gefunden worden, und danach wurde die Arbeit für diesen Tag praktisch eingestellt. Im Laufe des Nachmittags kamen immer wieder Leute, die die Leichen sehen wollten, aber sie wurden nur in kleinen Gruppen hereingelassen, dann bauten sich die Arbeiter an der Fundstelle auf und hoben auf Kommando feierlich die Plane, so dass man einen kurzen Blick auf die Skelette werfen konnte. Es musste hochdramatisch gewesen sein.

Leider hatten sie keine Ahnung, wer die Besucher waren. Adam holte ein Foto von Oliver Ratzel hervor. Die vier Männer betrachteten der Reihe nach das Bild, aber das Ergebnis war nur Achselzucken. Vielleicht war er da gewesen, vielleicht auch nicht.

Die Einzigen, die sich vorgestellt hatten, waren der junge Mann von der Zeitung und ein gewisser Herr Schneider, der von seiner Oma gesprochen hatte.

„Zwei alte Fräulein haben behauptet, sie wollten nur gucken, ob sie jemanden erkennen, weil sie Nachbarn sind. Aber das hat natürlich nicht geklappt.“

„Dass die Leute sowas sehen wollen“, bemerkte einer kopfschüttelnd.

„Wie lange lagen die Toten hier unter der Plane?“

„Da müssen Sie Neubauer fragen. Der muss irgendwo sein.“

Tatsächlich befand sich Neubauer, der Bauleiter, in den oberen Räumen, zu denen es keine Treppe gab, sondern nur eine breite Leiter. Sie verließen den Kellerraum, und dann brüllte der Cerberus mit lauter Stimme: „Neubauäääää!“ Aus weiter Ferne hörte man eine Antwort. Kurz darauf erschien Neubauer oben an der Leiter und kletterte zu ihnen herunter auf die Ebene des Erdgeschosses.

„Noch einmal die Polizei? Gibt’s was Neues?“

Auch Neubauer konnte die Zahl der Toten nicht mit Sicherheit nennen, aber er beschrieb detailliert, wie die Gebeine auf der linken Seite zerschmettert, ineinander verschoben und teilweise mit Steinen bedeckt waren. Im Übrigen war er reichlich neugierig. „Warum fragen Sie überhaupt? Ich dachte, die Sache sei im Grunde erledigt, und die Behörden beschäftigen sich nur noch mit den armen Leutchen, um herauszufinden, wer sie waren?"

Statt einer Antwort zeigte Adam noch einmal Ratzels Foto. Neubauer erkannte Oliver Ratzel sofort, wusste aber nicht, ob er auf der Baustelle gewesen war.

„Wer hat die Leichen abgeholt?", fragte Weber.

„Ein paar Herren, die mit einem weißen Lieferwagen angefahren kamen. Sie hatten weiße Overalls an. Zuerst haben sie noch einen Witz gerissen, dass ihre Kunden ihnen nicht davonlaufen, aber sie wirkten sehr professionell."

„Den Witz machen sie immer. Daran erkennt man, von welcher Behörde sie kommen."

„Aber dann gingen sie irgendwie sehr sorgfältig mit den Toten um. Respektvoll, würde ich sagen."

„Sie haben also zugeschaut, wie die Skelette in das Auto verfrachtet wurden?"

„Ja. Das heißt: eigentlich nein. Ich bin nicht die ganze Zeit herumgestanden, um ihnen zuzusehen. Die brauchten mich nicht. Ich war kurz oben, um nachzuschauen, ob der Putz trocken war. Wir haben da ein technisches Problem."

„Wer war sonst noch in der Nähe?"

„Niemand. Ich bin extra gekommen, um den Herren aufzuschließen."

„Was?", platzte Adam heraus. „Von welchem Zeitpunkt reden wir denn?"

„Samstagmorgen. Die kamen erst am Samstagmorgen. Wussten Sie das nicht? Wir haben am Freitagnachmittag bis fast vier Uhr gewartet, aber dann kam der Anruf, dass sie es nicht mehr schaffen. Ganz, ganz dringender Fall und sowas. Sie hatten sich mit Diebold in Verbindung gesetzt, und der hat ihnen meine Nummer gegeben. Wir verabredeten also den Termin am Samstagmorgen. Ich bin extra hergekommen und habe ihnen aufgeschlossen, und hinter ihnen habe ich alles wieder dichtgemacht. Wo ist das Problem?"

„Sie wollen sagen, dass die Skelette über Nacht hier lagen?"

„Ja, aber darüber brauchen Sie sich keine Sorgen zu machen. Hier ist nachts alles dicht, da kommt keiner heraus oder herein. Die weißen Herren hatten sich diesbezüglich auch gesorgt, aber ich konnte sie beruhigen." Neubauer kratzte sich am Kopf. „Also, ich will ehrlich sein. Die wären freitags noch gekommen, aber sie sagten am Telefon, es könnte ziemlich spät werden, da war diese Gasexplosion in Mannheim mit zwei Toten. Und wir wollten nicht warten. Feierabend, und dazu noch freitags, Sie verstehen. Also habe ich ihnen angeboten, sie könnten am Samstagmorgen kommen. Ich glaube, das war ihnen auch recht. Ich habe ihnen versichert, und das versichere ich jetzt nochmals ausdrücklich auch Ihnen: Dieses Anwesen ist über Nacht absolut dicht verschlossen. Wir müssen das machen, denn es lagert hier allerlei teures Gerät."

Neubauer führte sie herum und zeigte ihnen, wie das Haus gesichert war. Da die Front denkmalgeschützt war, hatte man die ganze Wand von außen mit einer Plane bedeckt, und die einzige Öffnung war an der Stelle, wo sich die Haustür befand. Diese Tür wurde verriegelt und mit einer Kette gesichert. Über ein Fenster konnte ein Dieb nicht eindringen, denn diese waren alle mit ihren altmodischen Fensterläden fest verschlossen. Außerdem konnte man von außen wegen der Plane nicht sehen, wo sie sich befanden. Wenn jemand versucht hätte, irgendwo gewaltsam einzudringen, wäre das den Bauarbeitern am Montag sofort aufgefallen.

Adam schüttelte bedächtig den Kopf. „Sollte es möglich sein, dass Lena sich irrt?“

13

„Wir müssen noch einmal mit Vanessa Schneider sprechen“, erklärte Betzke. „Ich denke, wir schicken die jungen Leute hin, vielleicht haben die einen besseren Draht zu einem jungen Mädchen.“

„Die jungen Leute?“, fragte Weber verdutzt.

„Ich meine natürlich Hartmann und Sie.“

Lena konnte sich nicht zurückhalten. „Und die alten Leute?“, fragte sie unschuldig.

„Wen meinen Sie mit alten Leuten?“, fragte Betzke erstaunt, und Adam sagte gleichzeitig: „Wer ist denn hier alt?“

Ob Betzkes Ansicht, dass Lena und Weber leichter Zugang zu Vanessa finden würden, eine gute Idee war, konnte nicht überprüft werden. Ein Anruf bei der Familie erreichte Frau Schneider, die sofort jeden Kontakt mit ihrer Tochter verweigerte und erklärte, Vanessa sei krank. Ein Attest könne jederzeit vorgelegt werden.

Eine halbe Stunde danach erschien Michael Schneider persönlich auf dem Revier. Seine Frau hatte ihn informiert, und er kam direkt von seinem Büro, um mit der Polizei zu sprechen und um die Lage zu klären.

Adam hatte einen von Sorgen geplagten Vater erwartet. Vor ihm saß jedoch ein tüchtiger Geschäftsmann, dessen Reaktion auf ein Problem nur darin bestehen konnte, dieses zu lösen. Er verkannte nicht den Ernst der Situation, aber er war auch nicht bereit, von seinem Standpunkt abzuweichen.

Im Grunde sagte er dasselbe wie seine Frau, er war nur nicht so brüsk wie sie. Er bat darum, man möge seine Tochter in Ruhe lassen.

„Ich weiß nicht, was in ihr vorgeht. Sie ist in einem schwierigen Alter. Sie glauben, dass sie lügt, wenn sie sagt, dass sie krank ist, aber so ist es nicht. Sie fühlt sich krank, und dann ist sie auch krank. Lassen Sie sie zur Ruhe kommen. Ich glaube nicht, dass Sie Ihnen irgendwelche Informationen vorenthält.“

„Seit wann wissen Sie von Vanessas Beziehung zu Oliver Ratzel?“

„Meine Frau hat es mir am Wochenende gesagt. Wir hatten beide keine Ahnung.“

„Ich finde, dieses Paar passte nicht gut zusammen“, sagte Betzke. „Und nicht nur wegen des Altersunterschieds.“

Schneider schwieg. Er nickte leicht mit dem Kopf.

„Nun hat sich die Sache ja erledigt“, sagte Adam. Es war brutal formuliert, sollte aber aufmunternd wirken. „Und wenn dem nicht so wäre? Was hätten Sie getan, wenn Sie schon früher davon gewusst hätten?“

Schneider blickte ihm ins Gesicht. „Alles. Ich hätte alles getan, um diesen rücksichtslosen Mistkerl von meiner Tochter fernzuhalten. Wirklich alles.“

*

„Ich glaube, da ist eine Mail“, sagte Lena.

Die Mail kam von Betzkes ganz besonderen Freunden aus dem Institut und enthielt den Bericht über die Untersuchung des Daumenknochens aus Oliver Ratzels Jackentasche.

„Ich kann’s kaum glauben“, sagte Adam, „so fix waren die noch nie.“

Betzke lächelte verschmitzt. „Ich glaube, die telefonieren nicht gern mit mir.“

„Daumen heißt lateinisch *pollex*“, erklärte Lena. „Unser Teilchen ist ein *phalanx proximalis*. Schöner Name für so ein kleines Knöchelchen. Weber, du hast recht gehabt.“

„So ist er eben“, sagte Betzke achselzuckend.

„Was die alles herausfinden! Es handelt sich um einen männlichen Fingergliedknochen, er stammt von einem etwa 40 Jahre alten Mann. Todesdatum: etwa 1995. Toll! Fehlt nur noch, dass sie den genauen Todestag angeben.“

„Also kein Kriegstoter. Weber, hier hatten Sie nicht recht. Schade. Damit ist unsere Theorie erledigt, dass Ratzel in der Huttenstraße einen Besuch gemacht und sich ein kleines Souvenir mitgenommen hat.“

„Der Knochen wurde mit einem Stück Zellstoff abgewischt. Was meinen die damit?“

„Aus Zellstoff werden Papiertaschentücher hergestellt.“

„Trotzdem“, fuhr Lena fort, „waren Spuren einer Blumenerde feststellbar, wie sie auf Friedhöfen verwendet wird. Gar nicht so abwegig. Der Knochen stammt von dem Ort, wo es massenhaft Gebeine gibt, nämlich vom Friedhof.“

„Es sollte zwar nicht vorkommen, aber ich habe da oben auch schon mal ein paar Knochen gesehen. Vielleicht war da ein uraltes, aufgelassenes Grab. Oder ein Familiengrab wurde geöffnet für die nächste Beerdigung. Wenn dann noch das ein oder andere Tier ein bisschen wühlt – “

„Genug! Wir stellen fest: Ratzel hat auf dem Friedhof einen kleinen Knochen gefunden, ihn mit seinem Tempo gereinigt und eingesteckt. Soweit klar. Die einzige Frage, die auch jetzt noch bleibt: Warum hat er das getan?"

„Vielleicht gab es keinen vernünftigen Grund. Vielleicht ist es irgendeine Sentimentalität, völlig unerklärlich und unwichtig."

„Auf jeden Fall wissen wir jetzt, dass es keinen Zusammenhang zwischen Ratzels Tod und den Kriegstoten gibt, außer dass sie alle in der Huttenstraße umgekommen sind. Das heißt also: Es war eine falsche Spur."

„Aber sie war spannend", sagte Lena voller Bedauern.

14

Der Vortrag fand im Seminargebäude des Bürgerzentrums statt und war gut besucht. Der Stadtarchivar zeigte Aufnahmen von Bruchsal aus älterer Zeit bis in die ersten Nachkriegsjahre. Er begann mit zweihundert Jahre alten Kupferstichen und endete mit Fotos, die den Wiederaufbau nach dem Zweiten Weltkrieg illustrierten. Ein Publikum aus Einheimischen, die mit dem Thema vertraut waren und auch den Vortragenden mehr oder weniger gut kannten, sorgte für eine Atmosphäre der freundlichen Nähe. Die Bilder von den Kriegsruinen waren traurig, doch über einige der alten Bauten konnte man auch lächeln. Manchmal, wenn der Stadtarchivar beispielsweise nicht alle Stadtratsmitglieder auf einer historischen Aufnahme benennen konnte, kam eine Stimme aus dem Publikum: „Das ist der Kleinert-Bäcker." Und hinterher nicht ohne Stolz: „Mein Großvater." Bei einem Foto der Steighohle aus den siebziger Jahren rief ein bärtiger Mann aus der ersten Reihe: „Das gelbe Auto da – das ist meins!" Es gab mehrere Einwürfe dieser Art, die vom Stadtarchivar stets freudig aufgenommen wurden.

Eigentlich hatte Lena ihre Eltern zu diesem Vortrag begleiten wollen, aber als ihr Vater eine heftige Erkältung entwickelte, weigerte sich die Mutter, ihn allein zu lassen. Beide bestanden darauf, dass Lena trotzdem ging, um ihnen anschließend zu berichten.

Für Lena waren alle die Bilder Erinnerungen an eine Zeit, die sie nicht kannte. Sie wurde ein wenig melancholisch, denn sie hatte das Gefühl, mit all diesen Menschen und Häusern in einer Verbindung zu stehen. Ich hätte Thomas mitnehmen sollen, dachte sie. Auch wenn er nicht viel gekannt oder erkannt hätte. Im Grunde möchte er Bruchsal kennen lernen.

Dann wurde es hell, der Vortrag war zu Ende, und das Publikum strebte dem Ausgang zu.

Es regnete. Lena hörte es schon im Treppenhaus, trotz des Stimmengewirrs um sie herum, als sich die Leute über das Gesehene unterhielten. Dann stand sie am Ausgang der Volkshochschule und blickte hinaus. Das war kein sanfter Regen, sondern ein heftiger Schauer. Rechts und links um Lena herum wurden Schirme aufgespannt, und man machte sich auf den Heimweg.

Auch Lena besaß einen schönen Regenschirm, aber der lag im Auto. Eigentlich hatte sie vorgehabt, das Auto in der Tiefgarage des Bürgerzentrums zu parken. Das wäre jetzt sehr praktisch gewesen, denn von dem Gebäude, in dem sich Stadtbibliothek und Volkshochschule befinden, kann man durch die überdachte kleine Gasse trockenen Fußes in das Bürgerzentrum gelangen. Aber sie hatte zufällig einen günstigen Parkplatz in der Seilersbahn gefunden. Dort stand nun das Auto, auf dem Rücksitz lag der Schirm. Und Lena blinzelte in den strömenden Regen. Die meisten Besucher des Vortrags waren gegangen, es gab nur noch zwei, drei Grüppchen, mit Diskussionen beschäftigt.

Wenn es ein Schauer war, würde er bald aufhören. Lena seufzte.

Fünf Minuten später stand sie allein da. Alle anderen waren gegangen, die meisten hatten Schirme, ein Pärchen rannte Richtung Kaiserstraße davon. Sollte sie auch rennen? Der Regen hörte sich nicht mehr wie ein Schauer an, sondern wie ein starker, beständiger, nicht so bald aufhörender Landregen.

Der kürzeste Weg führte durch den Bürgerpark. Lena stellte den Kragen ihrer Jacke, so hoch es ging, und lief los. Der Regen prasselte auf die Steinplatten des kleinen Theaterrunds mit Stufen, das man Atrium nennt, und die Stufen waren glitschig. Lena verlangsamte ihren Schritt. Das hätte noch gefehlt, auf nassen Stufen ausrutschen und stürzen.

„Heda!“

Rief da jemand hinter ihr? Klang das wie *Heda* oder gar *Lena*? Nein, es war wohl nur der Wind.

Auf der obersten Stufe blieb sie stehen und schaute sich um. Die Gasse zwischen Bürgerzentrum und Volkshochschule war dunkel, daher wurde die Gestalt, die dort stand, nur von hinten beleuchtet und wirkte wie ein tiefschwarzer Schatten. Ein einzelner, großer, schwarzer Mann. Er stand da und bückte sich leicht, als wolle er sein Gesicht verbergen.

Lena machte ein paar schnelle Sätze in den Schutz des nächsten Baumes. Sie war bereits klatschnass. Die Haare fielen ihr ins Gesicht. Es tropfte unangenehm kalt in ihren Nacken. Sie konnte kaum den Parkweg vor ihr sehen.

Schritte auf den Stufen des Atriums. Lena bewegte sich nicht. Sie hörte auf die Schritte, bis die Stufen geschafft waren. Nun müsste der Mann weitergehen. Aber er tat es nicht. Er blieb stehen. Er hielt Ausschau. Er horchte.

Toll, dachte Lena. Das ist genau das Verhalten, über das ich mich immer aufgeregt habe: nachts als Frau allein durch den dunklen Park gehen. Die Spitze des Leichtsinns. So bringt man die perversen Kerle auf Ideen. Als Polizistin weiß man das natürlich alles genau. Man predigt den Mädchen, keine unnötigen Risiken einzugehen. Und wie verhält man sich selbst?

Außerdem besitzt eine Polizistin eine Dienstwaffe. Die man immer bei sich hat. Im Auto!

Das Handy hatte sie zwar in der Tasche, aber es würde geradezu Lärm hervorrufen, wenn sie sich jetzt bewegen wollte und die Umhängtasche öffnen würde …

Der Mann machte zwei Schritte und blieb wieder stehen.

Lena suchte nach dem nächsten Baum. Verursachte es weniger Geräusch, wenn sie sich auf dem nassen Gras bewegte? Vorsichtig, ganz, ganz vorsichtig setzte sie einen Fuß neben den geteerten Weg. Es war nichts zu hören. Sie ging leise weiter. Dann trat sie auf die Scherben einer weggeworfenen Flasche.

Es klang fürchterlich laut. Der Regen war stark und prasselte, aber die Scherben knirschten viel lauter.

Die Schritte wurden wieder aufgenommen. In ihre Richtung. Immer näher.

Jetzt stand sie wenigstens so, dass sie sich nur ein wenig umdrehen musste, um den Verfolger zu sehen. Er war wieder stehen geblieben und schaute sich um. Das Gesicht war nicht zu sehen, denn der Mann hatte einen Schirm, den er leicht schräg hielt, so dass der Kopf völlig im Dunkeln lag.

Einfach auf ihn zugehen und ihn ansprechen? Aber weshalb?

Warten, bis er in unmittelbarer Nähe war? Und was dann?

Hätte ich doch Thomas mitgenommen!

Die niedrigen Beleuchtungskörper waren entlang der Parkwege angebracht, die Lampe unmittelbar neben Lena war allerdings defekt. Man konnte den Weg immerhin, wenn auch schwach, im Regen glänzen sehen. Es ging in einer geschwungenen Kurve leicht bergan. Ohne einen Baum, ohne einen Strauch. Das nächste Gebüsch war zwanzig Meter entfernt. Dort oben, bei einer Bank, begann die Treppe, die hinunter auf die Seilersbahn führte.

Standen dort oben nicht ein paar Gestalten? Bei der Bank? Links unter einem Baum?

Lena verließ ihre Deckung und ging mit schnellen Schritten den Weg hinauf. Sie bemühte sich nicht mehr darum, keinen Lärm zu machen. Sie hörte hinter sich ihren Verfolger, der ebenfalls schnell ging. Aber das war jetzt nicht wichtig. Denn vor ihr, neben der Bank, die natürlich zu nass war, um als Sitzgelegenheit zu dienen, standen drei junge Männer. Einer hatte eine Flasche in der Hand.

„Ej, schau mal, die Schöne ist patschnass geworden!"

Mit einem Schlag ging es Lena gut. „Es regnet ein bisschen", sagte sie und lachte.

Die Jungen lachten auch. „Ein bisschen! Bleib bei uns, hier ist es gemütlich. Wir haben auch was Feines zum Trinken."

„Keine Zeit“, sagte Lena. „Ich werde verfolgt.“ Sie deutete hinter sich. Die jungen Männer starrten in die Richtung, die sie anzeigte. Ihre Aufmerksamkeit war für den Augenblick abgelenkt.

Lena rannte an ihnen vorbei, zu den Stufen, zur Seilersbahn, zu ihrem Auto.

Tür zu, Türverriegelung. Dienstrevolver aus dem Handschuhfach holen, auf den Beifahrersitz legen. Handy daneben. Schnell losfahren.

Moment mal. Hat mich da wirklich einer verfolgt? Ein Gangster mit Regenschirm?

Lena holte tief Atem. Es hat einfach nur geregnet, sagte sie sich. Und ich bin fürchterlich nass geworden.

*

Zuerst wollte sie nichts von ihrem Abenteuer erzählen. Sie fürchtete, ausgelacht zu werden. Aber das geschah nicht. Die Kollegen hörten ihren Bericht mit großem Ernst an.

„Regt euch nicht auf“, sagte Lena. „Bei Tageslicht sieht das alles nicht sehr dramatisch aus. Wahrscheinlich wollte er nichts von mir, sondern ist nur vor dem Regen davongelaufen.“

„Hör auf“, murmelte Weber gequält.

Adam dachte nach.

„Ich glaube nicht, dass wir uns damit beschäftigen müssen“, erklärte Lena.

„Aber er war hinter dir her“, beharrte Weber.

„Mich würde interessieren“, begann Betzke plötzlich, „wo sich dieser Bürgerpark befindet.“

„Der südliche Rand verläuft parallel zur Kaiserstraße“, erklärte Adam. „Auf der westlichen Seite grenzt der Bürgerpark an das Bürgerzentrum, auf der östlichen an die Seilersbahn, die ja, wie Sie wissen, eine Straße ist.“

Betzke blickte ihn nachdenklich an. „Sie haben die Nordseite nicht erwähnt. Aber ich ahne, was da ist.“

Adam seufzte. „Im Norden des Bürgerparks befinden sich die Rückseiten von Häusern, deren Fronten auf der Huttenstraße liegen.“

Betzke nickte. „Huttenstraße. Also doch.“

15

„Stellen Sie sich einen Mann vor, den Leichen faszinieren“, sagte Adam. „Er erfährt, dass es in der Huttenstraße Tote gibt, und sofort geht er hin. Er steht herum und lässt sich mit anderen Schaulustigen von den Arbeitern die Skelette zeigen. Sie gefallen ihm. Er will eines für sich. Zufällig hört er, wie der Bauleiter mit dem Pathologischen Institut telefoniert. Er bekommt mit, dass die Kriegstoten erst am nächsten Morgen abgeholt werden. Dadurch ergibt sich eine Gelegenheit, die er sich einfach nicht entgehen lassen kann. Er steigt nachts ein und holt sich ein Skelett. Es fällt nicht auf, dass eines fehlt. Kaum jemand bemerkt es.“ Adam hielt inne und ließ seinen Blick auf Lena ruhen.

„Und was macht er mit der Leiche?“

„Das weiß ich nicht. Aber lassen Sie mich die Geschichte weiterspinnen. Dieses Interesse an Toten ist nicht über Nacht gekommen. Er hat mindestens ein anderes Skelett bereits in seiner Sammlung, eines vom Friedhof. Bekanntlich gibt es dort zahllose Skelette. Es ist nun besonders reizvoll, einen Kriegstoten mit einem zu vergleichen, der erst ungefähr zwanzig Jahre tot ist.“

„Sie haben eine grausige Phantasie.“

„Nicht ich, der Psychopath. Es geht weiter. Er bekommt Lust auf eine noch frischere Leiche. Er wird aktiv. Der nächste Schritt ist: vom Sammeln von Toten zum Töten. Er ermordet Ratzel und steckt ihm ein Knöchelchen in die Tasche, das zu einem Toten vom Friedhof gehört. Dahinter steckt eine geheimnisvolle Symbolik, die unsereiner freilich nicht verstehen kann. Es geht weiter. Bei einem derartig Kranken gibt es keine Ruhe, keine Befriedigung. Er muss immer weitergehen. Als Nächstes stellt er fest, dass er bisher nur Männer gesammelt hat. Es fehlt ein weibliches Opfer. Und da sieht er nachts im Bürgerpark eine junge Frau ganz allein in der Dunkelheit – “ Adam brach ab.

Weber versuchte heimlich nach Lenas Hand zu greifen. Das gelang ihm aber nicht, denn sie verschränkte die Arme vor der Brust und verkündete kriegerisch: „Ich glaub’s nicht. Wie kannst du uns so eine Räuberpistole vorsetzen, Adam! Bisher hast du immer nur geschimpft und gesagt, es sei eine billige Lösung, wenn man Verbrechen auf Psychopathen schiebt. Der letzte Ausweg, wenn man absolut nichts Logisches entdecken kann.“

„Ich finde, Hartmann, Sie reden in einem äußerst unpassenden Ton mit Ihrem Vorgesetzten“, tadelte Betzke.

Weber versuchte zu vermitteln. „Man kann das, was Herr Adam sagt, nicht ohne weiteres von der Hand weisen. Aber ein gewisser Erklärungsbedarf besteht natürlich. Es könnte nichts schaden, wenn wir uns den Friedhof näher betrachten. Ist in letzter Zeit etwas vorgekommen? Vandalismus oder so?“

„Das einzige Verbrechen, das auf dem Bruchsaler Friedhof begangen wird, ist der Klau von Blumenvasen“, sagte Lena.

„Wenn der Verrückte Tote sammelt, wieso lässt er dann Ratzel auf der Treppe liegen?“, gab Weber zu bedenken.

„Vielleicht ist er gestört worden.“

„Wo kann man Leichen sammeln und aufbewahren? In einem Keller? In einem Gartenhaus?“

Betzke nickte vor sich hin. „Unser nächstes Ziel ist die Friedhofsverwaltung. Wen wollen wir schicken, Herr Adam?“

„Ich gehe gern dahin“, sagte Lena.

„Nein, du nicht“, sagte Adam.

„Glaubt ihr vielleicht, ich habe Angst? Ich geh’ über Nacht auf dem Friedhof spazieren, wenn es sein muss. Nur nicht bei Regenwetter ohne Schirm. Aber eines muss ich doch noch loswerden. Sag mir, Adam, wie ist dein Psychopath in das Haus in der Huttenstraße eingedrungen, um das Skelett zu stehlen? Wir wissen doch, dass alles dicht war.“

Adam seufzte. „Mir ist eingefallen, dass manche Häuser in der Huttenstraße eine Hintertür haben.“

„Oh“, sagte Lena. „Einen Ausgang zur Adolf-Bieringer-Straße. Diese Möglichkeit hatten wir vergessen.“

„Das Dringendste“, erklärte Betzke, „ist eine neue Tafel.“

Diese Ankündigung führte zu einer heftigen Diskussion. Lena erklärte, die Theorie über den Psychopathen sei noch nicht bestätigt, also dürfe man die alten Theorien noch nicht wegwerfen. Weber beharrte darauf, die bisherige Tafel dürfe auf keinen Fall abgewischt werden, da das bunte Display vom ganzen Revier immer wieder bewundert wurde.

An dieser Stelle warf Betzke ihrem Assistenten einen misstrauischen Blick zu, aber er verzog keine Miene.

Adam wusste Rat. Er schlug eine zweite Tafel vor, die gleichberechtigt neben der alten aufgestellt werden sollte. Dafür wiederum war nicht genug Platz da, wenn man sich genügend Raum zum Sitzen vorbehalten wollte.

Der Kompromiss lief darauf hinaus, dass die neue Tafel unmittelbar vor die alte gestellt wurde.

*

„Da drüben winkt uns jemand“, sagte Adam.

Nach dem Mittagessen hatte Adam seine Methode durchgesetzt: Man begab sich, um die analytischen Kräfte anzuregen, zu einem kleinen Spaziergang in den Schlossgarten.

„Ist das ein Freund von Ihnen, Frau Betzke?“, fragte Weber.

Am Rand des breiten Mittelwegs stand Lukas Horn. Er trug weiße Arbeitskleidung, eine Sonnenbrille mit dickem weißen Rand hatte er hochgeschoben.

Zwei ältere Damen mit Rollator befanden sich in seiner Begleitung. Als sie sahen, dass Lukas winkte, winkten beide eifrig mit, obwohl sie keine Ahnung hatten, wem der Gruß galt. Die kleine Gruppe hatte gerade eine Verschnaufpause eingelegt.

„Wie üblich mit zwei Freundinnen gleichzeitig unterwegs", sagte Betzke und winkte zurück. Tatsächlich machten die beiden Damen einen sehr fröhlichen Eindruck und fühlten sich offensichtlich wohl in der Gesellschaft ihres Zivis.

„Die Sonnenbrille ist beeindruckend", meinte Lena.

„Die Sonnenbrille!", wiederholte Adam.

„Jetzt hat er sie wieder richtig auf."

„Natürlich. Es scheint ja die Sonne. Er hat sie vorhin nur auf den Kopf geschoben, damit Sie sein Gesicht besser erkennen, Frau Betzke."

„Ein höflicher junger Mann!"

„Ist etwas mit der Brille?", fragte Lena.

Adam ging langsam neben seinen Begleitern her. „Bei Sonnenschein eine dunkle Brille zu tragen ist normal. Man will seine Augen schützen. Wer bei düsterem Wetter eine Sonnenbrille trägt, will sich dahinter verbergen. Wer hat neulich eine auffallende Sonnenbrille getragen?"

„Weiß nicht", sagte Betzke.

„Der Junge bei der Beerdigung. Kai Ratzel. Ich nehme an, es war Ollis Brille. Die Mondbrille."

„Wie bitte?"

„Ich glaube nicht, dass es Mondbrillen gibt", bemerkte Weber vorsichtig.

„Natürlich nicht", sagte Adam unwirsch. Er wollte sich nicht mit Erklärungen aufhalten. „Kai mag alles, was ihn an seinen Onkel erinnert. Er hat die Brille aber schnell wieder abgesetzt, als er merkte, dass er damit schlecht sehen konnte."

„Ich weiß nicht, worauf Sie hinauswollen, Herr Adam."

„Wenn ich das selbst wüsste!"

„Denk weiter nach, Adam", riet Lena. „Wenn sich aus dem Unterbewusstsein ein Gedanke hochschafft, muss man ihn verfolgen."

„Die Brille passte ihm nicht", fuhr Adam fort.

„Vielleicht war es keine einfache Sonnenbrille, sondern eine mit Schliff", meinte Weber. „Also für eine bestimmte Person angefertigt."

Betzke nickte. „Es war sicher die Ray-Ban-Brille, die man unter Oliver Ratzels Besitztümern fand. Uns ist damals aufgefallen, dass er eine so teure Brille trägt."

„Ich finde, solch eine Brille passte zu Oliver Ratzel. Sie gehört zu einem Superstar. Und jetzt will sich Kai nicht davon trennen, auch wenn sie für ihn nicht geeignet ist. Sind wir uns einig, Adam?"

„Ja. Natürlich. Alles klar. Alles logisch."

„Und wo ist das Aber, das dich noch quält?"

„Olli hatte die Brille im Viktoriapark dabei. Das war am späten Nachmittag, es dämmerte bereits. Wozu braucht er eine Sonnenbrille? Doch nicht, um sich dahinter zu verbergen! Die kennen ihn alle im Viktoriapark."

„Vielleicht hat es ihm einfach Spaß gemacht, das Ding zu tragen."

„Hm. Es ist halt nur eine Frage, und ich mag gern Antworten auf meine Fragen."

16

Nicht jede Polizeiarbeit ist spannend und aufregend. Was die nächsten Tage betraf, so bestand sie aus Routine und war eher langweilig.

Betzkes Anrufe im Pathologischen Institut zeigten Wirkung. Offenbar hatte sie den Eindruck vermittelt, dass ihr jedes neue Detail umgehend gemeldet werden musste. Eine Nachricht betraf eines der Bombenopfer: Man hatte Person D als einen gewissen Rudolf Heil identifiziert. Er hatte in der Steighohle gewohnt.

„Steighöhle? Wohnt man in Bruchsal noch in Höhlen?", fragte Betzke.

„Steighohle", verbesserte Adam. „Das bedeutet: Steiler Hohlweg. Der Mann war beim Alarm wahrscheinlich unterwegs in der Huttenstraße. Jetzt haben wir nur noch eine Person, die nicht identifiziert ist."

Lena und Thomas Weber stritten sich. Er wollte nicht, dass sie sich allein in der Stadt bewegte, und schlug vor, bei ihr einzuziehen. Lena sagte, dann brauche sie ein größeres Bett. Weber fand die Idee gut. Lena erwiderte, ihr Schlafzimmer sei zu klein für ein größeres Bett. Er meinte, sie müsse nur den kleinen Schreibtisch aus dem Zimmer entfernen. Lena wurde wütend. Der Schreibtisch sei wichtig, sie sei eine arbeitende Frau. Und außerdem brauche sie kein Kindermädchen.

Das Haus in der Huttenstraße, in dem ein neues Café gebaut wurde, besaß keinen Hinterausgang.

Auf dem Friedhof Bruchsal hatte man in den letzten Monaten keine Fälle von Störung der Totenruhe festgestellt. Zuletzt gab es vor fünf Jahren einen versuchten Raub, als jemand einen frisch bestatteten Sarg aufbrechen wollte, weil er an dem Toten Goldschmuck vermutete. Der Täter wurde gefasst, und das Gold hatten die Angehörigen ohnehin schon zuvor entfernt.

Annette Kiefer, geborene Lohr, konnte der Polizei nicht helfen. Es war schon lange her, dass Oliver Ratzel von einem Tag auf den andern beschlossen hatte, ein unscheinbares Mädchen aus Bruchsal passe nicht zu einem angehenden Fußballstar, und er hatte sie ohne die geringsten Skrupel verlassen. Seine Entscheidung teilte er ihr damals in einem knappen Telefongespräch mit. Jahre später waren sie sich noch einmal auf der Straße begegnet und hatten ein paar Worte gewechselt. Zur Beerdigung kam sie nicht zuletzt auf Drängen ihres kleines Sohnes, der erwartet hatte, bei dieser Gelegenheit berühmte Fußballer zu sehen. „Olli konnte nichts außer Fußball spielen“, sagte sie jetzt. „Armer Kerl.“

Die Polizei appellierte an die drei jungen Männer, die sich am Mittwoch gegen 22 Uhr im Bürgerpark aufgehalten hatten, sie möchten sich als Zeugen melden.

Lena und Thomas Weber versöhnten sich. Eines Abends waren sie bei den Bergers zum Essen eingeladen. Daniel Berger erzählte, er habe Betzke getroffen, als er auf dem Weg nach Hause noch schnell bei *Lidl* einkaufte. Sie habe ihn sehr freundlich bei der Auswahl von Schokoladeneis beraten.

*

Und dann, nach den ereignislosen Tagen, geschah alles auf einmal.

Lena erhielt ein Geschenk.

Wachtmeister Schmitz entdeckte in der Huttenstraße eine wichtige Zeugin.

Ein Friedhofsgärtner meldete eine merkwürdige Entdeckung.

Vanessa Schneider verschwand.

Bärbel Brecht sagte, als sie Betzke ihre neueste Tee-Kreation brachte: „Da steht so manches Skelett im Schrank.“

*

Es begann mit dem Anruf frühmorgens, als sich das Team gerade zur ersten Besprechung niederlassen wollte.

Es war Adams Telefon, also nahm er ab und meldete sich. Aber das Gespräch war nicht für ihn, sondern für Lena. Adam legte die Hand auf das Telefon und murmelte: „Vielleicht sollten wir endlich ein eigenes Telefon für dich beantragen!“ Dann nahm er die Hand weg und sagte laut, wohl wissend, dass man ihn jetzt am anderen Ende der Leitung hören konnte: „Die *Bruchsaler Rundschau* möchte Sie sprechen, Frau Hartmann.“

Weber beugte sich vor, seine Miene verfinsterte sich.

„Es ist nicht die *Bruchsaler Rundschau* als Ganzes.“ Man merkte, dass der junge Mann leise lachte. „Ich bin es nur, Sebastian Kowalewski.“

„Hallo, Herr Kowalewski“, sagte Lena. Weber schaute etwas freundlicher.

„Ich wollte Sie gern sprechen, Frau Hartmann. Gibt es einen Ort, wo wir uns treffen könnten, ohne dass ganz Bruchsal davon erfährt?“

„Also nicht die Redaktion? Und auch nicht das Polizeirevier?"
Jetzt lachte Kowalewski laut.
„Geheime Gespräche erledigen wir immer im Schlossgarten", erklärte Lena und verabredete sich mit dem Journalisten am Schwanenteich.
„Ich komme mit", sagte Weber.
„Das geht nicht. Er will mit mir allein sprechen. Ich weiß nicht, was er von mir will, aber ich gehe auf jeden Fall hin. Mit der Presse muss man sich gut stellen."

*

„Mit der Polizei muss man sich gut stellen." Sebastian Kowalewski stand am Geländer des Teiches und hatte gerade Zwiesprache mit zwei Enten gehalten, denen er erklären wollte, dass er nichts Essbares bei sich hatte. Sein Haar war zerzaust wie immer, außerdem hatte er eine fast abgeheilte Verletzung auf der Wange.
„Ein seltsamer Schwanenteich ist das", sagte Kowalewski. „Ich war schon am Überlegen, ob ich überhaupt an der richtigen Stelle bin."
Erstaunt stellte Lena fest, dass kein einziger Schwan zu sehen war. Es gab nur Enten in allen Farbschattierungen. „Seltsam! Vielleicht sind die Schwäne verreist. Jedenfalls ist das hier der Schwanenteich."
Sie setzten sich auf eine Bank am Rand des Teiches. Die Enten folgten ihnen.
„Sie haben eine Information für mich?", fragte Lena erwartungsvoll.
„Nein", erwiderte Kowalewski feierlich, „ ich habe ein Geschenk für Sie, Frau Hartmann. Sie werden sich sehr darüber freuen."
„Das klingt interessant", sagte Lena vorsichtig.
„Nett von Ihnen, dass Sie mich noch nicht auf meine Kriegsverletzung angesprochen haben. Es gibt noch weitere blaue Flecken, aber die kann ich Ihnen nicht in aller Öffentlichkeit zeigen."
„Sie waren im Krieg?"
„Sozusagen. Es war jedenfalls keine Keilerei mit Martin Lang. Der hat sich sein blaues Auge woanders geholt. Sie können sich gar nicht vorstellen, wie man uns in der Redaktion damit aufzieht. Dabei waren es wirklich zwei verschiedene Schlägereien."
„Ich hoffe, dass diese Schlägereien nichts mit der Huttenstraße zu tun haben."
Kowalewski lachte und schlug sich vor Begeisterung auf die Schenkel. „Sie sind toll, Frau Hartmann. So stelle ich mir die perfekte Detektivin vor: Die kleinste Andeutung genügt, schon wittert sie die richtige Spur. Ehrlich gesagt, ich weiß nicht, wie Martin zu seiner Blessur kam. Er spricht nicht gern darüber. Das hässliche Auge beeinträchtigt seine Schönheit und verletzt sei-

nen Stolz. Ich habe ihn direkt gefragt, ob es in der Huttenstraße geschehen ist, weil dort ja inzwischen alles geschieht, aber er hat nur etwas gebrummt wie: ‚Ungefähr.‘ Ich jedenfalls hatte meine Begegnung der besonderen Art an der Stelle, wo man von der Friedrichstraße in die Huttenstraße einbiegt. Dunkler Hauseingang rechts.“

„Waren es mehrere? Haben Sie es der Polizei gemeldet?“

„Nein. Ich weiß, wer es war, er hat sich vorgestellt. Sie erinnern sich an meinen verunglückten Artikel über das Massaker in der Huttenstraße? Und an das Foto von dem vierschrötigen Bauarbeiter, der als Wächter an der Tür stand?“

„Wir nannten ihn den Cerberus.“

„Guter Name! Der jedenfalls war es. Er wollte mir nur mitteilen, dass ihm das Bild nicht gefallen hat, und er hat sich deutlich ausgedrückt.“

„Das tut mir leid.“

„Ach, schon vergessen. Als Journalist geht man gewisse Risiken ein, das habe ich schon immer gewusst. An seiner Stelle hätte ich nicht anders reagiert.“

Lena lächelte. Kowalewski war kaum größer als sie und fast genauso zierlich.

„Und jetzt“, erklärte Kowalewski feierlich, „kommt mein Geschenk.“ Er kramte in seiner Umhängetasche.

Eine der beiden Enten fing an zu schnattern und stürzte sich unvermittelt auf ihre Kameradin. Diese schnatterte noch lauter und ergriff die Flucht, verfolgt von der andern mit wildem Flügelschlag.

Das Geschenk befand sich in einer Klarsichthülle, ein Foto im DIN A 5 Format. Dadurch war es so groß, dass man jede Einzelheit scharf erkennen konnte. Es waren die Kriegstoten im Keller, wie sie nebeneinander lagen, auf der rechten Seite deutlicher zu erkennen als auf der linken bei der Mauer: zunächst ein Skelett der Länge nach ausgestreckt, daneben mit dem Rücken zu ihm ein nach links gebeugtes Skelett, das dritte eher etwas kleiner, und von hier an waren die Gestalten nicht mehr klar auseinanderzuhalten, weil sich Steine zwischen den Knochen befanden, die die Skelette zerschlagen hatten.

„Phantastisch“, hauchte Lena.

Kowalewski nickte zufrieden. „Ich habe gewusst, dass es Ihnen gefällt.“

Lena studierte das Foto eingehend. Dann reichte sie es ihm zurück. „Wie viele Personen sind das?“

„Ich habe einfach die Köpfe gezählt.“

„Ich auch.“

„Man könnte denken, diese beiden Teile hier links seien die beiden Hälften desselben Kopfes, aber das stimmt nicht. Auf beiden Teilen ist die Höhlung des rechten Auges mit einem Stückchen Nasenbein zu sehen. Da meines Wissens kein Mensch zwei rechte Augen hat – “

„Wie viele?“

„Sechs.“

„Danke, Herr Kowalewski.“

„Meine Freunde nennen mich Lewski.“

„Danke, Lewski. Ich bin Lena.“

„Hallo, Lena. Stimmt etwas nicht mit der Zahl der Toten?“

„Vielleicht ist einer verloren gegangen. Im Moment kann ich es noch nicht erklären.“

„Aber wenn es dir einfällt, denkst du an mich.“

„Ganz bestimmt. Sag mal, Lewski, warum hast du neulich gesagt, du hättest die Fotos nicht mehr?“

„Weil Martin dabei war. Eigentlich wollte ich das Bild noch eine Weile für mich behalten, aber irgendwie hatte ich den Eindruck, dass du doch nicht Martins liebe Freundin bist.“

„Lieber Himmel! Hat er das behauptet?“

„Nicht mit diesen Worten. Er deutet nur immer wieder an, dass er eine sichere Informationsquelle bei der Polizei habe. Damit konnte er nur dich meinen.“

„Unverschämtheit! Davon kann überhaupt keine Rede sein. Er will sich bloß wichtig machen. So war er früher schon.“

„Am besten erzählst du ihm vorerst nichts von dem Bild.“

Lena lachte. „Ich verstehe. Du willst zu gegebener Zeit den Artikel selbst schreiben. Darf ich das Foto behalten? Wir können es gut gebrauchen bei unseren Ermittlungen. Aber es wird erst veröffentlicht, wenn wir den Fall gelöst haben, und dann kannst du einen tollen Knüller in der Zeitung landen.“

Kowalewski nickte. „So ähnlich“, sagte er bescheiden, „habe ich es mir vorgestellt.“

„Sagtest du nicht, du hättest aus Versehen deine Fotos gelöscht, statt den albernen Text zu löschen?“

Kowalewski lächelte geheimnisvoll. „Nun, da wir jetzt ja Freunde sind – “

Lena nickte.

„ – und da du nicht Martins Informantin bist, will ich dir ein Geheimnis anvertrauen.“

„Ich liebe Geheimnisse.“

„Weißt du, ich mache das oft. Ich spiele herum mit Texten und Bildern, wenn ich über etwas nachdenke. Andere Leute malen Strichmännchen oder verbiegen Büroklammern, ich spiele am Computer. Und dann, bevor ich etwas Ernsthaftes anfange, lösche ich den Spaß. Das geht automatisch. Das Problem bei einer solch automatischen Tätigkeit ist, dass man nachher nicht mehr ganz sicher ist, ob man es wirklich getan hat.“

„Ich glaube, ich weiß, was du meinst. Mir geht es so mit meiner Kaffeemaschine. Ich schalte sie automatisch aus. Aber später gerate ich in Panik und befürchte, sie nicht ausgeschaltet zu haben, eben weil es keine bewusste Bewegung war."

„Genau das ist das Problem."

„Dann hast du also doch einmal vergessen, deine Spielerei zu löschen."

„So sieht es aus. Aber weißt du, nachdem ich von allen gründlich ausgeschimpft worden war und der Sturm sich ein bisschen gelegt hatte, dachte ich nach. Wie war das an jenem Tag? Als bei uns die Meldung eintraf, es sei etwas los in der Huttenstraße, wollte ich mit Theo, dem Fotografen, zusammen hingehen. Aber er war nicht da, er steckte im Stau. Ich wartete und wartete, und endlich beschloss ich, allein in die Huttenstraße zu gehen. Und bevor ich ging, habe ich den albernen Text gelöscht, ganz automatisch, wie immer."

Er machte eine bedeutsame Pause. Lena schwieg.

„Eine Stunde später kam ich zurück, schrieb einen vernünftigen Artikel und sah mir meine Fotos an. Ich wollte dieses Bild in die Zeitung bringen. Und weißt du, was ich dann gemacht habe? Du rätst es nicht!"

„Nein. Ist zu schwer zu raten."

„Ich bin nach Hause gegangen. Es war Freitag, und meine Arbeit für die Samstagsausgabe war erledigt. Ich bin gegangen. Zusammen mit Martin. Dem ich vorher die Fotos gezeigt hatte. Und den Text. Wir sind zusammen gegangen", wiederholte er.

„Martin ist zurückgekommen, hat deinen ersten Text, den unglückseligen, als ersten Abschnitt vorangesetzt und dieses Foto hier gegen das Foto vom Cerberus ausgetauscht."

„So ist es", sagte Kowalewski schlicht.

„Und die anderen Fotos hat er gelöscht. Wie kommt es, das du dieses eine noch hast?"

„Ich habe sie alle noch, nur nicht auf dem Computer. Ich fotografiere nicht sehr häufig, weil Theo das viel besser kann. Es dauert eine Weile, bis der Chip in meiner Kamera voll ist, ich muss da nicht ständig löschen, um Platz zu schaffen. Alle Fotos sind noch da. Aber das hier ist das beste."

„Martin hat dich reingelegt. Kannst du es beweisen?"

„Nicht im Geringsten. Aber ich weiß, dass er es war. Sicher gibt es das in eurem Beruf auch, dass ihr genau wisst, wer was getan hat, aber es nicht beweisen könnt."

„Das gibt es. Ich kenne das. Und du bist wirklich ganz sicher?"

„Absolut sicher."

„Wie könnt ihr jetzt noch zusammenarbeiten?"

„Wir arbeiten nicht wirklich zusammen. Ich bin ja nur der kleine Lewski. Martin ist der Star, der Senkrechtstarter, der sich in der großen Welt auskennt.

Er sagt *unser Jüngster*, wenn er von mir spricht. Dabei bin ich nur drei Jahre jünger als er. Alle andern haben mich in den Senkel gestellt. Selbst meine besten Freunde haben mich einen Idioten genannt. Martin war der Einzige, der richtig nett zu mir war und mich getröstet hat. Sehr verdächtig, nicht wahr?"

„Äußerst verdächtig. Warum hat er es getan?"

„Siehst du, Lena, das ist es, was mich den Kerl ertragen lässt. Wenn ich wirklich nur ein armseliger Schreiberling wäre, der nichts Gescheites zustande bringt, hätte er sich nicht die Mühe gemacht. Aber ich bin gut. Er nimmt mich als Konkurrenten ernst." Kowalewski schlug sich mit der Faust auf die Brust. „Ich bin zweifellos ein erstklassiger Journalist."

17

„Lena, bist du frei? Du wirst hier gebraucht", flüsterte Wachtmeister Peter Schmitz in sein Handy. „Es könnte wichtig sein."

Mehr sagte er nicht, konnte er wohl nicht sagen, denn Lena merkte, dass er nicht allein war. Es handelte sich eindeutig um einen Hilferuf.

Schmitz konnte nicht einmal die Hausnummer der Adresse sagen, wo er sich gerade befand, aber die Beschreibung war ausreichend: zwei Häuser nach jenem Haus in der Huttenstraße, wo die Kriegstoten gefunden worden waren.

Es handelte sich um eines der typischen Stadthäuser, wie sie zu Beginn des 20. Jahrhunderts gebaut worden waren: Man gelangte zunächst in einen Flur, von dem aus eine Tür nach hinten in den Garten führte. Links befand sich ein recht düsteres Treppenhaus, so dunkel, dass man die Namensschilder nur mit Mühe lesen konnte. An der breiten Glastür im Erdgeschoss stand „Müller", und genau darüber im ersten Obergeschoss hieß es auf einem Schildchen mit verschnörkeltem Rahmen: „Schroth – Wendel".

Auf Lenas Klingeln öffnete Schmitz. Er hatte den Mund voll und kaute, so dass seine erleichterte Bemerkung undeutlich geriet: „Gut, dass du kommst."

„Ist das Ihre Kollegin? Sehr erfreut, bitte kommen Sie herein." Die alte Dame, die sich offensichtlich über den weiteren Besuch freute, kam aus einem angrenzenden Zimmer und begrüßte Lena freundlich. Sie war sehr alt, sicher über achtzig, klein, runzelig und rundlich, mit einer dicken Brille und lustigen schwarzen Augen. „Ich freue mich wirklich sehr, das Sie gekommen sind."

Im Wohnzimmer war ein runder Tisch gedeckt: Es gab ein wunderschönes altes Kaffeeservice und eine Kuchenplatte mit Erdbeerkuchen. Ein beträchtlicher Keil fehlte bereits. Schmitz kaute immer noch.

Für Lena war schon gedeckt.

„Wie schön, dass Sie kommen konnten. Es ist zu schade, dass der Herr Kommissar so bald gehen muss."

Lena sah sich nach dem Kommissar um. Schmitz lächelte verlegen und begann: „Wie ich schon sagte, eigentlich bin ich – "

Ein großes Stück Kuchen landete auf Lenas Teller.

„Leider habe ich heute keine Schlagsahne. Ich finde, Sahne gehört zu Erdbeertorte. Sie hätten vorher anrufen sollen. Aber ich freue mich auch so."

„Das ist meine Kollegin, Frau Hartmann", stellte Schmitz vor. „Und das ist Frau Wendel. Sie wohnt hier zusammen mit ihrer Schwester, Frau Schroth."

„Meine Schwester ist Witwe, müssen Sie wissen. Deshalb haben wir verschiedene Namen. Leider ist sie gerade einkaufen. Sie wird sich ärgern, wenn sie Sie nicht mehr antrifft. Aber Sie bleiben ja noch ein bisschen, nicht wahr?"

„Ich leider nicht", erklärte Schmitz, „ich muss dringend auf das Revier. Bitte erzählen Sie meiner Kollegin, was Sie in Ihrem Garten beobachtet haben."

„Das werde ich, natürlich werde ich das. Wie schmeckt Ihnen der Kuchen, Frau Bergmann?"

Schmitz nutzte die kurze Pause, in der Frau Wendel auf Lenas Antwort wartete, und warf schnell ein: „Ich bin nur zufällig hier gelandet. Eigentlich war ich im Nebenhaus, dort hat nämlich Oliver Ratzel früher gewohnt."

„Ich denke, der wohnte in der Weiherbergstraße?"

„Nein, nein", sagte Frau Wendel. „Die Familie Ratzel wohnte nebenan. Die ganze Familie, Vater, Mutter, zwei Söhne. Es war nämlich so: Zuerst ist Patrick ausgezogen, als er geheiratet hat. Er wohnte eine Weile in der Durlacher Straße, dann hat er gebaut und zog in die Weiherbergstraße. Dann ging Olli, den hat es in die große weite Welt gezogen. Schließlich starb Frau Ratzel, und da ging der Witwer zu seinem Sohn Patrick in die Weiherbergstraße." Frau Wendel nickte zufrieden zu ihren eigenen Ausführungen. Zweifellos hätte sie reichlich Einzelheiten beisteuern können.

„Adam hat irgendwo eine Bemerkung aufgeschnappt – ich glaube, es war auf der Beerdigung –, dass Oliver Ratzel früher in der Huttenstraße wohnte. Deshalb hat er mich geschickt. Aber die Leute, die jetzt in dem Haus wohnen, eine Familie Hagedorn, kennen die Ratzels nicht näher."

„Wir aber, wir kennen sie. Ach, der arme Olli! Dass er so ein Ende nehmen musste! Er war ein reizender Junge, aber natürlich ein Schlingel. Schon als kleiner Bub hat er seiner Mutter große Sorgen gemacht – "

Schmitz verabschiedete sich, nachdem er sich artig für den Kaffee bedankt und den Kuchen gepriesen hatte.

Der Kuchen war wirklich hervorragend. Lena überlegte, weshalb sie eigentlich hier war. Schmitz hatte sie zu Hilfe gerufen, weil er nicht noch mehr

Kuchen essen konnte, das war klar. Und dass er nebenbei etwas herausgefunden hatte, lag auf der Hand. Was hatte Frau Wendel außer ihrer Gastlichkeit noch zu bieten?

Es war nicht leicht, Frau Wendels Erzählungen zu unterbrechen. Sie sprach von dem Haus, in dem ihre Familie seit Generationen lebte, von ihrem Vater, der als Schulleiter eine wichtige Position in der Bruchsaler Gesellschaft innegehabt hatte, schließlich von ihrer Schwester, die einen Fabrikanten in Furtwangen geheiratet hatte. Aber der war schon nach fünf Jahren Ehe gestorben, und Ilse kehrte ins Elternhaus zurück.

„So leben wir zusammen, ganz allein, wie zwei kleine Vögelchen unterm Dach", sagte Frau Wendel.

„Es ist ein großes Haus, nicht wahr? Und das Anwesen reicht von der Huttenstraße bis zur Adolf-Bieringer-Straße?"

„Das stimmt. Wir haben einen wunderschönen Garten. Möchten Sie ihn ansehen, Frau Bergmann?"

„Nachher vielleicht." Lena hatte es aufgegeben, den Namen zu korrigieren. „Ist die Gartentür immer verschlossen?"

„Sie ist zu, aber nicht verschlossen. Ich meine: der Schlüssel ist abgebrochen, der steckt noch im Schloss."

„Das heißt: Man kann die Tür gar nicht abschließen."

„Nein, warum auch? Wir schließen alle anderen Türen gut ab, die Haustür zur Huttenstraße und die Hintertür zum Garten. Bei uns bricht niemand ein. Was gäbe es hier auch zu stehlen?"

„Neulich ist einer durch die Gartentür hereingeschlichen", sagte Lena. Es war ein Schuss ins Blaue, sie fand es schwierig, ihre Geduld zu wahren. Aber schwierige Zeugen waren ihre Spezialität.

„Richtig, das wollte ich Ihnen erzählen." Die alte Frau wunderte sich überhaupt nicht, dass Lena anscheinend Bescheid wusste. „Ich schlafe manchmal nicht so gut, wissen Sie. Wenn man älter wird, ist das nichts Besonderes. Aber davon ahnen Sie natürlich nichts, Sie sind ja noch so jung – "

„Gehen Sie dann in der Wohnung spazieren, wenn Sie nicht schlafen können?"

„Nein, nein, das würde meine Schwester stören. Ich setze mich dann ans Fenster und schaue hinaus. Ich habe mir extra einen Sessel ans Fenster gestellt. Auch tagsüber sitze ich da gern."

„Es war aber Nacht, als Sie den Einbrecher sahen."

„Den Einbrecher? Ich weiß nicht, ob er einbrechen wollte. Die Gartentür ist in der Mauer, Sie wissen, die Mauer zur Unteröwisheimer Straße."

„Bitte?"

„Ach so, ich meine Adolf-Bieringer-Straße. Früher hieß sie Unteröwisheimer Straße, jetzt heißt nur noch der letzte Teil Alter Unteröwisheimer Weg.

Bieringer war ein Bürgermeister von Bruchsal. Aber an den werden Sie sich nicht erinnern können."

„Der Einbrecher, oder was immer er war, kam also durch die Gartentür."

„Er öffnete die Gartentür und schlüpfte herein. Dann trat er von der obersten Treppenstufe auf das Dach vom Schöpfle und war mit ein paar Schritten auf der Garage von Hagedorns. Was er dann gemacht hat, weiß ich nicht."

„Was Sie mir da sagen, Frau Wendel, kann sehr wichtig werden. Sie sind eine wertvolle Zeugin."

„Ach wirklich?", rief Frau Wendel und klatschte in die Hände. „Das freut mich aber! Ich helfe Ihnen furchtbar gern. Was wollen Sie noch wissen?"

„Ich würde gern Ihr Zimmer sehen. Geht das?"

„Aber natürlich. Noch ein Stück Kuchen?"

„Ich darf nicht soviel essen, Frau Wendel, ich bin doch im Dienst." Lena fand diese Begründung nicht logisch, doch ihr Gegenüber störte sich nicht daran.

Es war ein herrliches Zimmer, in das Lena nun geführt wurde, geräumig, mit hohen Wänden und alten Möbeln, die eine frühere Generation der Familie Wendel angeschafft hatte. Der Raum war Schlafzimmer und Wohnzimmer zugleich. Auf dem Bett thronte über einer dicken Steppdecke ein riesiges Kopfkissen mit Rüschen. Der Kleiderschrank war so groß, dass er in einer Neubauwohnung niemals Platz gehabt hätte. Außerdem gab es eine breite Kommode mit allerlei Krimskrams.

Aber das alles interessierte Lena nicht. Sie ging zum Fenster.

Ein gemütlicher Sessel war so aufgestellt, dass man hinausschauen konnte, ohne sich zu verrenken. Frau Wendel beschrieb den Ausblick: interessant bei Tag und Nacht, immer gibt es etwas zu sehen …

Lena hörte nicht zu. Sie schaute hinaus, und ihr Herz sank. Drei Tassen Kaffee und zwei Stück Erdbeerkuchen, dazu ganz viel Geduld – und dann das!

Vom Fenster aus hatte man eine wunderbare Aussicht auf die Huttenstraße.

Lena überlegte, wie sie sich möglichst schnell verabschieden konnte.

In diesem Augenblick hörte man, wie die Wohnungstür aufgeschlossen wurde, und ein hohes Stimmchen rief: „Halloho, ich bin wieder daha!" Frau Schroth war vom Einkaufen zurück.

Auf den ersten Blick hatten die beiden Schwestern kaum Ähnlichkeit miteinander, Frau Wendel war klein und rund, ihre Schwester wirkte lang und dünn. Aber aus der Nähe erkannte man, dass sie fast gleich groß waren, und ihre runzligen Gesichter mit den lebhaften dunklen Augen blickten mit der gleichen Freundlichkeit in die Welt.

„Das ist Frau Bergmann – "

„Hartmann."

„Sie ist Oberkommissarin, stell dir vor, und dabei noch so jung!"

Das war eine schnelle Beförderung. Lena gab jeden Widerspruch auf. Sie war daher etwas überrascht, dass Frau Schroth sie, als sie ihr die Hand reichte, Hartmann nannte.

„Aber Lieschen, hast du die Polizei gerufen? Wir hatten doch beschlossen, das nicht zu tun!"

Lena hatte es plötzlich nicht mehr eilig zu gehen. Sie ließ sich erneut an den Kaffeetisch bitten, wollte aber nichts mehr verzehren. „Ihre Schwester hat uns nicht gerufen. Es war anders. Wie Sie wissen, ist Oliver Ratzel weiter oben in der Huttenstraße einem Verbrechen zum Opfer gefallen, und deshalb gehen meine Kollegen von Tür zu Tür und befragen die Leute, ob sie in letzter Zeit etwas Auffälliges bemerkt haben. So kam mein Kollege hierher. Wie Sie sehen, hat er eine Menge Ihres Kuchens vertilgt, und ich habe auch kräftig zugegriffen. Nicht überall wird die Polizei so nett aufgenommen."

„Ja, ja", sagte Frau Schroth, „heutzutage fehlt es an Respekt. Ich nehme an, Sie haben es oft nicht leicht. – Lieschen, könntest du mir frischen Kaffee aufbrühen? Der hier ist eiskalt."

Frau Wendel leistete dieser Aufforderung gern Folge. Sie nahm auch die drei Einkaufstüten mit, die ihre Schwester bei der Wohnungstür auf dem Boden abgestellt hatte, sie brauchte dafür allerdings drei Gänge. Als sie schließlich in der Küche war, richtete Frau Schroth ihre intelligenten Augen auf Lena und fragte: „Was hat sie Ihnen erzählt?"

„Sie hat genau beschrieben, wie ein Mann durch die Gartentür kam und auf das Garagendach des Nachbarn stieg. Aber sie kann das von ihrem Zimmer aus nicht gesehen haben."

„Nein", seufzte Frau Schroth, „natürlich nicht. Aber so war sie schon immer. Sie möchte so gern gelobt werden. Wenn jemand den Blumenstrauß auf dem Tisch bewundert, sagt sie sofort, er sei von ihr. Haben Sie den Erdbeerkuchen gelobt?"

„Ja sicher. Ihre Schwester hat ihn selbst gebacken, oder?"

„Sehen Sie! Das ist wieder ein Beispiel. Sie hat ihn nicht gebacken. Das war ich. Nehmen Sie es meiner Schwester nicht übel. So ist sie halt. Aber nun kommen Sie bitte mit."

Frau Schroth führte Lena in ihr Zimmer, das sich auf der anderen Seite des Wohnzimmers befand. Es sah ganz ähnlich aus wie das Zimmer ihrer Schwester, sogar die Steppdecke mit dem Rüschenkissen war gleich. Es gab eine Balkontür und damit verbunden ein Fenster, an dem ein bequemer Sessel stand.

„Darf ich?", fragte Lena und setzte sich. Das Fenster bot einen Ausblick auf einen großen Garten, der sich über die ganze Breite des Hauses erstreckte, leicht ansteigend bis zu einer mannshohen Mauer. Zu der soliden Holztür, die sich in der Mauer befand, führte eine steinerne Treppe hinauf. Rechts von der Treppe war ein Schuppen, dessen Dach auf derselben Höhe war wie die oberste Treppenstufe. Angrenzend stand im Nachbargrundstück ein Gebäude, das nach einer Garage aussah.

„Meine Schwester schläft wie ein Murmeltier, aber ich habe oft Schwierigkeiten. Dann setze ich mich in meinen Sessel, trinke ein Glas Wasser – Sie sehen, die Sprudelflasche und das Glas sind immer hier – und hänge meinen Gedanken nach. So war es neulich auch, und da habe ich den jungen Mann gesehen. Es ist drei oder vier Wochen her, und es muss am Wochenende gewesen sein. Ob es Freitag oder Samstag war, kann ich nicht sagen."

Frau Schroth war die ideale Zeugin. Sie unterschied deutlich zwischen dem, was sie genau gesehen hatte, und dem, was sie nicht sicher wusste. Sie war so scharfsinnig, wie ihre Schwester zerstreut war. Immerhin besaß Frau Wendel ein gutes Gedächtnis, denn was sie vorher erzählt hatte, hörte Lena jetzt fast wörtlich noch einmal von Frau Schroth.

„Er schlich herein, sprang auf das Dach vom Schöpfle und dann hinüber auf die Garage von Hagedorns. Da ich ihn dann nicht mehr sehen konnte, muss er vom Garagendach heruntergesprungen sein. Das ist alles. Ich weiß nicht, wer es war, das Gesicht konnte ich nicht sehen."

„Aber sie sagten gerade, es sei ein junger Mann gewesen."

„Stimmt. Wie komme ich darauf? Ich hatte den Eindruck, es sei ein junger Mann, weil er sich flink bewegte. Mehr kann ich nicht sagen. Ich kann auch nicht angeben, wie groß er war."

„Warum haben Sie sich nicht an die Polizei gewendet?"

„Ach, das ist eine andere Geschichte. Der junge Mann war nicht der erste, der über die Adolf-Bieringer-Straße hereinkommt und hinüber zu Hagedorns klettert. Letztes Jahr waren es zwei gleichzeitig, mitten in der Nacht, und es war recht unheimlich. Wir haben die Polizei angerufen, und dann kam der peinliche Teil. Es waren nämlich keine Einbrecher, es waren die beiden Hagedorn-Buben, die ausgerissen waren, wahrscheinlich zu einer wilden Party, und die nun still und leise nach Hause kommen wollten und daher über die Gärten einstiegen. Wie hätte ich das wissen sollen? Man kann tatsächlich keine Gesichter erkennen. Ich hätte sie nicht verraten, junge Leute müssen manchmal ein bisschen wild sein. Alle Hagedorns haben uns das sehr übel genommen, sogar die Eltern. Sie grüßen uns nicht mehr. Es tut mir so furchtbar leid."

„Und Sie dachten, der junge Mann vor drei Wochen sei wieder einer der Hagedorn-Söhne?"

„Ja. Ich habe das mit Lieschen besprochen. Deshalb wollten wir die Polizei nicht rufen."

„Kann man vom Grundstück der Hagedorns auf das nächste Grundstück gelangen?"

„Ganz leicht. Da steht ein Baum direkt an dem Mäuerchen, das die Grundstücke trennt. Der arme Baum! Ob der die Bauarbeiten überlebt?! Er ist voller Staub!"

„Kam der Mann zurück?“

„Sie meinen: zurück über die Garage in unseren Garten? Das weiß ich nicht. Ich bin ins Bett gegangen.“

„Trug der Mann etwas in der Hand?“

„Nein.“

„Sind Sie sicher?“

„Beide Hände waren frei. Da bin ich sicher. Ich würde Ihnen so gern helfen, Frau Hartmann, wenn ich’s nur könnte.“

„Sie sind eine große Hilfe, glauben Sie mir.“

„Er trug bestimmt nichts in der Hand, das hätte ich gesehen. Wenn er etwas bei sich hatte, kann es nur im Rucksack gewesen sein.“

„Er hatte einen Rucksack?“

„Ja. Es war ein ziemlich großer Rucksack. Komisch, das ist mir gerade eben wieder eingefallen, ich hatte es schon vergessen.“

„Wenn Ihnen noch etwas einfällt, Frau Schroth, rufen Sie mich bitte an.“ Lena kramte eines ihrer Kärtchen aus der Tasche und reichte es ihrer Zeugin.

Frau Wendel kam mit frischem Kaffee aus der Küche und war sehr enttäuscht, dass Lena gehen wollte. „Es ist doch noch genug Kuchen da!“

Die eine Schwester verabschiedete sich mit „Auf Wiedersehen, Frau Hartmann“, die andere sagte „Auf Wiedersehen, Frau Bergmann.“

Als sie die Wohnung verließ, sagte Frau Schroth plötzlich: „Etwas habe ich doch gesehen. Er hatte für die jetzige Mode ziemlich lange Haare.“

18

Weber fand, der Friedhof von Bruchsal sei wunderschön gelegen. Die Bruchsaler überließen den sonnigen Hügel ihren Toten, statt selbst da zu wohnen.

„Sonniger Hügel? Ach was“, sagte Adam. „Es ist hier schauderhaft kalt, selbst im Sommer.“

„Das liegt an der Atmosphäre von Friedhöfen.“

„Hm.“

Walter Kaltenbrunner erwartete die Kriminalbeamten, wie verabredet, vor der Leichenhalle. Er sah genauso aus, wie man sich einen Gärtner vorstellt, breit gebaut, mit großen Händen, an denen noch etwas dunkle Erde klebte. Er sprach so stark Dialekt, dass Weber Mühe hatte, ihn zu verstehen.

„Der Breit hat gesagt, dass sich die Polizei für den Friedhof interessiert. Wir sollen es melden, wenn etwas Auffälliges passiert. Und das, was ich Ihnen jetzt zeige, ist schon auffällig, kann ich Ihnen sagen. Deswegen hat der Breit Sie angerufen.“

Es wurde nicht klar, ob Breit der Name eines Kollegen oder eines Vorgesetzten war. Das spielte auch keine Rolle. Wichtiger war, dass weder Adam noch Weber an dem Grab, zu dem Kaltenbrunner sie führte, etwas Sensationelles entdecken konnten. Der Gärtner baute sich vor dem Grab auf und sagte: „Was sagen Sie dazu?“

Es war ein schmales Einzelgrab mit einem niedrigen Grabstein aus Granit, der im Lauf der Zeit schwarzgrau geworden war. Man konnte jedoch die Inschrift deutlich lesen: „Maria Leisterer geb. Mahl, 23. Juli 1920 – 4. April 1999.“ Darunter war ein langgezogenes Kreuz mit den Buchstaben RIP.

Der Name Leisterer war bisher nirgends in den Ermittlungen aufgetaucht, es hatte auch niemanden gegeben, der Mahl hieß.

„Sehen Sie es nicht?“, fragte Kaltenbrunner verwundert.

Das Grab war nicht gerade üppig geschmückt. Es gab lediglich zwei kleine Plastiktöpfchen mit Geranien, die traurig die Köpfe hängen ließen.

„Dieses Grab ist ein Trauerspiel“, verkündete Kaltenbrunner dramatisch. „Nie im Leben würde ein Gärtner so etwas hinterlassen.“

„Nun ja“, sagte Weber vorsichtig, „nicht jeder hat einen grünen Daumen. Vielleicht hat sich ein Angehöriger der Verstorbenen hier auf seine laienhafte Art betätigt.“

„Die Erde sieht frisch aus“, meinte Adam. „Ich nehme an, es ist etwas eingesät worden, das noch wachsen muss.“

Kaltenbrunner schnaubte verächtlich. „Da ist nichts eingesät worden.“

Adam wandte seine Aufmerksamkeit dem Gärtner zu. „Sie sind hier der Fachmann, Herr Kaltenbrunner. Erklären Sie, was mit dem Grab geschehen ist.“

Der Gärtner nickte. Er verschränkte die Arme und holte zu seinem Vortrag aus. „Dieses Grab ist schändlich vernachlässigt worden. Seit Jahren hat es niemand gepflegt. Es wuchs nur Gestrüpp darauf. Ich komme hier fast täglich vorbei, ich weiß das. Schämen sollen sich die Leisterers. Ich kenne sie nicht, aber schämen sollen sie sich. So. Plötzlich ist das Unkraut weg, die Erde ist ausgetauscht, die Oberfläche gerechelt, zwei Geranien drauf. Zum Heulen.“

Weber konnte nur erahnen, was „gerechelt“ bedeutete, aber er verstand das Wichtigste. „Jemand hat ganz plötzlich dieses Grab hergerichtet. Wann war das?“

„Entweder vor drei Wochen.“ Kaltenbrunner machte eine nachdenkliche Pause. „Oder vor vier Wochen. Und dann haben sie sich nicht mehr um das Grab gekümmert. Das sehen Sie ja.“ Es folgte eine weitere Pause. „Es war am Wochenende.“

„Sind Sie sicher?“

„An einem normalen Werktag kann es nicht gewesen sein. Da wär’s mir aufgefallen, wenn jemand rumgeschafft hätte. Ich habe den Überblick.“

*

Weber notierte die Namen auf dem Grabstein. Adam ließ ihn zwar gewähren, sagte aber: „Das bringt uns nicht weiter. Wir müssen nach den Geranien forschen.“

Wie es sich schnell herausstellte, meinte Adam damit die beiden Blumenläden gegenüber dem Haupteingang des Friedhofs. Die beiden Geschäfte lagen nebeneinander Wand an Wand, und Adam wunderte sich oft darüber, wie die jeweiligen Betreiber mit der nahen Konkurrenz zurechtkamen.

Im ersten Laden befanden sich zwei Frauen mittleren Alters, die eine hatte grauschwarzes Haar, die andere rotes in einer seltsamen Schattierung. Adam legte ihnen ein Foto von Oliver Ratzel vor. Die Rothaarige warf nur einen flüchtigen Blick darauf und sagte sofort: „Olli Ratzel! Natürlich kennen wir den.“ Ihre Kollegin nickte.

Das ging leicht. Auch die nächste Frage wurde ohne Zögern bejaht: Ratzel war vor nicht allzu langer Zeit im Laden gewesen. Aber wann?

Die beiden Frauen steckten die Köpfe zusammen. Es entspann sich eine lebhafte Debatte. Adam und Weber warteten geduldig und bewunderten inzwischen die Blumen.

„Du hast aufgemacht ... später dann ... bin ihm begegnet ... nein, viel früher ... hast du nicht gesagt ... und dann ... nicht wichtig.“ Sie holten ein Buch unter dem Ladentisch hervor und begannen hin und her zu blättern.

Schließlich schlug die Dunkelgraue das Buch zu und sagte: „Alles klar.“ Adam erwartete die Angabe eines Datums. Was kam, überraschte ihn.

„Olli Ratzel kam an dem Samstag, bevor er ermordet wurde.“ Die Kollegin nickte wieder.

So einfach war das.

„Er hat einen Sack *Blumenbett* gekauft. Das kleinere Format.“ Adam und Weber registrierten einen Stapel Plastiksäcke, auf denen unter der bunten Aufschrift *Blumenbett* ein lustiges Bettchen voller Blumen abgebildet war. „Und außerdem einen *Gartenzwerg*.“ Gemeint war ein handliches kleines Werkzeug, an dessen einem Ende ein kleiner Rechen, am anderen Ende ein kleiner Spaten angebracht war.

„Das wissen Sie alles noch so genau?“

„Natürlich. Weil es Olli Ratzel war. Wir dachten: Heute hat er seinen guten Tag. Heute will er sich nützlich machen. Seine Mutter liegt nämlich drüben.“

Das wusste Adam. Das Grab, in dem Frau Ratzel senior ruhte, war ein Doppelgrab, aber neben ihr hatte man nicht den Ehemann, sondern den Sohn begraben.

„Es war früh am Samstagmorgen. Wir machen samstags schon um halb neun auf. Wissen Sie, viele Leute haben nur samstags Zeit, um auf den Friedhof zu gehen, und manche kommen gern früh, damit sie noch etwas vom Wochenende haben."

„Ich hatte kaum aufgeschlossen, da stand er schon vor der Tür. Ich habe ihn natürlich sofort erkannt. Er hat sich gefreut, als ich ihn mit Namen begrüßte, aber gesprächig war er nicht."

„Und ich bin kurz vor neun angekommen, ich habe ihn auch noch gesehen. Er kam mir entgegen: den Sack *Blumenbett* unter dem einen Arm und den *Gartenzwerg* in der anderen. Es wäre bequemer gewesen, wenn er sich den *Gartenzwerg* in den Rucksack gesteckt hätte. Aber Männer sind manchmal unpraktisch."

„Er hatte also einen Rucksack dabei. Hat er diesen Rucksack irgendwann geöffnet?"

„Nein. Den Rucksack behielt er die ganze Zeit auf dem Rücken. Es war ein altmodischer Rucksack, ziemlich groß, sah wirklich nicht mehr gut aus. Dass der Olli mit so was herumläuft! Den Geldbeutel hatte er in der Jackentasche."

„Können Sie die Jacke beschreiben?"

„Sah aus wie etwas Militärisches. Keine richtige Farbe, wenn Sie verstehen, was ich meine."

Adam und Weber verstanden. Es war der alte Parka, die „Ami-Jacke", wie Ursula Ratzel ihn genannt hatte.

„Und die Geranien?"

Nein, von Geranien wussten sie nichts. Oliver Ratzel war mit seinen Einkäufen Richtung Friedhof verschwunden, und weil dann weitere Kunden kamen, hatten sie ihn nicht mehr gesehen.

Auch in dem anderen Blumenladen gab es zwei Frauen, nur war hier die Altersstruktur eine andere: eine Frau war älter, die zweite unter zwanzig. Diesmal sparte sich Adam das Foto und fragte direkt nach Oliver Ratzel.

„Ach, der Olli!", rief die Ältere. „Ich habe mich nie für Fußball interessiert, aber als er ein berühmter Kicker war, habe ich alle Artikel über ihn ausgeschnitten und gesammelt."

„Ich finde es echt stark, dass einer aus Bruchsal so berühmt wird", erklärte die Jüngere. „Und jetzt ist er auch noch echt ermordet worden. Echt spannend. Wer war's?"

Adam und Weber wollten sich nicht in eine Erörterung der bisherigen Ermittlungen einlassen. Die beiden Ratzel-Fans konnten sich an Einzelheiten, was Datum und Zeit oder Kleidung anging, nur schwach erinnern. Aber dass er zwei kleine Töpfchen Geranien gekauft hatte – „Die Sorte dort drüben!" –, das wussten sie genau.

Als sie vor der Tür standen, sahen sie sich an. „Verstehen Sie das alles?", fragte Weber kopfschüttelnd.

„Hm", brummte Adam. „Wir gehen noch mal hin."

Sie gingen schweigend nebeneinander her, wieder hinein in den Friedhof, die Hauptallee entlang, dann nach rechts bis zu Maria Leisterers Grab.

„Was machen wir eigentlich hier, Herr Adam?"

Zu Webers Verwunderung zog Adam ein Bündel Plastikhandschuhe aus der Jackentasche, zupfte sich einen heraus und streifte ihn über die rechte Hand. Dann ging er in die Hocke und ließ einen prüfenden Blick über die Graberde streifen, deren Oberfläche man die Behandlung mit dem kleinen Rechen des Gartenzwerges kaum mehr ansah.

Plötzlich steckte Adam seinen Zeigefinger in die Erde und bewegte ihn leicht hin und her. Dann verschwand die ganze Hand bis fast zum Ärmel in der Erde.

Weber sah sich vorsichtig um. Es war niemand in der Nähe.

„Oh, er ist abgebrochen." Vorsichtig zog Adam seine Hand heraus. Zwischen den Fingern hatte er ein Stück Knochen von der Dicke eines Bleistifts.

„Frau Leisterer wird mir verzeihen", sagte Adam. „Schließlich sorgen wir dafür, das sie bald wieder unbehelligt und allein ruhen kann."

„Eine Obduktion hätte man uns nicht so bald genehmigt", sagte Weber.

„Vermutlich können Sie mir sagen, was für ein Knochen das ist?"

„Eine Rippe", sagte Weber sofort, offenbar erstaunt darüber, dass jemand das nicht erkannte. „Aber Sie haben sie nicht abgebrochen. Schauen Sie, die Bruchstelle ist voll Erde."

Adam nickte. „Das war Olli, als er das Skelett in seinen Rucksack stopfte. Er ging etwas unsanft damit um, sonst hätte es nicht hineingepasst."

Adam steckte seinen Fund in ein Tütchen, das er aus seiner anderen Jackentasche hervorzog. „Ich habe dieses Beweisstück einfach nur gefunden. Es lag hier am Boden rechts vom Grab. Sie können das doch bezeugen, Herr Weber?"

„Selbstverständlich. Ich habe es ganz deutlich gesehen. Es lag hier." Er markierte mit den Fußspitze einen Punkt zehn Zentimeter neben der Grabumrandung.

Adam nickte zufrieden. „Man wird das mit dem Daumenknochen vergleichen müssen, den Olli Ratzel mit sich herumtrug. Gehen wir."

„Ich habe nicht gedacht, dass Sie dermaßen raffiniert sind, Herr Adam", sagte Weber respektvoll. „Sie besitzen kriminelle Energie."

„Nett, dass Sie das sagen. Lena hat neulich behauptet, ich hätte kein Talent zum Kriminellen. Das hat mich schwer getroffen."

Weber musste lachen, aber er unterdrückte es schnell wieder, schließlich befanden sie sich mitten auf dem Friedhof. Adam schien äußerst zufrieden zu sein.

„Ist alles in Ordnung mit Lena?", fragte Weber unvermittelt.

„Natürlich. Warum fragen Sie?"

„Ich habe in letzter Zeit manchmal das Gefühl, dass sie etwas bedrückt. Ist Ihnen das nicht aufgefallen?"

„Hm. Ich weiß nicht. Aber es kann nichts Wichtiges sein."
Weber holte tief Atem. „Es ist nicht leicht mit Frauen."
„Oje", murmelte Adam mitfühlend.
„Verstehen Sie Ihre Frau immer?"
„Nein, natürlich nicht. Das ist normal."
„Ich denke manchmal, wer Schwestern hat, ist im Vorteil. Er weiß eher, wie Mädchen ticken. Aber ich bin nur mit einem Bruder aufgewachsen. Und meinem Vater geht es wahrscheinlich genauso wie Ihnen. Wir waren ein reiner Männerhaushalt. Mit Mama an der Spitze."
„Machen Sie sich keine Sorgen. Das wird schon mit Lena."

19

Dass Vanessa Schneider am Montag nicht in der Schule war, wurde erst später bekannt. Sie verließ morgens das Haus zur gewohnten Zeit, und der Lehrer der ersten Stunde, der ihr Fehlen feststellte, hielt es nicht für auffällig. Zum Mittagessen kam sie meist nicht nach Hause, obwohl sie einen überaus kurzen Schulweg hatte. Der Nachmittagsunterricht begann schon um halb drei, so dass es sich kaum lohnte. Ohnehin zog Vanessa es vor, mit ihren Freundinnen in der Mensa zu essen. Ihre Mutter konnte daher unbesorgt den Tag auf dem Golfplatz verbringen.

Erst als Vanessa nachmittags um fünf Uhr noch nicht eingetroffen war, griff Frau Schneider zum Telefon und rief Tanja Woll an. „Was? Die Vanessa habe ich heute noch nicht gesehen. Ich hab' halt gedacht, sie ist krank."
Michael Schneider kam um sieben. Er telefonierte noch einmal mit Tanja, dann mit verschiedenen anderen Freundinnen, Nachbarn, Bekannten, und endlich mit der Polizei.

*

Sie saßen vor der neuen Tafel, die man vor die alte gestellt hatte, und betrachteten mit wachsender Unruhe die Beschriftung. Betzke hatte ursprünglich die Überschrift „Psychopath" vorgeschlagen, doch hatte man sich auf eine neutralere Version geeinigt.

„Täter X" stand da, und darunter: „Interesse an Toten → Interesse am Töten".

„Das alles hier", sagte Betzke düster, „zeigt eine gewisse logische Steigerung. Durch den Anblick der Kriegstoten ist etwas in ihm ausgelöst worden, das ihn antreibt. Die neueste Entwicklung ist nun die, dass er sich für Frauen als Opfer interessiert." Betzke wies auf die Überschrift: „Versuche", darunter stand „Bürgerpark LH?", und als neuester Zusatz: „Vanessa Schneider?"

„Wie passt es in dieses System, dass Oliver Ratzel einen Toten in der Huttenstraße gestohlen hat?"

„Eine Auftragsarbeit, für die er Geld erwartete."

„Aber er hat den Toten nicht abgegeben, sondern begraben."

„Steht das denn wirklich fest?"

„Davon können wir ausgehen", sagte Lena. „In der Liste der Gegenstände, die in Ratzels Wohnung gefunden wurden, taucht folgender Punkt auf: Miniaturgartengerät Marke *Gartenzwerg*, Klammer auf: fast neuwertig, aber gebraucht, Klammer zu. Der altmodische große Rucksack ist natürlich nicht mehr da."

„Hat Frau Ratzel ihn entsorgt?"

„Ja. Sie hat ihn weggeworfen. Oliver Ratzel besaß einen schönen neuen Rucksack, den er normalerweise benutzte. Das alte Ding dagegen lag irgendwo im Schrank. Er hat es nur dieses eine Mal für die schmutzige Arbeit noch einmal hervorgekramt. Frau Ratzel sagte mir am Telefon, der Rucksack sei eklig und dreckig gewesen."

„Hausfrauen", brummte Betzke.

Adam schüttelte den Kopf. „Irgendwie passt das alles nicht zusammen", beharrte er.

„Der Psychopath war deine Idee", hielt Lena ihm vor. „Warum hast du deine Meinung wieder geändert?"

„Das liegt an diesem Tafelbild."

„Wie bitte?"

„Ja, Frau Betzke. Ich finde Ihr Tafelbild äußerst nützlich. Man sieht, dass es nicht stimmen kann. Was für eine Rolle spielt Olli Ratzel? Und überhaupt: ein verrückter Mörder in Bruchsal?!"

„Darauf warte ich schon lange", sagte Betzke giftig. „So etwas kann in Bruchsal nicht vorkommen, meinen Sie. Oder wollten Sie sagen, dass es hier keine verrückten, sondern höchstens kluge Mörder gibt?"

„Ich glaube, da ist eine neue Mail von den Pathologen", warf Lena ein. Die Ablenkung war willkommen.

Die Nachricht hatte nichts mit einem Knochen zu tun, sondern bestand aus zwei Fotos mit folgender Anmerkung: „Sehr geehrte Frau Betzke, da wir im Augenblick leider keine neuen Erkenntnisse über die uns vorgelegten Skelette bieten können, senden wir Ihnen beiliegend Aufnahmen eines Gegenstandes, den wir zwischen den Gebeinen gefunden haben. Mit vorzüglicher Hochachtung – "

„Frechheit!", schnaubte Betzke. „Was ist das überhaupt?"

Auf dem Bildschirm erschienen zwei Aufnahmen eines viereckigen Gegenstandes, Vorder- und Rückseite, in grauen Farbtönen, so dass man zunächst den Eindruck hatte, es seien Schwarzweiß-Bilder. Darunter hatte jemand das Wort „Originalgröße" geschrieben, und zwar in leuchtend roten Buchstaben.

„Ein Gürtelschloss."

Auf der Vorderseite befanden sich Kreise und Ornamente, die nur undeutlich zu sehen waren. Das Einzige, was man mittendrin klar erkennen konnte, war ein Hakenkreuz.

„Man nennt das ein Koppelschloss, glaube ich", sagte Adam. „Also war einer der Toten Soldat auf Heimaturlaub. Das ist nicht überraschend. Armer Kerl! Kommt mal kurz weg von der Front und stirbt dann auf diese Art."

„Wahrscheinlich handelt es sich um den Jüngeren, der noch nicht identifiziert ist. Denn der Herr, der in der Höhle wohnte – "

„Steighohle!"

„ – war schon älter. Diese Leutchen in Heidelberg wollen mich nur ärgern, indem sie mir unwichtige Details schicken. Na warte!"

„Wir stellen also fest", sagte Weber schnell, „dass es offene Fragen gibt. Und damit kommen wir zu Vanessa Schneider."

Adam seufzte. „Die Fahndung läuft. Das Übliche. Wir haben alles veranlasst."

„Weber, fassen Sie zusammen!"

Weber lehnte sich zurück. „Die erste Möglichkeit", begann er, „ist die, dass das Mädchen entführt worden ist. Dann wird demnächst die Lösegeldforderung kommen."

„Weiter!"

„Zweite Möglichkeit. Keine Fremdbeteiligung. Vanessa ist weggelaufen. Sie hat Ärger mit ihren Eltern oder mit der Schule. Normalerweise hinterlassen Jugendliche in einem solchen Fall Briefe."

„Vielleicht ist der Brief nur noch nicht gefunden worden. Oder die Eltern möchten ihn uns nicht zeigen."

„Außerdem sind es in der Mehrzahl Jungen, die ausreißen."

„Trotzdem halte ich es für wahrscheinlich, dass sie durchgebrannt ist", erklärte Lena. „Du hast noch etwas vergessen, Weber."

„Nein", sagte Weber. „Vergessen habe ich es nicht. Vanessa ist todunglücklich. Sie will sich etwas antun."

„Mädchen in diesem Alter wollen sich nicht wirklich umbringen. Sie wollen nur ihren Eltern einen Schreck einjagen."

„Es gibt die dritte Möglichkeit." Weber wies auf die Tafel. „Es steht fest, dass in Bruchsal ein Mörder unterwegs ist. Ratzel hat sich ja nicht selbst umgebracht."

Niemand sagte etwas.

„Kaffee?", murmelte Lena endlich zaghaft.

Betzke riss sich aus ihren Gedanken. Sie richtete sich sichtbar auf und sagte: „Um das hier müssen wir uns auch noch kümmern." Mitten auf dem Tisch lag die Tüte mit der abgebrochenen Rippe, die Adam aus dem Grab gezogen hatte. „Das gehört nach Heidelberg zu den Pathologen, und zwar auf dem schnellsten Weg. Vielleicht gehe ich selbst hin. Warum eigentlich nicht? Ich erkläre den Herrschaften, wie wichtig die Angelegenheit ist."

„Seien Sie nett zu ihnen", mahnte Weber.

Betzke schaute ihn erstaunt an. „Natürlich bin ich nett. Das bin ich doch immer. Inzwischen halten Sie hier die Stellung. Es genügt, wenn drei Polizeibeamte herumsitzen und warten. Sie können inzwischen mit Frau Brecht sprechen."

„Über Tee?", fragte Lena.

„Unsinn. Aber da war etwas, vorhin, als wir zusammen Tee tranken. Wir unterhielten uns ein bisschen, und Brecht machte plötzlich eine seltsame Bemerkung. Sie sagte: ‚Bei den Simons und den Schneiders gibt es so manches Skelett im Schrank.' Ich bin bei dem Wort Skelett richtiggehend zusammengezuckt. Aber sie meinte das natürlich nicht wörtlich, es ist nur eine Redensart. Jetzt frage ich mich, was Brecht gemeint hat."

Adam hatte bereits den Telefonhörer ergriffen. Bärbel Brecht saß in einem Büro jenseits des Flurs, man hätte sie auch ohne Hilfe des Telefons schnell herbeirufen können. Zwei Minuten später saß sie am Tisch und ließ sich befragen wie eine Zeugin. Entsprechend nervös war sie dann auch tatsächlich.

„Ach, das habe ich doch nur so dahin gesagt. Ich weiß nicht genau, was es da zu erzählen gibt. Aber ich habe mal ein Gerücht gehört. Die Leute sagen, die Frau Schneider soll sich bloß nichts einbilden, sie und ihre Familie hätten Dreck am Stecken. Sie gilt als arrogant, wissen Sie."

„Welche Familie war gemeint, die Familie Simon oder die Familie Schneider?"

„Wie? Keine Ahnung. Ist das wichtig? Die beiden Familien hängen miteinander zusammen, denke ich. Frau Schneider ist eine geborene Simon. Und die Firma heißt Simon und Schneider."

Das war im Grunde alles, was Bärbel Brecht berichten konnte. Sie wusste zwar noch, dass Frau Schneider mit Vornamen Carolin hieß, aber das finstere Geheimnis, von dem sie gerüchteweise gehört hatte, konnte sie nicht näher erläutern. Sie lebte erst seit fünf Jahren in Bruchsal.

Als sie gegangen war, sagte Betzke: „Wenn es Klatsch gibt, müssen wir davon erfahren, egal ob mit oder ohne Skelett im Schrank."

„Ich frage einfach meine Frau", erklärte Adam.

„Da war doch mal ein großer Skandal", begann Lena. „Es ging nicht um Schneider, sondern um die Firma. Die haben irgendwie etwas falsch berechnet, und dann stürzte eine Brücke ein. Ich weiß nicht mehr genau, wie viele

Tote es gab. Es ist schon ewig her. Ich war ungefähr zwölf oder dreizehn."

„Ich erinnere mich. Ganz Bruchsal sprach davon. Aber Tote? Nein, ich glaube nicht, dass es Tote gab. Meine Frau hat ein gutes Gedächtnis für alle Arten von Klatsch."

„Meine Mutter klatscht nicht", erklärte Lena kategorisch. „Sie lehnt Klatsch grundsätzlich ab. Aber sie weiß viel. Über die technische Seite könnte ich meinen Vater befragen. Ich mache das gleich heute Abend. Ich wollte sowieso mal wieder bei meinen Eltern vorbeischauen."

„Kann ich mitkommen?", fragte Weber.

„Klar", erwiderte Lena unbefangen.

Eine Polizeibeamtin hatte gewisse Ermittlungen angekündigt, und ein Polizeibeamter fragte, ob er sie begleiten könne. Das war es, was dieser kurze Wortwechsel zum Inhalt hatte. Aber in Wirklichkeit ging es um viel mehr. Es dauerte nur wenige Sekunden, bis dies jedem im Raum bewusst wurde.

„Ich ruf' kurz an, ob sie zu Hause sind", sagte Lena und ging hinaus auf den Gang.

Betzke musterte ihren Assistenten kritisch. „Schade, dass Sie heute nicht Ihren blauen Sakko anhaben. Der steht Ihnen besonders gut."

„Und wie wär's mit einer Krawatte?", schlug Adam vor.

„Wieso?", brummte Weber. „Ich bin ordentlich angezogen." Er trug eine schwarze Sportjacke und darunter ein grün gestreiftes Hemd mit offenem Kragen. „Und ich werde mich auch ordentlich benehmen, keine Angst." Dann kam ihm plötzlich ein Gedanke, und er fragte unsicher: „Sollte ich Blumen mitbringen?"

„Nein. Es ist schließlich ein Arbeitsessen."

20

Am nächsten Morgen kam Betzke allein an. Niemand hatte wissen können, wie lange das Abendessen im Hause Hartmann dauern würde, deshalb hatte Betzke ihren Assistenten seinem Schicksal überlassen und selbst den Wagen genommen.

Adam saß bereits an seinem Tisch. Er zwinkerte Betzke zu. Sie sah auf den ersten Blick, dass alles in Ordnung war. Lena saß wie üblich an ihrem Computer, Weber neben ihr, aber ohne Tuchfühlung. Sie verfassten zusammen einen Text. Lena schrieb, zwischendurch berieten sie sich über Formulierungen. Betzke stellte fest, dass Weber zwar immer noch seine schwarze Jacke trug, aber ein kariertes Hemd. Offenbar hatte er in Lenas Wohnung mehr als nur eine Zahnbürste deponiert.

„Was gibt es Neues von Vanessa Schneider?"

„Nichts. Kein Lebenszeichen, kein Anruf. Keine Reaktion auf den Artikel in der *Bruchsaler Rundschau*. Wir werden uns an die BePo wenden und die Großfahndung auslösen. Die Familie ist völlig aufgelöst. Für Frau Schneider musste man einen Arzt kommen lassen, sie hatte eine Art Nervenzusammenbruch. Wir haben auch einen Beamten in Schneiders Büro geschickt, für den Fall, dass dort ein Anruf eintrifft. Aber es tut sich nichts, absolut nichts. Und heute ist schon der dritte Tag."

„Übrigens finde ich es sehr nett, dass niemand hier mich auf meine Verspätung anspricht."

„Frau Betzke", sagte Lena, „Sie haben sich über zwei Stunden verspätet."

„Sehr richtig", sagte Betzke zufrieden. „Die beiden Männer haben mich wohl nicht vermisst."

„Doch, doch, Frau Betzke!"

„Natürlich haben wir Sie vermisst!"

„Ich hatte heute morgen noch etwas zu erledigen, aber das interessiert Sie nicht."

Natürlich interessierte es sie sehr. Aber Betzke lächelte nur geheimnisvoll und fuhr fort: „Wichtig ist, was ich gestern in Heidelberg erfahren habe. Eigentlich sind diese Pathologen ganz nett. Es geht eben nichts über persönliche Kontakte."

„Was haben Sie über die Rippe herausgefunden?"

„Nun, zaubern können die Jungs natürlich auch nicht, aber sie haben versprochen, dass sie sich den Knochen umgehend vornehmen und uns so schnell wie möglich informieren. Sie sind übrigens zu dritt, die beiden Jungs und eine junge Frau. Reizendes Mädchen, sie klingt nur am Telefon etwas herb."

„Der erste Eindruck täuscht manchmal", sagte Adam weise.

„Ich habe noch eine Information zu dem sogenannten Koppelschloss", fuhr Betzke fort. „Die Jungs haben es mir im Original gezeigt. Da konnte man sehr viel besser erkennen, was darauf stand, obwohl das Ding etwas verbogen war. Wir haben die Inschrift gemeinsam entziffert. Sie erinnern sich bestimmt, was zu erkennen war."

„Ein Hakenkreuz."

„Dazu ein Adler."

„Ja, der Adler flattert über dem Hakenkreuz."

„Der Mann war also ein Soldat. Sagen Sie, Frau Betzke, ist daran etwas Sensationelles?"

„Nun ja. Es war die Inschrift. In dem Kreis um das Hakenkreuz stand der Satz: ‚Meine Ehre heißt Treue.' Weiß jemand, was das bedeutet?"

„Waffen-SS", sagte Weber sofort.

„Ich beginne zu ahnen", sagte Lena, „warum sich noch niemand gemeldet hat, der den letzten Kriegstoten identifiziert. Der junge Mann war bei der

SS, und dass man so einen in der Familie hatte, möchte heutzutage niemand zugeben."

„Kann gut sein. Meine Freunde haben also diese Gürtelschließe gefunden, ein bisschen Leder vom Gurt und ein paar schwarze Fetzen von der Uniform. Er trug natürlich Stiefel, die sind ganz gut erhalten."

„Ich kläre das", sagte Lena unvermittelt.

„Klären? Was meinst du?"

Lena wehrte Fragen ab. „Später. Es ist nur so eine Idee."

„Wir müssen von unseren gestrigen Ermittlungen berichten", sagte Weber.

„Haben Sie etwas Interessantes über die Schneiders erfahren?"

„Sehr interessant!", rief Lena. „Meine Mutter wusste Bescheid über die Familie."

„Herr Hartmann wusste Bescheid über die Brücke."

„Meine Frau", sagte Adam bescheiden, „wusste Bescheid über alles. Übrigens kann man bei dieser Gelegenheit studieren, wie Gerüchte aus einem relativ einfachen Sachverhalt eine riesige Katastrophe machen können. Und je mehr Zeit ins Land zieht, desto schlimmer wird die Katastrophe. Es ist nämlich gar keine Brücke eingestürzt, und Tote gab es schon gar nicht."

„Mein Vater sagt das auch. Es ging um eine Brücke über ein Tal im Schwarzwald – "

„In der Nähe von Calw", warf Adam ein.

„Die statischen Berechnungen", fuhr Lena fort, „stammten von dem Ingenieurbüro Simon in der Schönborn-Straße, und sie waren fehlerhaft. Wenn die Brücke nach diesen Vorlagen gebaut worden wäre, wäre sie zweifellos eingestürzt. Es hätte wirklich zu einem furchtbaren Unfall kommen können. Aber der Fehler wurde während des Bauens entdeckt und korrigiert, und seither steht die Brücke und hält jeglichen Verkehr aus."

Weber ergänzte: „Für die Firma Simon war die Sache nicht so schnell erledigt. Zunächst einmal hatte man einen Teil des Baus wieder abtragen und neu bauen müssen. Dann kam der Bauherr – das Land Baden-Württemberg – mit Schadenersatzforderungen."

„Gab es einen Prozess?"

„Nein, man hat sich außergerichtlich geeinigt, aber es hat den alten Simon eine Menge Geld gekostet. Ganz abgesehen davon, wie sehr der Ruf seines Ingenieurbüros beschädigt war. Das war eine harte Zeit für Wilhelm Simon, und viele glaubten nicht, dass er sich davon erholen würde."

„Mein Vater meint, Simon sei nicht schuld gewesen."

Lena und Weber referierten wieder einmal in ergänzendem Wechsel, wie es ihre Art war. Dieses Mal gelang es Adam, von Zeit zu Zeit eine Bemerkung einzuschieben.

„Nein, sicher nicht, aber es war seine Firma. Die Schuld lag bei einem seiner Angestellten, der hatte die falschen Berechnungen vorgelegt. Ein gewisser Kästel, den Vornamen wusste meine Frau nicht mehr."

„Volker Kästel", ergänzte Lena triumphierend.

„Und Herr Simon hat für diesen Herrn Kästel die Strafe gezahlt?", fragte Betzke.

„Es blieb ihm nichts anderes übrig. Kästel hat sich gedrückt", warf Weber ein. „Er ist bei Nacht und Nebel abgehauen."

„Da gab es aber noch etwas", sagte Lena. „Volker Kästel hatte nämlich eine Affäre mit Carolin, Simons Tochter. Sie war damals ungefähr siebzehn."

„Neunzehn", behauptete Adam.

„Sie war ein bisschen wild, so wie heute ihre Tochter Vanessa. Volker Kästel war damals knapp vierzig. Die Frauen in der Familie Simon/Schneider mögen anscheinend ältere Männer. Jedenfalls bekam sie ein Kind. Und Kästel konnte sie nicht sofort heiraten, weil er noch verheiratet war. Er ließ sich scheiden, aber so etwas dauert ein bisschen, und das Baby kam unehelich zur Welt. Das passiert heute jeden Tag –" Lena kam ins Stocken und sah Adam kurz von der Seite an. „Ein uneheliches Kind war auch damals nicht besonders schlimm. Man hat es Kästel aber übel genommen, dass er ohne Zögern Frau und Kinder sitzen ließ. Und dann, kurz nachdem die Scheidung durch war, kam die Sache mit den statischen Berechnungen."

„Die Leute haben natürlich erklärt, dass er durch seine privaten Angelegenheiten abgelenkt war und sich deshalb nicht mehr richtig auf seine Arbeit konzentrierte."

„Und was ist aus ihm geworden?"

„Er soll sich irgendwo in Afrika aufhalten."

„Vielleicht auch in Amerika", warf Adam ein.

„Die Einzige, die mit ihm in Kontakt steht, ist seine Mutter, die im Altenzentrum wohnt, und sie weigert sich zu sagen, wo er steckt. Das hat er ihr nämlich verboten."

„Carolin Simon fand aber bald einen Mann, der sie heiratete: Michael Schneider. Anscheinend hat er Vanessa adoptiert. Er war Angestellter der Firma Simon, später wurde er Partner und nach Wilhelm Simons Tod alleiniger Inhaber. Das Haus in der Adolf-Bieringer-Straße, in dem die Familie Schneider jetzt lebt, war ursprünglich die Villa Simon. Die Tochter hat das Haus natürlich geerbt, sie war das einzige Kind. Happy-end für alle."

„Ich weiß nicht so recht", sagte Betzke. „Was ist aus der verlassenen Ehefrau und ihren Kindern geworden?"

„Die Kinder sind inzwischen erwachsen, die Frau lebt mit einem Lebensgefährten in Ubstadt. Ich denke, die Tatsache war besonders schwer erträglich, dass Kästel nichts mehr von ihnen wissen wollte. Auch mit seiner Schwester hat er sich nie in Verbindung gesetzt."

„Steht fest, dass Kästel nicht irgendwann doch zurückgekommen ist?"
„Zumindest ist nichts davon bekannt."
„Ob Vanessa weiß, dass Schneider nicht ihr richtiger Vater ist?"
„Danach werden wir fragen", sagte Betzke und machte sich eine Notiz. „Auch wenn die ganze Stadt informiert ist, muss das nicht bedeuten, dass sie selbst es auch weiß. Jedenfalls gibt es einiges in dieser Familie, was sich als problematisch erweisen könnte."
„Und nun etwas anderes", sagte Adam. „Wie war's gestern Abend?"
„Was meinen Sie?", fragte Weber.
„Ich wollte sagen: Wie war das Essen?"
„Ausgezeichnet! Es gab Kartoffelsalat und gepökeltes, geräuchertes Schweinefleisch."
„Er meint Schäufele", erklärte Lena. „Und er hat mit meiner Mutter über den Kartoffelsalat gestritten."
„Das war kein Streit! Ich habe nur gesagt, dass man in meiner Familie den Kartoffelsalat anders macht, mit Mayonnaise nämlich."
„Kartoffelsalat mit Mayonnaise", wiederholte Adam und rümpfte die Nase. „Das habe ich mal auf einer Reise gegessen. Wie hat Frau Hartmann reagiert?"
„Meine Mutter fand es ganz toll, dass er sich für ihr Essen interessiert!"
„Warum nicht? Du musst mir beibringen, wie man badischen Kartoffelsalat zubereitet."
„Vielleicht. Wenn ich mal Zeit habe."
„Martinas Schauspieler interessiert sich nicht für Kochrezepte", sagte Adam betrübt.

21

Adam war davon überzeugt, dass sie etwas übersehen hatten. Betzke widersprach. Ihrer Meinung nach fehlten ein oder zwei wichtige Informationen. Es entspann sich eine heftige Diskussion darüber, ob diese beiden Meinungen sich widersprachen oder nur verschiedene Aspekte derselben Tatsache waren.

Dann folgten Probleme, die mit der Suchaktion zu tun hatten. Wann genau sollte man mit dem Großeinsatz der BePo beginnen und in welchem Rahmen sollte gesucht werden?

Die Gemüter waren gereizt.

So war es angenehm, dass sie getrennte Wege gehen konnten. Adam ging zu den Schneiders. Lena führte Telefongespräche. Weber begab sich nach

Bretten, und zwar allein („Nein, Hartmann bleibt hier. Sie hat genug zu tun.“) Betzke machte sich über ein neues Tafelbild Gedanken.

Weber war zum ersten Mal in Bretten. Es blieb ihm etwas Zeit, er ging auf dem Marktplatz auf und ab, bewunderte die Fachwerkhäuser und las die Inschrift am Melanchthon-Haus. Schließlich ließ er sich im Freien in einem Café nieder, das nach Melanchthon benannt war. Von seinem Platz aus konnte er einen riesigen Maibaum bewundern, und er studierte die einzelnen Handwerke, deren Symbole den Maibaum zierten.

Seine Gesprächspartnerin kam pünktlich, und er identifizierte sie von weitem: eine Frau etwa Ende fünfzig in Jeans und einer hellen Jacke. Dazu trug sie einen langen Schal, der lässig um ihren Oberkörper geschlungen war. So sah eine Frau aus, die ein kleines Modegeschäft führte. Sie blieb kurz vor dem Café stehen und kam dann sofort auf Weber zu.

„Herr Weber? Ich hoffe, ich habe Sie nicht warten lassen.“

„Keineswegs. Guten Morgen, Frau Blümle. Ich habe gerade festgestellt, dass ich viel Zeit brauchen werde, um Bretten kennen zu lernen. Dafür muss ich wohl extra noch einmal kommen.“

„Oh, natürlich, auf jeden Fall.“ Blümle verriet eine gewisse Unruhe, die sie zu beherrschen versuchte. „Sehr freundlich von Ihnen, dass Sie diesem Treffpunkt zugestimmt haben. Im Laden hätten wir keine Ruhe gehabt.“

Sie bestellten Kaffee. Weber blinzelte in die Sonne.

„Sie haben mir am Telefon nicht gesagt, weshalb Sie mich sprechen wollen“, begann Blümle. „Eigentlich dachte ich, dass die Polizei in Bruchsal zur Zeit vor allem damit beschäftigt ist, das verschwundene Mädchen zu suchen.“ Sie zögerte.

„Ihre Nichte Vanessa.“

Blümle seufzte. „Meine Nichte. Ja. Ich kenne sie eigentlich überhaupt nicht, wissen Sie. Was ist ihr passiert? Ist sie entführt worden oder ist sie ausgerissen? Die Nachricht in der Zeitung war sehr unklar.“

„Wir haben noch keine Hinweise. Deshalb wollte ich mit Ihnen sprechen.“

„Ach je. Ich fürchte, da sind Sie an der falschen Adresse. Es stimmt schon, Vanessa Schneider ist die Tochter meines Bruders. Der Stiefvater hat sie adoptiert. Meinen Sie etwa, dass sie bei uns ist? Da muss ich Sie enttäuschen.“

„Wann haben Sie Vanessa zuletzt gesehen?“

„Das ist eine Weile her. Es besteht kein Kontakt zwischen uns und dem Mädchen. Das hat mir immer leid getan, aber es ist sicher vernünftig. So wächst Vanessa in geordneten Verhältnissen auf. Aber es hat mich berührt, als ich in der Zeitung las, dass sie vermisst wird. Nun, Sie haben eine Frage gestellt. Wann habe ich sie gesehen? Das müsste vor etwa zwei Jahren gewesen sein, es war eine zufällige Begegnung im Restaurant *Bergfried* im Bruchsaler Bürgerzentrum. Wir waren dort essen, mein Mann, meine Tochter und ihre

Familie. Die Familie Schneider saß zwei Tische weiter. Wir haben nicht miteinander gesprochen. Ich kenne Herrn Schneider nicht wirklich. Ob Carolin Simon – ich meine: Frau Schneider – uns überhaupt bemerkt hat, bezweifle ich. Ich bin ihr damals ein paar Mal begegnet, als mein Bruder und sie – Aber Vanessa kennt uns überhaupt nicht. Wissen Sie, das war erst das zweite Mal, dass ich sie gesehen habe. Beim ersten Mal war sie ein Baby. Mein Bruder besuchte uns mit Carolin, um uns die Kleine zu zeigen, damals war sie ein paar Wochen alt. Ja, so ist das. Ich habe sie nur zweimal gesehen."

„Könnte es sein, dass sonst jemand in Ihrer Familie Kontakt mit Vanessa hatte?"

„Das halte ich für ausgeschlossen. Über diese Nichte wurde bei uns nie gesprochen. Es ist so, dass sie nicht wirklich zu unserer Familie gehört. Wir haben immer die Verbindung zu Elli aufrechterhalten, das ist die geschiedene Frau meines Bruders. Es gibt zwei Nichten und einen Neffen aus Volkers Ehe. Man könnte es so formulieren: Als Volker seine Frau und seine Kinder verließ, standen wir auf ihrer Seite. Ich habe sogar damals versucht, meinem Bruder gut zuzureden. Wir hatten immer ein gutes Verhältnis zueinander, und er nahm es mir nicht einmal übel, dass ich ihn warnte. Aber er sagte: Das verstehst du nicht. Er war völlig verrückt nach diesem Mädchen. Carolin war erst achtzehn oder neunzehn und er ungefähr zwanzig Jahre älter. Sie hat ihn einfach um den Verstand gebracht, anders kann man das nicht ausdrücken. Allerdings war sie auch eine Schönheit. Vermutlich ist sie es immer noch."

„War Ihr Bruder sonst immer ein treuer Ehemann gewesen?"

Blümle zögerte. Sie rührte umständlich in ihrer Tasse, trank ein wenig und setzte die Tasse sorgfältig wieder ab. „Nein", sagte sie schließlich. „Mein Bruder nimmt die Dinge ein bisschen leicht. Er ist sehr charmant, wissen Sie. Die Frauen mögen ihn. Er hatte mehr als einmal eine Affäre, aber es war nichts wirklich Ernstes. Nichts, was seine Ehe gefährdet hätte. Elli wusste das. Ich denke, sie wusste meistens Bescheid."

„Auch Carolin wäre nur eine Affäre gewesen, wenn sie nicht schwanger geworden wäre."

„Vermutlich."

„Vielleicht ist sie schwanger geworden, um nicht nur eine Affäre zu bleiben."

„Das haben Sie gesagt."

„Gut. Ich verstehe. Aber nun noch eine andere Frage. Wo steckt Ihr Bruder?"

„Ich habe seit vielen Jahren nichts mehr von ihm gehört. Wir wissen nur, dass er irgendwo in Amerika lebt, aber ich kann Ihnen nichts Näheres sagen. Als unsere Mutter starb, brach der Kontakt ab."

„Lassen Sie mich noch einmal zusammenfassen: Ihr Bruder hat praktisch über Nacht die Stadt verlassen, nachdem es dieses Problem bei seiner Firma gab."

„Sie wissen davon? Ja. Eine Berechnung für eine Brücke war fehlerhaft. Ich kann nicht sagen, wie schlimm der Fehler war, ich verstehe nichts von solchen Dingen. Aber eines weiß ich: Was immer er getan hat, dass er einfach abgehauen ist, war das Schlimmste. Er hat sich vor der Verantwortung gedrückt. Manchmal habe ich das Gefühl, man hätte alles noch irgendwie bereinigen können. Ich meine nicht: vertuschen. Aber bestimmt kommt es ab und zu vor, dass eine Berechnung nicht stimmt, und das wird dann korrigiert und wieder gutgemacht, was weiß ich. Schließlich ist niemand zu Schaden gekommen. Solange man mit Geld etwas tun kann, selbst wenn es viel Geld kostet, ist es nicht wirklich schlimm."

„Wann haben Sie Ihren Bruder zuletzt gesehen?"

„Kurz nachdem ihm das mit der falschen Berechnung passiert ist. Er kam zu mir und erzählte alles. Er war ziemlich aufgelöst und verwirrt. Er wollte einfach sein Herz ausschütten. Ich habe ihm zugehört, und ich habe ihn auch gescholten: Ich habe ihm vorgeworfen, dass er schlampig war. Es war wie immer: Er gab mir recht, er nahm es mir überhaupt nicht übel, dass ich mit ihm schimpfte. Aber er hat mir nicht gesagt, was er vorhat. Eventuell wusste er es selbst noch nicht. Zwei Tage später war er weg."

„Hat er sich je wieder bei Ihnen gemeldet?"

„Nein. Nur bei unserer Mutter."

„Soweit ich weiß, ist sie inzwischen verstorben?"

„Ja, schon vor zehn Jahren. Ich habe mir das so zurechtgelegt: Volker wollte ganz neu anfangen und alles abbrechen, was mit seinem früheren Leben zu tun hatte. Das betraf mich, seine Ex-Frau, die Kinder, auch Carolin und ihre Tochter. Mutter war die einzige Ausnahme. Das hat mich wiederum getröstet. So radikal er auch handelte, sie war etwas Besonderes. Mutter lebte damals bereits im Altenheim, sie war fast achtzig und gesundheitlich nicht auf der Höhe. Wenn er sie im Stich gelassen hätte, hätte sie es nicht überlebt. Deshalb rechne ich es ihm hoch an, dass er sie ab und zu angerufen hat – nicht oft, aber immerhin. Vielleicht tat es ihr sogar gut, dass sie die Einzige war, mit der er Kontakt hatte. Es gab ihr ein Gefühl der Wichtigkeit. Er erzählte ihr, er sei in Amerika, aber das sei ein Geheimnis zwischen ihr und ihm, sie solle es nicht weitersagen. Und er ließ sich berichten, wie es der Familie ging, er interessierte sich also. Aber er hat niemals mit jemandem Verbindung aufgenommen, er telefonierte nur mit ihr. Eines Tages, als er wieder einmal anrief, teilten ihm die Angestellten des Altenheims mit, dass Mutter wenige Wochen zuvor gestorben war. Sie fragten ihn natürlich nach seiner Adresse, sie wussten ja, wie sehr wir ihn suchten. Aber er wollte nichts sagen. Er erklärte nur, dass seine Schwester, also ich, alle Entscheidungen treffen würde. Von da an hörten wir nichts mehr."

„Halten Sie es für möglich, dass er wieder aufgetaucht ist und sich in der Nähe befindet?"

„Ich weiß es nicht." Blümle seufzte. „In den romantischen Geschichten kehrt der verlorene Sohn irgendwann zurück, weil ihn das Heimweh fast umbringt. Auf diesen Tag warte ich."

*

„Diesmal gab es Käsekuchen", erzählte Lena. „Ich bin so satt, dass ich auf das Mittagessen verzichten kann."

„Sie haben den Kuchen natürlich nur im Zuge wichtiger Ermittlungsarbeit gegessen", sagte Betzke. „Sozusagen als Teil der Taktik."

„Selbstverständlich", erwiderte Lena ungerührt.

„Wo gibt es den guten Kuchen?", wollte Adam wissen.

„Bei Frau Schroth und Frau Wendel in der Huttenstraße. Ich habe doch gesagt, dass ich die Identität des SS-Mannes herausbekommen will." Sie holte einen kleinen Zettel hervor. „Er heißt Werner Schmitt. Das genaue Alter und die Adresse habe ich zwar nicht, aber das lässt sich leicht klären, nachdem wir nun den Namen haben. Jetzt wissen wir von allen Bombenopfern, wer sie waren, und wir haben damit ein paar offene Fragen abgehakt."

„Sie waren mehr als zwei Stunden weg, Hartmann. Bestimmt haben Sie mehr erfahren als nur einen Namen."

„Wir haben tiefsinnige Gespräche darüber geführt, ob es richtig ist, über Tote nur Gutes zu sagen. Einerseits ist es angemessen, dass man nicht über den Tod hinaus irgendwelche Gehässigkeiten über die Verstorbenen verbreitet. Andrerseits ist es eine Lüge, wenn man behauptet, der Tote sei ein guter Mensch gewesen, er war es aber nicht. Man könnte sich auf den Standpunkt stellen, dass man das Positive erwähnt und das Negative einfach weglässt. Dann hat man nicht gelogen, aber es ergibt sich trotzdem eine Verfälschung der Wahrheit."

„Kommen Sie zur Sache, Hartmann!"

„Über dieses Thema haben sich die beiden Schwestern viele Gedanken gemacht. Sie waren nahe daran, sich bei uns zu melden, als ein Artikel in der *Bruchsaler Rundschau* erwähnte, dass noch nicht alle Opfer identifiziert sind. Aber letzten Endes scheuten sie sich davor, einer Verstorbenen etwas Schlechtes nachzusagen, auch wenn es die reine Wahrheit war."

„Zur Sache!"

„Ich ging davon aus, dass Frau Schroth und Frau Wendel zwei sehr alte Damen sind, die den Krieg und die Bomben bewusst erlebt haben. Außerdem blieb ihnen nicht verborgen, was zwei Häuser weiter vorging. Hilde Schneider war damals eine hübsche, lebenslustige junge Frau. Sie hatte ein kleines Kind, ihr Mann war an der Front. Man hat es ihr sehr übel genommen, dass sie sich in dieser Situation mit einem anderen Mann einließ. Frau Schroth benutzte ein seltsames Wort dafür, das ich noch nie gehört habe. ‚Sie hat mit dem Schmitt poussiert', sagte sie. Und dann kam noch erschwerend hinzu, dass der junge Mann bei der SS war. Einer von der besonders bösartigen Sorte. Natürlich gab es das Gerücht, der kleine Siegfried sei in Wirklichkeit Schmitts Sohn, aber das stimmt nicht, sagt Frau Schroth. Das Kind war schon zwei, drei Jahre alt, als Hilde Schneider mit Schmitt anbändelte. – Das ist auch ein schönes Wort, anbändeln! – Und als später Heinrich Schneider aus der Kriegsgefangenschaft zurückkam, konnte sowieso kein Zweifel mehr bestehen, denn der Junge sah ihm sehr ähnlich. Auch das ist ein Grund, weshalb Frau Schroth meinte, man solle die Geschichte lieber vergessen. Frau Schneider war tot, ihr Liebhaber war tot, und die Überlebenden sollten wenigstens von bösem Klatsch verschont bleiben."

„Und wie hilft uns das bei der Klärung unseres Falles?"

22

Am Nachmittag dieses Tages gingen Betzke und Lena in das Schönborn-Gymnasium.

Sie hatten sich bei der Schulleitung angemeldet. Frau Heiler erwies sich als überaus kooperativ, sie ließ sogar der Reihe nach drei Lehrer, die Vanessa unterrichteten, aus dem Unterricht holen. Die Klassenlehrerin sagte, sie sei problematisch, aber nicht mehr, als es in ihrem Alter häufig vorkam, der Mathematiklehrer hielt sie für einen hoffnungslosen Fall. Die Kunstlehrerin zeigte am meisten Mitgefühl. Aber niemand hatte eine Erklärung für Vanessas Verschwinden oder auch nur eine leise Vermutung.

Kurz bevor der Unterricht der 10a endete, führte Frau Heiler die Kriminalbeamten in Vanessas Klasse. Der Deutschlehrer beeilte sich, die Hausaufgaben zu geben, dann überließ er Betzke das Feld. Lena blieb bei der Tür stehen und beobachtete die Schülerinnen und Schüler. Alle hörten sehr aufmerksam zu, nur ein paar Mädchen begannen zu tuscheln. Als Betzke mitten im Satz abbrach und sie merkten, dass sie es ihretwegen tat, verstummten sie.

Lena fand, dass Betzke ihre Sache sehr gut machte. Sie erläuterte ihren Zuhörern, wie wichtig jeder Hinweis sein könnte, auch wenn er geringfügig schien, und appellierte an die Klasse, ihr jetzt oder später oder telefonisch, persönlich oder anonym, alles zu sagen, was sie beobachtet hatten. Die Jungen fanden das Ganze interessant. Die Mädchen fanden Betzke als Person und zudem ihren Beruf interessant. Lena dachte, dass Betzke ohne weiteres auch Lehrerin hätte werden können.

Ein Mädchen meldete sich schließlich. „Man kann nicht in sie hineingucken."

Eine andere pflichtete ihr bei. „Ich kann mir nicht vorstellen, was geschehen ist."

„Sie haben keinen leichten Job, ey?", rief ein Junge dazwischen. Es klang nicht einmal ironisch.

Lena hielt Ausschau nach Tanja Woll, dem Mädchen, mit dem sie nach Ratzels Beerdigung gesprochen hatte, und sie brauchte eine Weile, bis sie sie entdeckt hatte. Tanja saß in der letzten Reihe, fast versteckt hinter dem breiten Rücken eines Klassenkameraden, als wolle sie nicht bemerkt und vor allem nicht befragt werden. Sie war sehr blass. Ihre Augen waren rot, vielleicht hatte sie geweint.

Lena merkte, dass auch Betzke plötzlich in Tanjas Richtung schaute. Das Mädchen war ihr aufgefallen. Sie schaute Tanja ins Gesicht, als sie sagte: „Sicher kann mir jemand von euch mehr über Vanessa sagen."

Tanja wandte sich ab.

Als der Gong ertönte, erlosch schlagartig das Interesse der Schüler. Sie fingen an ihre Sachen zusammenzupacken und schickten sich an zu gehen. Wenigstens grüßten einige freundlich, als sie sich an Betzke vorbeidrängten.

Lena wechselte mit ihr ein paar halblaute Sätze. Betzke nickte und murmelte etwas wie: „Kleinigkeit. Finde den Weg allein." Dann wurde sie von zwei Schülern angesprochen.

Tanja war eine der letzten. Sie strebte unauffällig zur Tür, den Blick zum Boden gerichtet. Das Gesicht war von ihrem blonden Haar wie von einem Vorhang verdeckt.

Lena ging wie zufällig neben ihr her, als sie den Raum verließen.

„Hallo, Tanja. Ich fahre dich nach Hause", sagte Lena einfach.

Tanja hob überrascht den Kopf.

„Du erinnerst dich an mich? Lena Hartmann. Die Kollegin sagte vorhin, dass ihr auf keinen Fall zu Fremden ins Auto steigen sollt, aber wir sind uns nicht fremd."

Tanja stotterte: „Das ist nicht nötig. Ich hab's nicht weit."

Lena lächelte. „Du wohnst in der Zickstraße. Und nach einem anstrengenden Tag in der Schule kann das ziemlich weit sein."

Auf der breiten Treppe mussten sie sich mühsam einen Weg bahnen. Vor allem eine jüngere Klasse, die wie wild aus einer Tür geschossen kam, schien es sehr eilig zu haben.

Tanja starrte vor sich auf den Boden und blieb stumm. Nach einer Weile versuchte Lena es mit einer möglichst harmlosen Bemerkung: „Fährst du manchmal mit dem Fahrrad?"

„Fahrradfahren ist uncool", erklärte Tanja.

Sie waren auf dem Kastanienplatz angelangt, der zwar Pausenhof war, aber teilweise auch als Parkplatz für die Lehrer diente. Lena hatte zu ihrer Überraschung tatsächlich einen Platz gefunden.

Tanja schaute um sich, als suche sie einen Fluchtweg. Sie fingerte an ihrem Rucksack, der offenbar schwer war, und fasste dann einen Entschluss. Sie setzte sich auf den Beifahrerplatz und schloss artig den Gurt.

Als Lena losfuhr, sagte sie wie beiläufig: „Ich habe gehört, dass Vanessa Schwierigkeiten in der Schule hat.“

„Sie ist ziemlich schlecht. Sie bleibt bestimmt sitzen. Shit.“

„Und was ist mir dir? Bist du besser? Kannst du ihr ein bisschen helfen?“

„So gut bin ich auch nicht. Ich komme immer gerade noch so durch. Ich lass’ sie abschreiben, aber das bringt nichts. Außerdem haben es die Lehrer inzwischen gemerkt und setzen uns bei Arbeiten auseinander.“

„Ich dachte eher, dass du mit ihr lernst. Ihr könntet zum Beispiel gemeinsam die Hausaufgaben machen.“

„Funktioniert nicht. Sie hat Nachhilfestunden. Viermal die Woche. Zweimal Französisch und zweimal Mathe. Aber Mathe ist hoffnungslos.“

„Hat sie Angst vor ihren Eltern?“

„Ach, was denken Sie nur! Grausame Eltern, die ihre Kinder verprügeln oder so? Blödsinn. Ihr Vater hält große Reden, das ist alles. Und ihre Mutter regt sich sowieso nicht weiter auf.“

„Du meinst, es gibt keinerlei Spannungen?“

Tanja holte tief Atem. „Vielleicht schon. Aber Sie verstehen das doch nicht.“

„Das sollten wir erst mal versuchen. Was für Probleme gibt es?“

„Vanessa kommt mit ihren Eltern zurecht.“

Lena hörte eine besondere Betonung heraus und zog ihre Schlussfolgerungen. „Die Spannungen bestehen zwischen Herrn und Frau Schneider.“

„Vanessa glaubt, dass ihr Vater eine Geliebte hat“, platzte Tanja heraus. „Aber Sie dürfen niemandem sagen, dass Sie das von mir haben.“

Michael Schneider? Sieh an! „Weiß Vanessa, um wen es sich handelt?“

„Nein.“ Tanja bereute schon, dass sie die Andeutung gemacht hatte. „Eigentlich weiß sie gar nichts. Aber manchmal kommt ihr Vater nachts nicht nach Hause. Und was ihre Mutter angeht – Aber das ist nicht wichtig.“

„Alles kann wichtig sein.“

Tanja war nicht bereit, über Vanessas Mutter zu sprechen. Lena machte sich im Geist eine Notiz: Hier war noch etwas, das man klären musste.

Tanja seufzte. „Ich weiß, wie das ist. Meine Eltern sind seit acht Jahren geschieden. Das Jahr vor der Trennung war das schlimmste.“

Lena pflegte immer vorsichtig zu fahren, sie neigte überhaupt nicht zu Raserei. Dieses Mal hätte sie die Fahrt gern in die Länge gezogen. Sie fuhr so langsam, wie es nur irgend ging. Aber der Weg vom Schönborn-Gymnasium in die Zickstraße beanspruchte einfach nicht mehr Zeit. Auch ein günstiger

Parkplatz am Straßenrand fand sich schnell.

Tanja ergriff ihren Rucksack, der neben ihren Füßen stand.

„Augenblick noch“, sagte Lena und schaltete den Motor aus.

„Die Sache mit Olli Ratzel geht Vanessa sehr nahe, nicht wahr?“

Tanja nickte.

„Haben sie sich lange gekannt?“

Tanja zuckte die Achseln.

„Weißt du, wo sie sich kennengelernt haben?“

„In der Disco.“

„Ja, das weiß ich. Und wo haben sie sich danach getroffen?“

„Weiß ich nicht.“

„Tanja, du bist ihre beste Freundin.“

„Aber ich weiß trotzdem nichts.“

„Du weißt, dass Vanessa unglücklich ist.“

„Ja, das weiß ich. Ich muss jetzt gehen.“

Lena hielt sie ganz zart am Ärmel fest. „Tanja, sag mir, ist Vanessa schwanger?“

Tanja lachte bitter auf. „Nein, das nicht. Sie müssen mich loslassen.“

Lena ließ sie sofort los. Es war nichts zu machen. Tanja stieg aus und hängte sich den Rucksack über die linke Schulter. Sie wohnte zwei Häuser weiter, und auf dem Weg drehte sie sich nicht ein einziges Mal um. Lena sah ihr nach, wie sie vor dem Haus stehen blieb, den Rucksack von der Schulter nahm und kurz in einem bestimmten Fach kramte. Dann hatte sie den Schlüssel in der Hand und schloss die Haustür auf. Erst jetzt blinzelte sie vorsichtig zur Seite, in Lenas Richtung, und wendete sofort wieder den Kopf. Im nächsten Augenblick war sie im Haus verschwunden.

Lena blieb sitzen.

Nach zwei Minuten drehte sie den Zündschlüssel, legte den Gang ein und löste die Handbremse.

Dann kuppelte sie wieder aus, zog die Handbremse an und schaltete den Motor aus.

*

„Sie schon wieder?“, rief Tanja, als sie die Tür öffnete.

„Ja. Ich muss noch etwas mit dir besprechen.“

„Es passt mir jetzt aber gar nicht.“

Lena hatte sich bereits in den kleinen Flur gedrängt und zog die Wohnungstür hinter sich zu. „Ist deine Mutter schon da?“

„Nein. Meine Mutter ist in Urlaub. Auf Ibiza. Wir gehen schon lange nicht mehr zusammen in Ferien.“

„Dann bist du ganz allein?"

„Natürlich", sagte Tanja trotzig. „Was glauben Sie denn? Ich bin doch kein Baby mehr."

„Wir können ohne weiteres hier in der Diele stehen bleiben, falls das Wohnzimmer nicht betreten werden kann", sagte Lena.

Tanja presste die Lippen zusammen und öffnete die Tür zum Wohnzimmer. Hier war Lena schon einmal gewesen, bei dem ersten Gespräch, als sie Tanja nach Ratzels Beerdigung zusammen mit Weber aufgesucht hatte. Sie setzte sich an genau dieselbe Stelle auf dem Sofa, wo sie damals gesessen hatte, ohne eine Einladung abzuwarten. Tanja setzte sich gegenüber, an den äußersten Rand eines Sessels, als wolle sie bereit sein, wenn sich die Notwendigkeit ergeben sollte, schnell aufzuspringen.

„Was wollen Sie denn noch?", fragte Tanja ungeduldig.

„Ich habe dich vorhin zum Lachen gebracht", begann Lena.

„Zum Lachen? Habe ich gelacht? Ich verstehe überhaupt nichts mehr."

„Ich habe gefragt, ob Vanessa schwanger ist, und da musstest du lachen. Es war eine absolut lächerliche Frage, nicht wahr? Vanessa und Olli Ratzel hatten nichts miteinander. Das hat Vanessa nur behauptet."

Tanjas Kopf senkte sich langsam.

„Sie sind sich in der Disco begegnet", fuhr Lena fort. „Lukas Horn erkannte Oliver Ratzel. Er sprach ihn an und wollte sich mit ihm über Fußball unterhalten. Dann kam Vanessa dazu und sagte: ‚Du kennst meinen Vater.' War es so?"

Tanja nickte.

„Wie oft haben sie sich danach getroffen?"

„Vanessa hat doch dann Hausarrest bekommen, weil ihr Vater sich so aufregte. Die Polizei hat nämlich alle Eltern angeschrieben – "

„Wie oft?", wiederholte Lena.

Tanjas Kopf sank noch tiefer.

„Nur dieses eine Mal?", sagte Lena. „Und dann nie wieder? Vanessa ist Oliver Ratzel nur ein einziges Mal in ihrem Leben begegnet?"

„Sie verstehen das nicht", stieß Tanja hervor.

„Mag sein. Wie steht es mit dir? Hast du Ratzel noch einmal gesehen?"

„Ja, zwei oder drei Mal. In der Zeit, als Vanessa nicht weg durfte, war ich mit anderen unterwegs. Ich geh gern ins *Rocket*, das ist eine angesagte Disco." Jetzt, da es nicht mehr um Vanessa ging, sprach sie frei und offen. „Ich habe sogar ein paar Mal mit ihm gesprochen. Schließlich war er eine der wenigen Berühmtheiten in Bruchsal."

„War er nett?"

„Das schon." Tanja überlegte. „Aber wissen Sie, er war nicht OK. Das hat man gemerkt, wenn man mit ihm sprach. Man redete ein bisschen, und er konnte ziemlich freundlich sein, aber er war nie so ganz da. Er hat sich nicht im Geringsten für die Person interessiert, mit der er sich unterhielt. Er war total kaputt. Wahrscheinlich hat er nur darauf gewartet, dass der Dealer eintraf, von dem er etwas kaufen wollte. Alles andere war ihm egal. Das ganze Leben war ihm egal."

„Ich verstehe, was du meinst."

„Sein Leben war eigentlich schon lange vorbei. Ich habe gehört, dass er früher als Fußballspieler echt toll war. Er hätte es weit bringen können. Und dann fängt der Idiot an, sich mit Drogen kaputt zu machen. Shit. Ich werde bestimmt nie, nie etwas nehmen. Das weiß ich ganz sicher."

„Er hat dir leid getan", stellte Lena fest. „Es war deine Idee, zur Beerdigung zu gehen."

„Ja, das stimmt. Vanessa war sofort einverstanden, und Lukas auch." Sie seufzte. „Lukas ist nicht mein Freund oder Vanessas Freund, er ist nur der ältere Bruder von Julia. Julia ist unsere beste Freundin. Ich wollte, sie wäre da. Sie hätte das alles viel besser gemanagt. Aber sie ist in Amerika. Noch dreieinhalb Wochen. Ich bin richtig froh, dass sie bald wieder da ist."

„*Besser gemanagt*", wiederholte Lena. „Das ist eine interessante Formulierung. Du sprichst von Vanessas Verschwinden. Julia hätte dafür gesorgt, dass Vanessa nicht verschwindet. Das ist es, was du meinst."

Tanja starrte sie an. Wie eine Maske hatte sich die Unbeweglichkeit über ihr Gesicht gesenkt. Sie schwieg. Ihre Hände verkrallten sich ineinander.

„Als Vanessa am Montag nicht in die Schule kam, dachte man selbstverständlich zunächst, sie sei krank. Du hast das aber nicht gedacht."

„Doch. Natürlich habe ich das gedacht."

„Warum hast du sie dann nicht besucht?"

„Ich wäre schon noch hingegangen, später."

„Nein. Du hättest sofort, schon am frühen Morgen, eine SMS geschickt und gefragt, was mit ihr los ist."

Alle Farbe wich aus Tanjas Gesicht. Sie öffnete den Mund, um etwas zu sagen, schwieg dann aber doch.

„Ist sie hier?"

Tanja kam nicht mehr dazu zu antworten. Die Tür zu einem anderen Raum wurde aufgerissen, und Vanessa stürzte sich mit geballten Fäusten auf Tanja.

„Blöde Kuh!", schrie sie hysterisch. „So bist du also! Scheißfreundin!"

*

Fünf Minuten später hatte Lena die Situation geordnet. Vanessa saß auf dem Sofa, schwer atmend und noch immer wütend, aber still. Tanja war in der Küche, um Tee zu kochen. Lena beendete ihr Gespräch und steckte das Handy ein.

„So", sagte Lena. „Nun zu dir. Du weißt, was du jetzt als Erstes zu tun hast."

„Ich geh' nicht heim", stieß Vanessa hervor.

„Das meine ich nicht. Du hast dich eben Tanja gegenüber sehr hässlich benommen. Sie hat bei deiner hirnverbrannten Idee mitgemacht, obwohl sie dagegen war. Das hast du ihr schlecht gedankt. Du musst das wieder in Ordnung bringen."

Vanessa blickte finster, aber sie sagte nichts.

Dann kam Tanja mit einem Tablett, auf dem drei Tassen mit Untertassen und eine Zuckerdose standen. Dicke Tränen liefen ihr über das Gesicht.

Lena reagierte geistesgegenwärtig und bekam das Tablett gerade noch zu fassen, als Vanessa sich erneut auf Tanja stürzte und ihr um den Hals fiel. Beide Mädchen weinten laut. Was sie einander zuflüsterten, war nicht zu verstehen. Vanessas langes Haar hing über Tanjas Gesicht.

Lena stellte das Geschirr ordentlich auf den Tisch und wartete. Vanessa und Tanja lagen sich in den Armen und schluchzten hemmungslos. Am besten, man ließ sie in aller Ruhe weinen, bis keine Tränen mehr da waren. Lena wunderte sich darüber, dass sie keinerlei Verärgerung empfand. Sie war nur unsagbar erleichtert.

Schließlich kam der Zeitpunkt, da ein Taschentuch nötig wurde. Tanja hatte keines, also gab ihr Vanessa eines, in das zuerst Tanja schnäuzte, danach Vanessa selbst.

„Und jetzt?", fragte Tanja.

„Der Tee dürfte fertig sein", sagte Lena und schenkte ein. Sie wusste nicht, was für ein Tee das war, der blumige Duft war ihr unbekannt, und die leicht grünliche Farbe sah nicht sehr vertrauenerweckend aus. Aber die beiden Mädchen brauchten auf jeden Fall einen Tee.

„Nachher fahren wir zu deinen Eltern", sagte Lena sachlich.

„Die haben sich mächtig Sorgen gemacht", erläuterte Tanja. „Deine Mutter ist zusammengebrochen. Das stimmt doch, Frau Hartmann? Und dein Vater hat sich auch fürchterlich aufgeregt."

„Er ist nur mein Adoptivvater."

„Ist das wichtig?"

„Eigentlich nicht. Aber es ist ein Geheimnis. Niemand darf es wissen. Alles soll in Ordnung sein, nur darauf kommt es an. Sie dürfen es nicht verraten."

„Keine Angst. Trink deinen Tee aus."

„Sie kommen doch mit?", flüsterte Vanessa.

„Natürlich. Du wirst dich in aller Ruhe mit deinen Eltern aussprechen, da musst du einfach durch. Morgen sieht die Welt wieder anders aus. Ich finde es übrigens nicht gut, dass Tanja ganz allein hier wohnt, solange ihre Mutter in Urlaub ist. Wie wäre es, wenn sie ein paar Tage mit dir nach Hause kommt?"

„Oh ja! Sie sagen das meinen Eltern, nicht wahr?"

„Ich werde den Vorschlag machen. Aber das gilt erst ab morgen. Zuerst bleibt die Familie unter sich."

„Aber morgen kommst du", sagte Vanessa und blickte ihre Freundin Hilfe suchend an. Plötzlich musste sie lachen: „Wie siehst du denn aus?"

„Hach! Und du erst!"

Vanessa hatte sich die Langeweile damit vertrieben, dass sie verschiedene Schminktechniken ausprobierte. Jetzt war alles über dem tränenfeuchten Gesicht verlaufen. Unter ihren Augen bildeten sich senkrechte schwarze Striche, und die eine Braue bildete eine seltsame Kurve bis zum Haaransatz. Der Lippenstift war verschmiert und ließ ihren Mund grotesk wie bei einem Clown erscheinen. Aber Tanja sah nicht viel besser aus. Ihre Augen waren noch immer rot geschwollen, und an ihrem rechten Nasenflügel zeigte sich ein roter Fleck, der von Vanessas Rouge stammen musste. Spuren des Lippenstifts waren auf beide Wangen verteilt.

„Ihr seht beide aus wie kleine Monster", erklärte Lena sachlich.

Diese Bemerkung hatte eine unvorhergesehene Wirkung. Zum dritten Mal innerhalb von zwanzig Minuten fielen sich die beiden Mädchen in die Arme und lachten, lachten, bis sie nicht mehr konnten.

Was für Kinder sie doch sind, dachte Lena.

*

Vanessa sah sehr ordentlich aus, als sie vor dem Haus Schneider ausstiegen. Sie war ganz still geworden und ging zwei Schritte hinter Lena.

Man hatte sie erwartet. Bevor Lena läuten konnte, wurde die Haustür aufgerissen, und da stand Schneider, der sie nicht zu sehen schien. Er sah nur Vanessa. Lena trat zur Seite.

„Du dumme Zicke, was hast du dir nur dabei gedacht?", rief Schneider und holte zu einer Ohrfeige aus.

23

„Was bin ich froh", seufzte Adam. „Ich sah das Mädchen schon blutüberströmt hinter einer Hecke liegen. Mein Gott."

Lena hing leicht erschöpft auf ihrem Schreibtischstuhl.

„Gute Arbeit, Hartmann", sagte Betzke. „Eine Stunde später hätten wir die Großfahndung ausgelöst."

„Um die Suchhunde tut es mir leid. Die wären gern ein wenig in der Gegend herumgetollt."

„Weber!"

„Ja, jetzt kannst du Witze machen! Hinterher ist alles halb so wild. Aber das war ganz schön anstrengend mit diesen Mädchen. Und dann hat der seriöse Herr Schneider seiner Tochter eine runtergehauen, ehe ich einschreiten konnte. Wer hätte das gedacht! Was für ein Tag!" Lena strich sich müde eine Haarlocke von der Stirn. „Habt ihr auch wirklich alle Stellen benachrichtigt und jegliche Fahndung abgesagt?"

„Keine Sorge."

Lena wandte sich an Adam. „Hast du es mal erlebt, dass eine deiner Töchter weggelaufen ist?"

Adam grinste. „Die Susi ist mal durchgebrannt, da war sie ungefähr drei. Sie hatte plötzlich Lust, ihre Tante zu besuchen. Aber der Ausflug dauerte nicht lange. An der nächsten Ecke lief sie einer Nachbarin in die Arme, die die Situation überblickte und die Kleine unverzüglich zurückbrachte."

„Habt ihr mit eurer Susi geschimpft?"

„Ach, sie hat so fürchterlich geweint, da haben wir vergessen mit ihr zu schimpfen. Wir waren so froh, das sie wieder da war. Und den Schuh, den sie unterwegs verloren hatte, fanden wir auch wieder."

„Und warum hat sie geweint?"

„Keine Ahnung. Mädchen weinen, wenn Emotionen ins Spiel kommen."

An dieser Stelle wurden sie von Wachtmeister Schmitz unterbrochen. Er schloss sorgfältig die Tür hinter sich, als fürchte er einen Verfolger, und flüsterte: „Die Presse!"

„Nichts da", sagte Betzke unwirsch. „Wir haben vorhin bereits eine Presseerklärung herausgegeben, und damit ist klar: Das Mädchen wird nicht mehr vermisst. Das muss reichen."

„Er lässt sich nicht abweisen. Er sagt, er ist ein Freund von Lena."

Weber runzelte misstrauisch die Stirn. „Wie sieht er aus? Klein und wuschelig oder groß und schön?"

„Ich rede mal mit ihm", erklärte Lena.

Es war Martin Lang, der, weil man ihn nicht eingelassen hatte, vor dem Revier auf und ab ging. Lena suchte in seinem Gesicht nach den Kampfesspuren, die Kowalewski erwähnt hatte. Es war kaum noch etwas zu sehen, es gab nur eine Stelle beim linken Auge, die eine seltsam gelbliche Färbung aufwies.

„Lenalein, wie schön, dich zu sehen!"

Sie hoffte, dass keiner ihrer Kollegen durch ein offenes Fenster mithören konnte. „Wieso bist du hier? Was gibt's?"

„Ich wollte mich ein wenig mit dir unterhalten. Du könntest mir sicher mit ein paar Einzelheiten dienen – " Er lächelte sie an. Das war sein berühmter Charme. Lena war längst unempfindlich geworden, aber das entging ihm. Allerdings musste man mit einem Journalisten vorsichtig umgehen. Sie schlug einen Spaziergang vor und lenkte automatisch die Schritte in Richtung Schlossgarten.

„Ihr habt bekanntgegeben, dass Vanessa Schneider wieder da ist. Darüber muss natürlich in unserer morgigen Ausgabe ausführlich berichtet werden. So was möchten die Leute lesen: erst die Spannung, solange das Mädchen vermisst ist, und jetzt die Erleichterung. Michaels Frau wollte nicht mit mir sprechen, sie hat mich nicht mal ins Haus gelassen. Aber an Michael werde ich leichter rankommen. Ich kenne ihn von früher, wir haben zusammen Fußball gespielt. Mit ihm will ich heute Abend sprechen."

„Du willst einen Herz-Schmerz-Artikel schreiben?"

„Einen anspruchsvollen Herz-Schmerz-Artikel! Übrigens habe ich vorhin gesehen, wie ihr sie nach Hause gebracht habt. Ich war unterwegs in der Adolf-Bieringer-Straße und sprach mit Nachbarn. Das war noch, bevor man Vanessa fand. Ich wollte etwas Hintergrund in Erfahrung bringen."

„Ich verstehe. Du wolltest die Nachbarn aushorchen und Skandalgeschichtchen hören."

„Ach Lena, wie bist du hart! Im Grunde mache ich etwas Ähnliches wie ihr, ihr nennt es nur anders. Möchtest du hören, was ich erfahren habe? Im Gegensatz zu dir bin ich nämlich sehr gern bereit, mein Wissen zu teilen. Also gut. Vanessa ist ein schwieriges Kind. Sie ist unfreundlich und unhöflich, insbesondere Erwachsenen gegenüber. Sie zieht sich furchtbar an. Und außerdem ist sie schlecht in der Schule und wird sitzenbleiben. – Ob das stimmt, weiß ich natürlich nicht sicher. Aber es wird wohl etwas dran sein. – Ihre Mutter ist hochnäsig und will mit niemandem zu tun haben. Sie erzieht ihre Tochter nicht richtig, kümmert sich nicht genug um sie und spielt ständig Golf. Sie denkt, sie sei etwas Besseres. Der Einzige, der gut wegkommt, ist Michael. Ihn beschreibt man als soliden, tüchtigen Geschäftsmann. Er ist nicht so von oben herab wie seine Familie, sondern sagt immer höflich Guten Tag, wenn er seinen Nachbarn übern Weg läuft. Sag mal, wird er jetzt Schwierigkeiten bekommen? Muss er den Polizeieinsatz zahlen, den Vanessa verursacht hat?"

„Das ist noch nicht klar", sagte Lena ausweichend. „Wer hat dir eigentlich dein blaues Auge beigebracht?"

„Lena, Lena, das fragst du? Ausgerechnet du? Übrigens sieht man es nicht mehr so arg, oder?"

„Nein, du bist wieder ziemlich attraktiv. Aber ich verstehe nicht, was du meinst. Was habe ich mit deinem blauen Auge zu tun?"

„Du hast mich also wirklich nicht erkannt? Ach Lena!" Martin Lang zeigte eine tragische Miene. „Ich habe mir hinterher den Kopf zerbrochen, ob du mich wirklich nicht gehört hast oder ob du mir einen Streich spielen wolltest. Aber du bist nicht gemein von Natur aus, nicht wahr? Ich wollte nur nett sein. Es hat entsetzlich geschüttet, ich hatte einen Schirm und du nicht, da dachte ich also – "

Lena blieb stehen. Die Erkenntnis kam blitzartig. „Du warst das?"

„Neulich im Bürgerpark, ja. Ich habe gerufen, aber du bist davongerannt. Es kam mir fast so vor, als wolltest du dich vor mir verstecken. Aber man hat sowieso kaum etwas gesehen. Und dann diese Hooligans! Dich ließen sie einfach durch, aber mich haben sie angepöbelt!"

„Martin! Stammt daher dein blaues Auge?"

„Ja natürlich", sagte er unglücklich. „Es sah zunächst übel aus. Alle haben mich aufgezogen damit. Ob ich mich geprügelt habe oder nur einem eifersüchtigen Ehemann begegnet bin. Und jetzt lachst du mich auch noch aus!"

„Nein, ich lache nicht über dich." Lena wurde ernst. „Du bist mit einem blauen Auge davongekommen. Das meine ich ganz wörtlich."

*

Fünf Minuten später war Lena wieder im Revier. In Adams Zimmer ging sie an die Tafel, ergriff den weichen Lappen und wischte den Eintrag „Bürgerpark LH?" aus.

Weber sah ihr zu. Er hatte allein auf sie gewartet, Betzke und Adam waren bereits in Richtung Kantine aufgebrochen.

„Inzwischen gefällt dir also der andere Zeitungsmensch besser", sagte er, nachdem Lena ihm Bericht erstattet hatte.

„Sprich nicht so von meinem Freund Lewski! Er ist ein ernst zu nehmender Journalist und sehr tüchtig, außerdem ein netter Mensch. Übrigens – ", Lena machte eine spannende Pause, „übrigens ist er verheiratet und hat zwei reizende Kinder. Er hat mir ein Foto gezeigt: Sie sind zwar blond, aber sie haben schon denselben Wuschelkopf wie ihr Vater. Und demnächst kommt noch ein drittes Kind."

„Lieber Himmel", murmelte Weber, „zweieinhalb Kinder. Da bekommt man Minderwertigkeitskomplexe."

„Reden wir nicht mehr von fremden Männern." Lena rückte ihren Stuhl ganz nah an seinen heran. „Ist dir klar, dass wir mit dem Fall wahrscheinlich bald fertig sind?"

„Ja", begann Weber zögernd. „Ehe ich's vergesse: Meine Eltern haben gefragt, ob wir nicht mal zum Essen kommen wollen. Am Sonntag oder so. Was meinst du?"

Sie erschrak fast und hauchte nur: „Ach Thomas!"

„Gibt es ein Problem?"

„Ich muss dir etwas sagen. Ich wollte es dir schon lange sagen. Ich war schon oft nahe daran, aber irgendwie – "

„Lena-Liebling", sagte Weber, „Was ist los?"

„Ich kann nicht kochen."

„Macht nichts. Ich kann kochen."

„Ist das alles, was du dazu zu sagen hast?“, rief Lena entgeistert.

„Habe ich jetzt etwas Falsches gesagt?“, fragte er unsicher.

„Du hast ja keine Ahnung! Seit Monaten zerbreche ich mir den Kopf darüber, wie ich es dir beibringen soll. Und dann kommst du daher und sagst einfach nur: Ich kann kochen.“

„Willst du damit sagen, Lena-Liebling, dass du dir ernsthaft Sorgen gemacht hast?“

„Natürlich! Und wie!“

„Ich habe wohl bemerkt, dass dich etwas bedrückt. Ich dachte, es sei etwas Ernstes, vielleicht mehrere Vorstrafen oder vier, fünf uneheliche Kinder.“

„Ach was! Und du verachtest mich wirklich nicht?“ Lena seufzte tief und legte den Kopf an seine Schulter. „Ich fand das früher so cool. Ich kann nicht kochen. Das habe ich sogar stolz herumerzählt! Meine Mutter hat immer gesagt, ich würde nie einen Mann finden!“

„Da irrt sich deine Mutter.“

„Ich habe mir schon überlegt, ob ich bei ihr Unterricht nehmen soll. Aber in letzter Zeit war ich so eingespannt.“

„Du kannst bei mir Unterricht nehmen.“

„Ich weiß nicht, ob das richtig ist. Du bist doch ein Mann. Was meinst du eigentlich damit: Du kannst kochen? Eine Pizza in den Ofen schieben? Das kann sogar ich.“

„Du sprichst von einer Tiefkühlpizza, bei der die ganze Kunst darin besteht, die Packung aufzukriegen. Geschmacksache. Eine richtige Pizza ist etwas ganz anderes. Man macht einen Teig, legt allerhand Zeug drauf und schiebt das Ganze in den Backofen. Was ist schon dabei?“

„Ist es wirklich so einfach?“

„Natürlich. Das lernst du schnell.“

„Ach Thomas! Was für ein Glück, dass ich dich gefunden habe.“

„Wir müssen da gelegentlich einiges durchdiskutieren.“

„Was wird deine Mutter dazu sagen, dass ich keine Hausfrau bin?“

„Sie wird sich in ihren Grundansichten bestätigt fühlen. Meine Mutter wollte uns, also meinen Bruder, mich und meinen Vater, zu selbstständigen Menschen erziehen. Das war ihr immer sehr wichtig. Wir sollten nicht in Abhängigkeit geraten. Deswegen können wir alle kochen. Ich muss dir allerdings sagen, wenn es dir auf Kuchen und Torten ankommt, da ist mein Bruder besser.“

„Ach Thomas“, seufzte Lena noch einmal. Dann fiel ihr etwas ein. „Es muss auch etwas geben, was du nicht gut kannst.“

„Muss es das? Ich kann fast alles ziemlich gut.“

„Bist du sportlich?“

„Geht so.“

„Wie steht es mit Schießen?“

„Das ist nicht meine Stärke."

„Ah, da haben wir's. Ich bin badische Meisterin im Kleinkaliber. Letztes Jahr war ich auf den Polizei-Europameisterschaften in Frankreich und habe den zweiten Platz gemacht." Lena war sehr zufrieden. „So ist es richtig. Du kannst gut kochen, und ich kann dafür gut schießen. Das gleicht sich aus. Sehr gut!"

24

Es war sofort klar, dass die Stimmung schlecht war. Betzke schaute etwas grimmig drein, wie es ihrer Art entsprach, aber sie wünschte einen guten Morgen. Weber stieß ein kurzes „Moin" hervor. Er war blass und schien sich nur mühsam zu beherrschen.

„Schlechte Nachrichten?", fragte Adam besorgt.

„Das kommt darauf an", sagte Weber.

„Der Junge ist heute Morgen nicht gut drauf", erklärte Betzke achselzuckend. „Aber er wird schon wieder."

Lena blickte besorgt. Als alle sich an dem großen Tisch niederließen, setzte sie sich eng neben Weber, so dass ihre Arme sich von Schulter bis Ellenbogen berührten. Am liebsten hätte sie seine Hand ergriffen.

„Heute sind wir alle sehr erleichtert", begann Adam. „Mich hat die Geschichte mit Vanessa fürchterlich mitgenommen."

„Das ging uns allen so", meinte Betzke. „Uff! Wir müssen uns nur noch über ein paar Einzelheiten mit den Schneiders unterhalten."

„Können wir endlich erfahren, was los ist?", fragte Lena irritiert.

„Das soll sie selbst sagen", brummte Weber.

„Machen Sie nicht so ein Theater, Weber."

„Frau Betzke will aufhören."

„Unsinn."

„Wie würden Sie es nennen?"

Betzke verschränkte gemütlich die Arme. „Es ist schlicht so, dass die Schule der Bereitschaftspolizei Bruchsal einen Fachlehrer für Polizeitaktik und Psychologie gesucht hat. Ich habe mich beworben, und sie haben mich genommen, vorerst für zwei Jahre. Montag, Dienstag, Mittwoch und Freitag. Und alle zwei Wochen donnerstags an der Polizeischule Lahr. Das ist alles."

„Frau Betzke! Das ist ja toll! Sie werden eine hervorragende Lehrerin abgeben!", sagte Lena.

„Sehr schön", rief Adam und rieb sich die Hände. „Dann kommen Sie regelmäßig nach Bruchsal. Es wird Ihnen hier gefallen."

„Ganz beiläufig macht sie da vorhin eine kleine Bemerkung", klagte Weber. „Aus heiterem Himmel. Ohne jegliche Vorwarnung."

„Sie waren der Erste, dem ich es gesagt habe", verteidigte sich Betzke.

„Und wer bekommt Ihre Stelle?", wollte Weber wissen.

„Ich habe natürlich Sie vorgeschlagen. Ich habe sogar eine entsprechende Beurteilung geschrieben. Da wusste ich noch nicht, was für ein Sensibelchen Sie sind."

„Machen Sie sich keine Sorgen um Weber", sagte Lena sanft.

„Jetzt verstehe ich endlich, warum Sie in letzter Zeit öfter mal in Bruchsal herumspaziert sind", lachte Adam.

„Doch nicht wegen der Schule! Ich habe mir ein Häuschen in Bruchsal gekauft."

„Wunderbar!", rief Adam.

„Das war eine weise Entscheidung", sagte Lena.

„Mich kann nichts mehr überraschen", brummte Weber.

„Die Gegend heißt Silberhölle, und das Häuschen ist ein Goldstück. Stellen Sie sich vor, ich werde eine eigene Garage besitzen! Zum ersten Mal in meinem Leben! Dabei findet man vor dem Haus jederzeit einen Parkplatz, ohne dass man dreimal um den Block fahren muss. Das Haus ist äußerst praktisch eingeteilt. Im Erdgeschoss gibt es eine Küche und ein riesiges Wohnzimmer. Und oben drei Schlafzimmer. Das größte, das mit dem Balkon, das nehme ich. Das zweite benutze ich als Arbeitszimmer. Und das hässliche kleine wird Gästezimmer. Da kann mich dann meine Schwester besuchen. Wir können uns nicht ausstehen."

„Gibt es auch einen Garten?"

„Natürlich. Er ist allerdings nicht besonders groß. Ich werde einen Kirschbaum pflanzen, davon habe ich schon immer geträumt. Alles andere überlege ich noch."

„Verstehen Sie etwas vom Gärtnern?"

„Ich habe nicht die geringste Ahnung", sagte Betzke und strahlte. „Das Häuschen wird im Oktober fertig. Kann man sich in Bruchsal auf die Aussagen von Baufirmen verlassen?"

„Selbstverständlich. Wir haben hier Super-Firmen und Super-Handwerker."

„Die Einweihungsparty wäre dann im November, spätestens Anfang Dezember", überlegte Weber. Seine Melancholie war ganz plötzlich verflogen. „Wir müssen uns gut überlegen, wen wir einladen. Bei solch einer Gelegenheit darf man nicht knauserig sein."

„Ich glaube, für die Vorbereitungen der Party bleibt uns noch ein bisschen Zeit", mischte sich Lena ein. „Was meinst du, Weber, möchtest du Frau Betzkes Stelle haben?"

„Wie? Natürlich. – Sie müssen das ganze Revier einladen, Frau Betzke. Die Kollegen könnten schichtweise kommen. Am besten nimmt man einen Party-Service – “

„Upps“, sagte Betzke, „da fällt mir ein, dass wir noch einen Fall zu lösen haben.“

„Der Bericht über die Rippe ist da“, warf Lena ein.

„Sehr schön. Das sind fixe Jungs. Was steht drin?“

Die Frage galt Lena, aber es war Weber, der schnell antwortete: „Rippe und Daumen gehören zu derselben Person.“

„Warum wissen Sie das?“, fragte Betzke erstaunt. „Haben Sie den Bericht schon gelesen?“

„Nein, aber das liegt doch auf der Hand.“

„Er hat recht“, sagte Lena. „So steht es hier.“

„Wir werden den Fall dann abschließen“, erklärte Weber. „Wir wissen ja nun, wer es getan hat.“

„Wie bitte?“

„Ja sicher. Es ist doch alles klar, nicht wahr?“ Weber schaute von einem zum andern. „Von wegen Psychopath!“

„Wollen Sie damit andeuten“, sagte Betzke streng, „dass Sie wissen, wer Oliver Ratzel ermordet hat?“

„Das ist doch nun wirklich nicht mehr schwer. Ich wollte vorhin auf der Fahrt mit Ihnen darüber sprechen, Frau Betzke, aber Sie haben mich abgelenkt.“

„Wissen Sie auch Bescheid, Herr Adam?“

„Hm“, sagte Adam. „Ich war mir immer sicher, dass ich den Täter kenne, aber ich hatte alle paar Tage einen anderen im Verdacht.“

„Und Sie, Hartmann?“

„Ich muss noch ein bisschen nachdenken“, erwiderte Lena.

Betzke schüttelte den Kopf. „Wieso weiß dieser junge Mann hier mehr als wir?“

„Sie haben mir beigebracht, Frau Betzke, dass man bei einer Ermittlung nur herausfinden muss, welche Spuren falsch sind und nichts mit dem Fall zu tun haben. Diese Spuren lässt man weg. Was bleibt, ist die Lösung.“

„Ganz einfach“, murmelte Lena.

„Es gibt noch ein, zwei Fragen zu klären, damit man richtig zufrieden sein kann, und ein paar Beweise wären auch nicht schlecht, damit uns der Kerl nicht durch die Lappen geht, aber im Großen und Ganzen – “

„Weber, sagen Sie auf der Stelle, wen Sie verdächtigen!“

„Verdächtigen? Ich verdächtige niemanden! Ich weiß, wer es getan hat, das ist ein Unterschied. Es wird Ihnen sicher sofort einfallen.“ Weber stand auf. „Ich habe noch eine Kleinigkeit zu klären, bin bald wieder da.“

„Wohin gehen Sie?“

„Nur kurz in die Huttenstraße.“

*

„Er meint das doch ernst, oder?“, fragte Lena. „Glauben Sie, dass er uns ärgern will?“

„Ach was“, sagte Betzke. „Wenn er behauptet, dass er den Mörder kennt, dann kennt er ihn auch. Aber was ist mit uns? Sind wir blöd? Herr Adam, sind wir blöd?“

„Ich glaube nicht.“

„Wir haben uns auf Vanessa Schneider konzentriert“, meinte Lena.

„Ja, das ist es wohl. Wir haben die Erleichterung darüber, dass sie wieder da ist, zu gründlich genossen, während Weber überlegt hat. Und das holen wir jetzt nach. Was er herausgefunden hat, müssen wir auch sehen. Schließlich sind wir zu dritt. Bis er zurückkommt, müssen wir fertig sein. Ich setze eine Frist: zwölf Uhr Mittag!“

25

„Es tut mir leid. Ich schlage meine Tochter nicht. Aber das – das war einfach zuviel. Sie können sich nicht vorstellen, was wir durchgemacht haben.“

Michael Schneider saß Betzke und Adam gegenüber. Sie hatten sich in dem sogenannten Besucherzimmer niedergelassen, das auch für Präsentationen mit Beamer benutzt wurde oder für Besprechungen, bei denen eine größere Anzahl Leute anwesend war. Adams Zimmer war für Besucher nicht mehr geeignet, seit dort die großen Tafeln über die Ermittlungen standen.

„Wie geht es Vanessa?“, fragte Betzke.

„Ganz gut.“

„Ist ihre Freundin bei ihr?“

„Sie meinen Tanja Woll? Ich weiß, Ihre Kollegin hatte vorgeschlagen, dass wir Tanja bei uns aufnehmen sollen, aber das habe ich abgelehnt. Tanja ist kein guter Umgang für Vanessa. Wir, meine Frau und ich, werden uns in Zukunft intensiver um Vanessa kümmern. Sie bereitet uns große Sorgen.“

„Sie meinen Probleme mit der Schule?“

„Ja, das natürlich auch. Und dann die Sache mit Olli Ratzel. Wir hatten absolut keine Ahnung.“

Betzke seufzte. „Wissen Sie, Herr Schneider, da war nichts. Es gab keine Beziehung. Vanessa hat Ratzel nur ein einziges Mal in einer Disco getroffen und höchstens ein bisschen mit ihm geflirtet. Alles andere war Phantasie oder Wunschdenken.“

„Was sagen Sie da?“, rief Schneider verblüfft.

„Uns war das auch nicht sofort klar. Wir haben uns zunächst nur gewundert, dass die Liebesbeziehung in einem solchen Maß geheim gehalten werden konnte. Dies ist die Erklärung: Es gab keine Beziehung.“

„Aber warum erzählt sie dann – “

„Sie ist unglücklich“, sagte Betzke. „Sie hat Angst. Eine ihrer Befürchtungen betrifft die Ehe ihrer Eltern. Sie ist zum Beispiel der Meinung, dass Sie eine Geliebte haben.“

„Quatsch“, sagte Schneider. „Ich habe keine Geliebte. Wir führen eine harmonische Ehe. Wir sind zwar nicht mehr in den Flitterwochen, aber die Familie ist intakt. Wie kommt Vanessa auf eine solche Idee?“

„Sie hat bemerkt, dass Sie in der Nacht weg waren.“

„Das kann nicht sein. Ich gehe nachts nicht weg. Ich bin gelegentlich auf Geschäftsreise, nicht sehr oft, und sonst verbringe ich meine Abende und Nächte zu Hause, wie es sich gehört.“

„Ach ja. Vanessa hat da etwas falsch verstanden. Ich glaube nicht, dass Sie eine Geliebte haben. Und Sie schleichen sich auch nicht nächtens ins Haus. Bis auf das eine Mal.“

„Was meinen Sie?“

„Vanessa hat zufällig bemerkt, dass Sie lange nach Mitternacht nach Hause kamen. Das hat sie falsch interpretiert.“

„Ich bin nie lange nach Mitternacht nach Hause gekommen.“

„Doch. Einmal. Das war die Nacht, in der Sie Oliver Ratzel ermordet haben.“

„Was? Ist das ein Scherz?“

„Sie haben das Recht auf einen Anwalt. Möchten Sie telefonieren?“

„Nein. Warum sollte ich?“ Schneider wandte sich an Adam. „Haben Sie gehört, was diese Frau eben zu mir gesagt hat?“

Adam nickte.

Schneider blickte ungläubig von Betzke auf Adam und wieder zurück. „Ich weiß nicht, was hier gespielt wird. Bin ich in einem absurden Theater gelandet?“

„Wir haben bei unseren Ermittlungen festgestellt, dass jemand von Ihrem Haus aus Oliver Ratzel anrief. Ursprünglich dachten wir natürlich, das sei Vanessa gewesen. Aber wir wissen nun, dass sie nicht in Frage kommt. Sie waren das. Sie haben Ratzel am Freitag vor seinem Tod angerufen.“

Schneider beugte sich vor. „Und?“

„Es stimmt also?“

„Ja. Habe ich mich dadurch verdächtig gemacht? Tatsächlich habe ich ihn irgendwann angerufen. Ich weiß nicht mehr, wann das war. Es ging um Walter Drachs Geburtstag. Er wird im September sechzig. Womöglich wissen Sie nicht, wer Walter Drach ist? Aber Kommissar Adam weiß es bestimmt.“

„Ein Bruchsaler Fußballer", sagte Adam.

„Er war unser Trainer, mittlerweile ist er Ehrenvorsitzender des 1. FC Bruchsal. Der Geburtstag ist am 25. September. Wir überlegen, in welcher Form wir, seine ehemaligen Schützlinge, ihm gratulieren. Deshalb habe ich mit Olli telefoniert. Fragen Sie Enzo! Er wird Ihnen alles bestätigen."

„Ich halte es durchaus für glaubwürdig, dass Herr Drach am 25. September Geburtstag hat", sagte Betzke kühl. „Und vielleicht haben Sie sogar mit Ratzel über dieses Thema gesprochen. Aber außerdem haben Sie sich mit ihm verabredet."

„Wozu?"

„Sie trafen sich mit ihm noch an diesem selben Freitag am späten Nachmittag im Viktoriapark."

„Lieber Himmel! Wer geht freiwillig in den Viktoriapark? Meinen Sie, ich wollte mir bei den Pennern ein paar Drogen besorgen?"

„In der folgenden Nacht ist Ratzel in das Grundstück in der Huttenstraße eingestiegen, obwohl die Bauarbeiter dachten, sie hätten es gesichert. Ratzel kam von der Adolf-Bieringer-Straße über die Hintertür des Hauses Wendel, stieg über den Schuppen in das Grundstück Hagedorn und von dort in den Hinterhof der Baustelle. Er entfernte die Plane von den Skeletten, nahm eines davon und steckte es in seinen Rucksack. Er musste dabei ein paar Knochen brechen, damit alles in seinen Rucksack passte. Hat er Ihnen erzählt, wie es weiterging? Am nächsten Morgen ging er auf den Friedhof und besorgte sich in einer der Gärtnereien Erde und eine kleine Schaufel. Dann begrub er den Toten in einem Grab, das so aussah, als kämen nicht häufig Angehörige, um es zu pflegen. Am Ende, als er sein Werk betrachtete, wurde er ein bisschen sentimental. Er ging in die zweite Gärtnerei, kaufte ein paar Blumentöpfchen und stellte sie auf das Grab. Für all das haben wir Zeugen."

„Ich weiß wirklich nicht, was Sie von mir hören wollen. Ich kann Ihnen nicht erklären, warum er das getan hat. Gehört es zu einem Drogenrausch?"

„Keineswegs. Ratzel ist früher schon zweimal eingebrochen, in eine Apotheke und in ein Juweliergeschäft. In der Apotheke suchte er Drogen, in dem Juweliergeschäft etwas, das er zu Geld machen konnte, um damit Drogen zu kaufen. Aber was wollte er mit einem Skelett? Das einzig mögliche Motiv für Olli war Geld. Er hat es für Geld getan. Man hat ihm einen größeren Betrag dafür versprochen, dass er ein Skelett beseitigte. Es ist also nicht so, dass jemand das Skelett haben wollte. Es sollte nur verschwinden. Was Olli damit tun würde, war völlig gleichgültig."

„Schon möglich, dass Olli in das Baugrundstück eingedrungen ist. Er kannte sich aus in der Gegend, sein Elternhaus ist das Haus nebenan, wo jetzt die Hagedorns wohnen. Vermutlich wissen Sie das."

„Sie waren Nachbarskinder. Sie sind zusammen aufgewachsen."

„Nun, er war acht Jahre jünger als ich. Wir kamen eigentlich erst durch den Fußball in näheren Kontakt. Wenn ich ein Angeber wäre, könnte ich sagen, dass ich ihn für den Fußball entdeckt hatte. Er war schon als kleiner Kerl ein phantastischer Kicker."

„Sind Sie früher auch mal über das Mäuerchen in den Garten der Familie Wendel gestiegen?"

„Nein. Ich habe so etwas nie getan."

„Die jungen Leute in der Umgebung benutzen diesen Weg immer noch gern, wenn sie nicht haben wollen, dass ihre Eltern bemerken, wie spät sie heimkommen. Olli hat diese Tour früher auch gemacht, er war nämlich ein Schlingel. Das war in der Nachbarschaft bekannt. Sie hatten bestimmt auch davon gehört. Darum war er für Sie die ideale Person. Er konnte durch die unverschlossene Gartentür der Wendels über zwei Hinterhöfe in eine gesicherte Baustelle eindringen, weil er sich auskannte. Sie mussten ihm nur erklären, dass dort im Hof unter einer Plane einige Skelette liegen. Der Auftrag lautete: Ratzel sollte das Skelett ganz rechts verschwinden lassen. Sie haben es ihm genau beschrieben."

„Das haben Sie alles schön ausgedacht, aber was wollen Sie von mir? Was immer Olli Ratzel getan haben mag, ich habe nichts damit zu tun."

„Sie wussten, dass bei den Bauarbeiten Bombenopfer entdeckt worden waren."

„Natürlich wusste ich das. Sie selbst, Herr Adam, haben mir davon erzählt. Und es ging mich auch an, weil ich vermutete, dass meine Großmutter eine der Toten ist, was sich ja auch als richtig herausgestellt hat. Ich bin an jenem Tag sogar hingegangen und habe mir die Toten angesehen."

„Richtig. Dabei haben Sie gehört, wie der Bauleiter mit dem Pathologischen Institut telefonierte. Sie haben erfahren, dass die Toten erst am nächsten Tag abgeholt werden sollten. Das war die Chance. Gleich darauf riefen Sie Ratzel an. Das war der Anruf, den wir festgestellt haben. Was wir wirklich nicht wissen und uns auch einfach nicht denken können, ist dies: Was für eine Begründung haben Sie Ratzel dafür gegeben, dass er ein Skelett entfernen sollte?"

„Na bitte. Sie merken also selbst, wie unsinnig das alles ist."

„Für Sonntagnacht hatten Sie sich zum zweiten Mal mit Oliver Ratzel verabredet. Wo trafen Sie sich? Irgendwo in der Huttenstraße?"

„Im Bürgerpark, würde ich sagen", warf Adam ein. „Dort ist es dunkel, und niemand fällt auf. Außerdem fanden wir später Ratzels Fahrrad. Er hatte es am Rand des Bürgerparks in der Seilersbahn abgestellt."

„Ratzel erstattete Bericht", fuhr Betzke fort. „Er sagte: Auftrag ausgeführt. Dann gingen Sie zusammen in die Huttenstraße und schließlich zwischen Altenzentrum und Paulusheim die Treppe hoch. Dort haben Sie ihn erschlagen."

„Das ist alles Unfug", sagte Schneider mit eisiger Ruhe. „Was Olli getrieben hat, weiß ich nicht. Es ist mir auch ziemlich egal. Er spielte herrlich Fußball, aber er war ein Versager, und er hat sein Leben verpfuscht. Ich war wütend, als ich hörte, dass er sich an Vanessa herangemacht hatte. Ich war wirklich außer mir, das gebe ich ohne weiteres zu. Betrachten Sie das als Motiv? Aber ich hörte erst davon, als er schon tot war. Und außerdem sagten Sie gerade, dass nichts dran war. Warum sollte ich Olli umbringen?"

„Es ging um das Skelett."

„Die Leiche meiner Großmutter wurde eindeutig identifiziert und unserer Familie zur Bestattung übergeben."

„Ich spreche nicht von Ihrer Großmutter."

„Hören Sie auf. Was Sie hier vorbringen, ist eine hirnrissige Geschichte. Mir ist jetzt klar, wie die Sache läuft. Sie wollen mir etwas anhängen. Sie wollen sich rächen, weil Vanessa Ihnen Ärger gemacht hat."

Adam sah, wie Betzke bei diesem ungeheuerlichen Vorwurf die Hände zu Fäusten ballte. Aber sie hatte sich vollkommen unter Kontrolle und sagte nur: „Wir machen eine Pause. Sie können sich inzwischen die Sache mit dem Anwalt überlegen."

Schneider wollte protestieren, aber Betzke und Adam verließen schnell den Raum. Gleich darauf kam Lena und brachte Kaffee. Sie stellte die Tasse vor Schneider auf den Tisch, der aber schob sie sofort von sich weg.

„Ich mache darauf aufmerksam, das ich noch genau zehn Minuten hier bleiben werde. Es könnte ja immerhin sein, dass jemand noch ein vernünftiges Wort mit mir wechseln will. Was ist mit Ihnen? Müssen Sie mich bewachen? Haben Sie keine Angst vor mir, falls ich ein gefährlicher Verbrecher bin?"

„Nein", erwiderte Lena ruhig. „Ich bin Ihnen ja nicht im Weg. In Gefahr sind nur diejenigen, die Ihnen im Weg sind."

„Ah! Sehr gut. Das ist logisch", bemerkte er sarkastisch. „Ich stelle fest, dass hier eine Verschwörung im Gang ist. Sie müssen sich natürlich an die Anweisungen Ihrer Vorgesetzten halten."

„Ich möchte Ihnen eine Geschichte erzählen", sagte Lena, ohne auf seine Bemerkungen einzugehen.

„Ich höre hier nur Geschichten! Aber legen Sie los, ich höre."

„Es geht um zwei Kollegen", begann Lena, „gleichzeitig natürlich Konkurrenten. Nennen wir sie Martin und Sebastian. Martin ist der Ehrgeizige. Er will die Nummer Eins sein. So war er schon immer. Nun ist Sebastian aber auch gut, und das kann Martin nicht ertragen. Er spielt dem anderen einen gemeinen Streich. Das geht so: Er manipuliert gewisse Dinge, dass es aussieht, als habe Sebastian einen Fehler gemacht. Jeder glaubt das, sogar Sebastian ist sich im ersten Moment nicht sicher, ob ihm nicht ein Versehen passiert sein könnte. Martin heuchelt Mitleid und tröstet ihn. Sie kennen die Situation, Herr

Schneider? Der Unterschied ist nur, dass Martin es bei seiner Gemeinheit beließ. Er hat seinen Konkurrenten nicht auch noch umgebracht."

„Unfug. Wieso sollte Oliver Ratzel mein Konkurrent sein?"

„Oh, ich spreche nicht von Ratzel. Ich meinte Ihren ersten Mord."

*

„Sie ermitteln im Fall des ermordeten Oliver Ratzel", begann Anwalt Maier. „Und Sie haben nach vier Wochen den Täter noch immer nicht gefasst." Maier sprach ohne besondere Betonung, als stelle er nur Tatsachen fest, ohne einen Vorwurf zu machen. „In diesem Zusammenhang wurde Ihnen bekannt, dass Herr Schneider zwei Tage vor Ratzels Tod mit ihm telefoniert hat. Aus einem Grund, den Sie zu erklären haben, leiten Sie daraus den Vorwurf ab, Herr Schneider sei in die Ermordung Ratzels verwickelt. Ist das zutreffend?"

„Ja, im Großen und Ganzen, Herr Maier", erwiderte Betzke sachlich.

„Haben Sie sich inzwischen erkundigt, ob Walter Drach Geburtstag hat?", fragte Schneider dazwischen.

„Natürlich. Unser Kollege Magherini hat das voll bestätigt. Der Geburtstag ist am 25. September, und die Organisation der Feierlichkeiten läuft über Jürgen Stumpf. Was Sie mit Ratzel zu diesem Thema zu verhandeln hatten, ist unklar."

„Außerdem wird die Behauptung aufgestellt, Herr Schneider habe sich mit Ratzel im Viktoriapark getroffen. Gibt es dafür Zeugen? Wollen Sie die Obdachlosen vorladen, die Herrn Schneider einwandfrei wiedererkennen?"

Darauf wollten weder Betzke noch Adam antworten.

„Außerdem", fuhr Maier fort, „soll sich Herr Schneider mit Ratzel in der Nacht von Sonntag auf Montag in der Nähe des Paulusheimes in der Huttenstraße getroffen haben. Wie steht es hier mit Zeugen? Aha. Keine Zeugen. Sie können es mir nicht verübeln, wenn ich Ihr Verhalten seltsam finde." Maier machte eine eindrucksvolle Pause. „Offenbar hat Ratzel sich vor seinem Tod reichlich bizarr verhalten. Das mag ja sein. Das können Sie eventuell sogar beweisen. Ratzel war ein Junkie, der sich in kriminellen Kreisen bewegte. Wer weiß, was ihn antrieb. Aber ich kann nicht erkennen, was für eine Verbindung zu Herrn Schneider Sie hier finden wollen."

„Wir können die letzten Tage in Ratzels Leben genauestens nachvollziehen."

„Schön für Sie. Aber was geht das Herrn Schneider an?"

Das lief nicht gut. Wahrscheinlich hatte Staatsanwalt Huber recht, der sich geweigert hatte, einen Haftbefehl zu unterschreiben. („Ein ordentlicher Anwalt wird Sie in der Luft zerreißen!")

Maier war sich bewusst, dass er die Oberhand hatte. Er brachte aber seine Sticheleien in einem völlig neutralen Ton vor. Schneider unterbrach nicht mehr. Seine Miene zeigte nur Verachtung.

Zufällig kam genau in diesem Augenblick die Rettung. Nach einem leichten Klopfen schob sich Wachtmeister Krämer in den Raum, legte einen Laptop vor Betzke auf den Tisch und sagte leise: „Nachricht von Hartmanns Kontakt.“ Und schon war er wieder verschwunden.

„Bitte entschuldigen Sie“, sagte Betzke förmlich und öffnete den Laptop.

Adam rückte näher heran. „Ich habe nicht gedacht, dass es so schnell geht.“

„Ich auch nicht. Ich hatte mir vorgestellt, dass da einer wochenlang in einem finsteren Keller sitzt und staubige Zeitungen durchblättert.“

„Wir erleben hier ein altes Spielchen der Polizei“, sagte Maier zu Schneider. „Sie tun so, als hätten sie eine umwerfende Erkenntnis gewonnen. Das soll die armen Sünder in Panik versetzen.“

„Da ist es!“, rief Adam.

„Tatsächlich! Sie hatten recht!“

„Ich nehme nicht an, dass Sie die Absicht haben, uns zu informieren?“, bemerkte Maier ohne ein Anzeichen von Nervosität.

„Doch, doch. Haben Sie gewusst, dass man bei der *Bruchsaler Rundschau* alte Ausgaben digitalisiert?“

„Wie interessant!“

„Mir ist heute Morgen plötzlich eingefallen, dass ich vor einiger Zeit ein interessantes Bild von Ihnen, Herr Schneider, in der Zeitung gesehen habe. Hier ist es.“ Adam drehte Betzkes Laptop, so dass Schneider und Maier den Monitor im Blick hatten.

Was „Hartmanns Kontakt“, also Kowalewski, herausgesucht hatte, war eine Seite mit der Überschrift *Sport*. Darunter befand sich ein Foto über zwei Spalten hin mit einer Szene auf dem Golfplatz: Michael Schneider stand neben einem anderen Golfspieler, dem er die Hand schüttelte. Beide lachten gut gelaunt in die Kamera. Schneider trug eine Sonnenbrille, und über seine Schulter ragten die Enden mehrerer Golfschläger, die sich in einer Tasche auf seinem Rücken befanden. Im Hintergrund konnte man drei weitere Personen ausmachen, darunter seine Frau.

„Das ist eine besondere Sonnenbrille, eine Ray-Ban. Und Sie haben sie verloren. Herr Schneider. Erinnern Sie sich?“

„Unsinn“, sagte Schneider. „Ich vermisse keine Brille.“ Plötzlich beugte er sich vor und starrte auf das Bild.

„Der Tag, an dem Sie sich mit Ratzel im Viktoriapark trafen, war ein sonniger Frühsommertag. Sie setzten Ihre Sonnenbrille auf, einerseits wegen der Sonne, aber auch weil Sie nicht unbedingt erkannt werden wollten. In der Ecke, wo Sie mit Ratzel saßen, war es ziemlich düster. Sie nahmen Ihre Brille ab und legten Sie neben sich auf die Bank. So war es doch?“

Schneider sagte kein Wort. Er war wie gelähmt.

„Schließlich kam einer der Penner heran. Dem wollten Sie nicht begegnen.

Sie standen schnell auf und verdrückten sich." Betzke machte eine Pause. „Sie haben die Sonnenbrille liegen lassen, Herr Schneider. Ihre Sonnenbrille, die speziell geschliffen war für Sie, denn Sie sind kurzsichtig. Ihre Sonnenbrille, die ohne weiteres als Ihr Eigentum zu identifizieren ist."

Maier runzelte die Stirn. „Wo ist die Brille jetzt?"

„Oliver Ratzel hat sie an sich genommen.Während wir hier sitzen, ist ein Polizeibeamter auf dem Weg zu Ratzels Wohnung, um die Brille abzuholen. Es steht also fest, dass Ihr Mandant und Oliver Ratzel sich begegnet sind. Die Sonnenbrille beweist das."

„Hören Sie auf mit der elenden Brille!", schrie Schneider.

26

Für einen Augenblick verschlug es allen die Sprache. Schneider schlug mit der Faust auf den Tisch. Keine Spur mehr von seiner eisigen Beherrschung. „Was für ein blödsinniges Geschwätz! Wieso machen Sie ein derartiges Aufsehen um einen Loser wie Olli Ratzel?"

Maier versuchte mehrmals, Schneider zu unterbrechen. Er packte ihn am Ärmel, aber Schneider schüttelte ihn ab wie ein lästiges Insekt.

„Fehlt er Ihnen? Haben Sie noch einen wertvollen Beitrag für die Gesellschaft von ihm erwartet?"

„Herr Schneider –", begann Maier.

„Sie haben also Oliver Ratzel ermordet", stellte Betzke fest. „In der Nacht von Sonntag auf Montag. Sie sagten zu ihm: ‚Komm mit. Ich werde dir das Geld geben. Es ist bei mir zu Hause.' Er hat das geglaubt und ist mitgegangen. Es klingt nicht plausibel, dass Sie das Geld zu Hause aufbewahren und dass Ratzel nach Mitternacht mitkommen soll, um es in Empfang zu nehmen. Aber er hat Ihnen vertraut. Er fand es auch nicht verdächtig, dass Sie Ihre Golfschläger bei sich hatten."

„Ich habe ihm erzählt, dass ich auf einem Turnier war."

„Herr Schneider, ich bitte Sie!", rief Maier in höchster Erregung.

„Ohne Auto?"

„Ich habe gesagt, dass ein Freund mich mitgenommen hat. So ein Blödsinn! Ein Freund hätte mich bis vor die Haustür gebracht. Aber der Olli hat einfach alles geglaubt."

„Sie hätten die Andreasstaffel benutzen können", warf Adam ein. „Aber die führt praktisch durch das Altenzentrum hindurch. Die Gefahr, gesehen zu werden, ist viel zu groß. Deshalb haben Sie es so eingerichtet, dass Sie beide zu der

Treppe am Paulusheim gingen. Die kann nicht so leicht eingesehen werden."

„Auf der Treppe", fuhr Betzke fort, „schlugen Sie Ratzel nieder. Er war völlig ahnungslos. Er hat Ihnen vertraut, und das haben Sie ausgenutzt. Als er am Boden lag, kickten sie mit aller Wucht gegen seine Schläfe. Dieser erste Fußtritt tötete Oliver Ratzel. Sie aber wollten kein Risiko eingehen, Sie wollten ganz sicher sein. Also nahmen Sie einen Golfschläger und schlugen weiter auf Ratzel ein. Ich habe heute morgen mit den Experten in Heidelberg telefoniert. Sie haben mir bestätigt, dass der stumpfe Gegenstand ein Golfschläger war. Auch diese Hiebe mit dem Schläger waren tödlich. Sie haben Oliver Ratzel dreimal getötet."

„Ich verlange die Gelegenheit, mit meinem Mandanten unter vier Augen zu sprechen. Ich bestehe darauf."

Schneider fuhr seinen Anwalt grob an: „Halten Sie den Mund!"

Maier stand auf, überlegte es sich dann anders und setzte sich wieder. „Es gibt kein Motiv."

Niemand beachtete ihn.

„Ich hätte mir denken können, dass dieser Versager alles vermasselt", sagte Schneider.

„Warum haben Sie nicht selbst Volker Kästels Skelett beseitigt?"

„Augenblick!" Vergeblich versuchte Maier zu unterbrechen.

„Ich kenne mich nicht aus in den Hinterhöfen."

„Es war ja auch Drecksarbeit."

„Außerdem wollte ich ein Alibi."

„Sie wussten schon lange von den Kriegstoten im Bombenschutt", fuhr Betzke in sachlichem Ton fort. „Sie haben uns selbst erzählt, dass Sie einst im Keller einen Partyraum einrichteten, und zwar unmittelbar neben dem kleinen Raum, in dem sich die Toten befanden. Wie war das damals? Ist ein Stück Wand eingebrochen? Oder haben Sie bemerkt, dass es da einen Hohlraum gab, und sind dann der Sache nachgegangen?"

Wieder mischte sich Maier ein. „Niemand hatte die geringste Ahnung davon, dass sich in diesem Keller Tote befinden, bis zu dem Augenblick, als die Bauarbeiter die Wände einrissen!"

Betzke beachtete den Rechtsanwalt nicht. Sie sprach nur zu Schneider. „Niemand außer Ihnen, Herr Schneider. Sie waren der Einzige, der das wusste. Sie haben damals die Skelette gesehen, aber Sie haben es nicht weitererzählt. Sie haben die Wand wieder verputzt und alles vergessen. Fast vergessen."

„Nur weil er seinen Partykeller ungestört einrichten wollte?", warf Maier ein.

„Sie haben jahrelang Parties gefeiert, Wand an Wand mit fünf Bombentoten. Eine davon war Ihre Großmutter. Aber sie war ja nicht allein. Neben ihr lag ihr Liebhaber, der berüchtigte SS-Schmitt. Haben sich die Skelette womöglich umarmt?"

Schneider war blass geworden.

„Es ging Ihnen um den Ruf der Familie. Ihre Großmutter hatte ein Verhältnis mit einem SS-Offizier. Der Klatsch hatte sogar behauptet, Ihr Vater sei der Sohn dieses Mannes. Übrigens hat uns eine Zeugin versichert, dass das nicht stimmen kann. Es war also völlig unnötig, dass Sie die Kellerwand wieder zumauerten."

„Ich beantrage Unterbrechung", sagte Maier.

„Viele Jahre später kam Ihnen dieses Versteck sehr gelegen, als Sie eine sechste Leiche dazu legten."

„Toll!", rief Maier aus. „Man versteckt ein frisches Skelett unter alten Skeletten! Das habe ich schon tausendmal gelesen und gesehen – ein uralter Trick!"

„Es hat nie jemand behauptet, dass Ihr Mandant besonders originell ist, Herr Maier. Er hat es vermutlich auch irgendwo gelesen. Jedenfalls schien das damals ungefährlich. Selbst wenn man eines Tages, etwa unter einem anderen Hausbesitzer, bei Umbauten oder Renovierungen die Kriegstoten gefunden hätte, so dachten Sie, Herr Schneider, wäre die weitere Leiche nicht aufgefallen. Aber inzwischen gibt es DNA-Analysen. Sie mussten verhindern, dass man in Ihrem einstigen Keller eine Leiche identifiziert, die kein Bombenopfer gewesen sein kann. Um den SS-Mann machten Sie sich anscheinend keine Sorgen mehr."

„Ich habe ihn in die hinterste Ecke geschoben." Schneider war kaum zu verstehen. Zischend stieß er den Satz zwischen den Zähnen hervor.

„Auch Volker Kästel war ahnungslos und vertraute Ihnen, nicht wahr?"

„Ich möchte endlich wissen, wer Volker Kästel ist", warf Maier ein.

„Ein hohlköpfiger Taugenichts, den alle ungemein charmant fanden", sagte Schneider. „Überall beliebt. Er war hinter jedem Weibsstück her. Arbeiten wollte er nicht so gern. Aber das haben die Leute nicht bemerkt, weil er ja so nett war. Selbst Willi Simon ging ihm auf den Leim. Er hielt ihn für den geeigneten Partner und Nachfolger."

Betzke schwieg. Es war nicht mehr nötig, Schneider zum Reden aufzufordern.

„Ich habe seine Berechnungen ausgetauscht. Er war so blöd, dass er das nicht gemerkt hat. Er hat fest geglaubt, dass ihm da halt mal ein kleiner Fehler unterlaufen ist. Schlampig genug war er ja."

„Und dann haben Sie ihn getröstet."

„Genau. Ich habe ihn zu mir eingeladen. Wir gingen in den Partyraum im Keller, denn dort konnte man sich ungestört unterhalten. Er hat mir vorgejammert, wie schlecht es ihm geht. Es war nicht auszuhalten! Um ihn abzulenken, ja, so habe ich es gesagt, um ihn abzulenken, habe ich ihm davon erzählt, dass in diesem Keller Skelette aus dem Zweiten Weltkrieg liegen. Ich hatte das Loch in der Wand vorbereitet. Er war natürlich neugierig und streckte seinen Kopf hinein. Mit einem der Backsteine, die ich vorher ausgebrochen hatte, habe ich es gemacht. Dann habe ich ihn reingeschoben und alles wieder zugemauert. Niemand hat je Verdacht geschöpft."

„Es war genial von Ihnen, seine Mutter im Altenheim regelmäßig anzurufen. So hat jeder geglaubt, dass er abgehauen ist, und es wurde keine große Suchaktion veranstaltet."

„Ja, das war eine gute Idee von mir", sagte Schneider selbstgefällig. „Wie sind Sie draufgekommen?"

„Wir haben uns überlegt, weshalb nur die alte Frau Kästel Anrufe bekam und sonst niemand, nicht die Schwester, nicht die Ex-Frau, nicht die Geliebte, noch nicht einmal die Kinder. Wir haben uns gefragt: Was unterscheidet Frau Kästel von all den andern? Sie war die Älteste. Sie war die Einzige, der man weismachen konnte, dass Telefonate aus Amerika grundsätzlich verzerrt und schwer verständlich sind. Und dass die Stimme ihres Sohnes daher etwas verändert klingen könnte."

„Ich habe von ganz gewöhnlichen Telefonzellen aus angerufen. Ich habe nur ein wenig undeutlich gesprochen und Geräusche produziert. Wissen Sie wie? Ich ließ die Tür der Telefonzelle einen Spalt offen, das war alles."

„Trotzdem war die Täuschung nicht ganz vollkommen."

„Wie meinen Sie das?"

„Unser Kollege Weber machte sich heute morgen im Altenzentrum in der Huttenstraße auf die Suche nach Schwestern, die damals Frau Kästel betreuten. Er traf auch tatsächlich eine an, die sich noch gut erinnerte. Die Anrufe seien für die alte Frau sehr wichtig gewesen. Sie sagte zwar, dass sie ihren Sohn nur schwer verstehen könne, aber das schob man auf die Tatsache, dass sie nicht mehr gut hörte. Eines allerdings ist der Schwester aufgefallen. Die Anrufe kamen in unregelmäßigen Abständen, zu Weihnachten und auch ohne besondere Anlässe. Aber es kam nie ein Anruf zu ihrem Geburtstag, noch nicht einmal an ihrem Achtzigsten."

„Ah!"

„Sie wussten, dass Kästels Mutter im Altenzentrum war. Sicher ist es irgendwann einmal zur Sprache gekommen. Aber Sie wussten nicht, wann sie Geburtstag hat."

„Ach ja. Aber deshalb hätten sie mich nicht gekriegt."

„Nein. Gekriegt haben wir Sie wegen der Sonnenbrille."

„Ich muss noch einmal darauf zurückkommen", sagte Adam. „Nur der Vollständigkeit halber, ich lasse nicht gern Fragen offen. Wie haben Sie Olli dazu überredet, ein Skelett zu stehlen? Er hat doch sicher nach dem Grund gefragt."

„Das hat er. Aber mir ist beim besten Willen nichts eingefallen, darum habe ich ihn vertröstet. Ich habe einfach gesagt, ich würde es ihm später erklären."

„Das heißt, Sie hatten den Mord von vornherein geplant."

Maier schnitt eine Grimasse.

27

Am nächsten Morgen kamen sie einzeln im Revier an.

Adam war wie immer der Erste. Er saß an seinem Platz und studierte ein seltsames schwarz-weißes Bild. Als Wachtmeister Krämer kurz hereinschaute, legte er ein Blatt Papier darüber.

Als nächster traf Weber ein. „Hartmann kommt nach. Sie hat Tanja Woll versprochen, sie zu Hause abzuholen und zu Schneiders zu bringen."

„Es ist ein herrliches Gefühl", sagte Betzke bei ihrer Ankunft. „Alles erledigt, abgehakt, aufgelöst. Wir müssen uns nur noch darum kümmern, ob alles durchgelesen, unterschrieben und weitergegeben ist."

Lena brauchte über eine Stunde. Sie ließ sich in ihren Stuhl fallen und rief: „Das war wieder mal anstrengend! Ständig war eine am Weinen, manchmal auch alle drei. Ich wurde mehrfach umarmt, zum Schluss sogar von Frau Schneider persönlich. Die drei machen bestimmt den ganzen Tag so weiter. Ich bin froh, dass ich nicht emotional veranlagt bin."

„Ich weiß nicht recht, ob die Betreuung von Frauen unter außergewöhnlichen seelischen Belastungen zu unserem Aufgabengebiet gehört", meinte Betzke.

„Immerhin habe ich noch etwas herausbekommen. Da hatte doch Tanja neulich eine Andeutung über Frau Schneider gemacht. Jetzt weiß ich, was sie meinte. Sie hat es mir unterwegs zwischen Zickstraße und Adolf-Bieringer-Straße gesagt. Dass Vanessa schon lange vermutete, die Ehe ihrer Eltern sei praktisch gescheitert, hatte mit ihrer Mutter zu tun. Die Schneider ist nicht nur zum Golfspielen im Golfclub."

„Sie hat einen Liebhaber?"

„Mit dem sie sich regelmäßig trifft, wenn sie angeblich Golf spielt, so ist das nämlich."

„Wie? Und das in Bruchsal!"

„In mancher Hinsicht", sagte Adam, „können wir uns mit jeder Großstadt messen."

„Ich gebe zu, dass es nicht wichtig ist. Aber es war eben eine Frage, auf die ich eine Antwort haben wollte. Gibt es sonst noch etwas?"

„Hm", begann Adam zögernd, „ich hätte da noch ein Problem."

„Hat es mit unserem Fall zu tun?"

„Das kann man eigentlich nicht sagen." Adam holte das Bild hervor, über dem er gegrübelt hatte, und schob es seinen Kollegen hin. Es sah aus wie ein Negativ. „Das hat uns Martina geschickt. Es handelt sich um eine sogenannte Ultraschallaufnahme. Angeblich kann man darauf das Baby erkennen."

Weber und Lena betrachteten das Bild mit großem Interesse.

„Sie kennen sich doch sonst mit allen möglichen Dingen aus", sagte Betzke ermunternd zu ihrem Assistenten. „Haben Sie über so was keine Fortbildung gemacht?"

„Nein. Noch nicht."

Lena betrachtete kritisch die unscharfen schwarz-weißen Konturen. „Ganz ehrlich, ich kann nichts erkennen."

Es klopfte leicht, und im nächsten Moment steckte Kowalewski seinen Wuschelkopf durch die Tür. „Draußen hat man mir gesagt, ich soll es einfach versuchen."

„Kommen Sie nur herein."

„Lewski, du bist unsere Rettung."

„Verstehen Sie etwas von Babies?", fragte Weber.

„Klar." Kowalewski grinste. „Was wollen Sie wissen?"

„Wir haben da ein Problem mit dieser Ultraschallaufnahme."

Kowalewski warf aus einiger Entfernung einen kurzen Blick auf das Bild. „Wie wär's, wenn Sie's mal umdrehen?"

„Ach so. Jetzt sieht es natürlich anders aus. Hm."

„Wessen Baby ist das?"

„Meins. Ich meine natürlich, mein Enkel."

Kowalewski stellte sich neben Adam. „Ihr erster Enkel, nehme ich an? Sehen Sie, hier ist das Baby." Er fuhr mit dem Finger die Konturen nach.

„Sieht so ein Kind aus?", fragte Weber zweifelnd.

„Ist es wirklich ein Junge?"

„Herr Adam, das sollte Ihnen nicht wichtig sein", erklärte Betzke streng. „Die Zeiten sind vorbei, als nur Stammhalter zählten."

„Mädchen sind nicht übel", sagte Weber. „Bergers wissen, dass sie eine Tochter bekommen, und das finden sie ganz in Ordnung."

„Bei Adam ist es anders", meinte Lena. „Er hat drei Töchter, das gibt ihm ein Anrecht auf drei Enkelsöhne. Mindestens."

„Ist das so?"

„Natürlich. Schau, Adam, hier ist das Zipfelchen."

„Tatsächlich? Hm. Ja, vielleicht. Sieht das Kind nicht ein bisschen seltsam aus? Meint ihr, es ist in Ordnung?"

„Das wird ein Prachtbursche", verkündete Kowalewski. „Kein Wunder – bei dem Opa!"

„Sie haben uns sehr geholfen, Herr Kowalewski" sagte Adam. „Vielen Dank. Nehmen Sie doch bitte Platz, damit wir uns in aller Ruhe unterhalten können."

Kowalewskis Besuch war verabredet. Einen ersten Artikel enthielt bereits die *Bruchsaler Rundschau* vom Tage, aber in knapper Form, nur mit den wesentlichen Fakten. Der ausführliche Bericht sollte in der Wochenendausgabe folgen.

Das Interview verlief in freundlicher, fast geruhsamer Atmosphäre. Es herrschte kein Zeitdruck. Ausnahmsweise waren es nun die Polizeibeamten, die Fragen beantworteten, und das wurde als angenehme Abwechslung empfunden. Lena und Weber besorgten Kaffee, und Kowalewski wollte nicht glauben, dass es Kaffee aus dem Automaten war, denn er schmeckte so vorzüglich. Adam holte seine geheime Gebäckdose aus dem hintersten Winkel seines Schreibtischs, die Dose mit dem Weihnachtsdekor, die aber frischgebackene Kekse enthielt, und legte jedem ein einzelnes Gebäck vor. Dann besann er sich, griff noch einmal in die Dose und gab jedem noch ein zweites Stückchen. Anschließend wurde die Dose fest verschlossen und verschwand.

Die kurze Störung durch das Telefon wurde kaum wahrgenommen. Adam sprach wenig. Er murmelte ein paar Mal „Ja. – Richtig. – Ja." Seine Miene blieb unbewegt. Zum Schluss sagte er nur: „Ist gut" und legte auf.

Sie studierten Kowalewskis Fotos von der Baustelle in der Huttenstraße und suchten unter den alten Bildern von Volker Kästel, die seine Schwester zur Verfügung gestellt hatte, ein passendes aus.

„Warum musste ich eigentlich das Bild mit der Sonnenbrille suchen?", fragte Kowalewski.

Adam kam seinen Kollegen mit einer Antwort zuvor. „Die Brille ist nicht wichtig, sie war nur typisch für Schneiders Geschmack", sagte er schnell. „Erwähnen Sie sie nicht. Das wirkt albern in dem großen Geschehen."

„Wie Sie meinen. Ich werde auf die kriminalistische Kompetenz der hiesigen Polizei abheben. Gab es sonst an dem Bild etwas Besonderes?"

„Der Golfschläger war zu sehen, die Tatwaffe", erklärte Adam. „Der Anblick hat Schneider völlig aus dem Konzept gebracht. Übrigens ist es nicht ganz korrekt, den Golfschläger als Tatwaffe zu bezeichnen. Es war nämlich so, dass schon der erste Fußtritt an die Schläfe tödlich war. Die anschließenden Hiebe mit dem Golfschläger, auch diese wiederum tödlich, wären gar nicht mehr nötig gewesen."

„Ein gewalttätiger Mensch! Dabei wirkte er so bürgerlich. Aber welch eine Art zu sterben für einen Fußballer! Ein Fußtritt! Das kann ich doch verwenden, oder? Ich muss nur aufpassen, dass es nicht zu melodramatisch wird."

„Da fällt mir gerade dein Kollege Martin Lang ein", sagte Lena. „Ich wundere mich, dass er nicht auch schon hier aufgetaucht ist. Überlässt er dir also bereitwillig die Berichterstattung?"

„Martin ist gestern Abend nach Paris geflogen. Sie wissen sicher, dass dort heute eine großartige Konferenz beginnt, und zu diesem Anlass haben die BNN natürlich einen erfahrenen Journalisten geschickt."

„Weiß Lang überhaupt, was hier in Bruchsal geschehen ist?"

„Er war in Eile." Kowalewski lächelte. „Ich habe vergessen, es ihm zu sagen."

*

„Warum willst du das mit der Brille nicht in der Zeitung haben, Adam?“, fragte Lena.

„Hm. Das ist so eine Sache. Da hat sich etwas ergeben.“

Etwas am Ton seiner Stimme ließ die andern aufhorchen.

„Gestern Nachmittag, während wir Schneider verhörten, war Schmitz bei den Ratzels und holte die Sonnenbrille. Anschließend ging er damit durch die Geschäfte, um herauszufinden, wo Schneider seine Brille hatte anfertigen lassen. Es sah nach einem langweiligen Job aus.“

„Und?“

„Bei dem ersten Optiker hatte er noch kein Glück. Schneider war dort nicht Kunde. Der Mann hat ihm aber freundlicherweise erklärt, dass es sich bei der Brille nicht um ein individuell geschliffenes Modell handelt, sondern um eine normale Sonnenbrille.“

„Wir haben es also falsch interpretiert, dass der Junge die Augen zusammengekniffen hat, als er die Brille aufsetzte. Er konnte schlecht sehen, aber nicht weil die Brille geschliffen war, sie war nur einfach zu groß für ihn. Trotzdem seltsam. Schneider ist doch Brillenträger!“

„Es kommt noch etwas. Der dritte Optiker hat die Brille erkannt. Sie ist ihm bei einem Einbruch letztes Jahr gestohlen worden.“

„Wie bitte?“

„Ich erinnere mich“, sagte Lena. „Der Dieb hatte damals versucht, die Kasse aufzubrechen, was ihm aber nicht gelang. Darum hat er ein paar wertvolle Brillen mitgenommen, und zwar Sonnenbrillen, weil man die am leichtesten weiterverkaufen kann.“

„Sie wollen doch nicht sagen, dass Schneider eine gestohlene Ray-Ban trug!“

„Dazu kommen wir noch. Der Einbrecher ist ein alter Bekannter, er wurde vor kurzem in Mannheim gefasst. Ein Teil des Diebesgutes, auch noch aus anderen Einbrüchen, konnte sichergestellt werden. Die Kollegen waren immer der Meinung, er müsse einen Komplizen gehabt haben, aber er hielt dicht. Jetzt wissen wir es besser.“

„Oliver Ratzel war der Komplize“, sagte Weber.

„Ja. Er hat eine der Brillen für sich behalten, weil sie ihm gefiel. Die Mondbrille, mit der er im Viktoriapark herumulkte.“ Adam öffnete seine Schreibtischschublade und entnahm eine Plastikhülle mit einer Sonnenbrille. „Das ist Ollis Brille. Eine Ray-Ban, schick und luxuriös, ganz nach Ollis Geschmack. Sein Neffe Kai möchte sie gern zurückhaben, aber da wird der Optiker noch ein Wörtchen mitreden wollen.“

„Und Schneiders Brille?“

Adam nahm eine zweite Hülle aus der Lade. „Das ist die hier. Eine Armani. Wenn man die beiden Brillen nebeneinander legt, sieht man den Unterschied. Ollis Brille hat grüne Gläser und einen tiefschwarzen Rand, der leicht schimmert. Schneiders Brille ist eckig, etwas kleiner, der Rand ist dünn. Die Gläser sind für seine Sehstärke geschliffen. Und außerdem sind sie nicht einmal grün, sondern dunkelgrau. Das kann man auf dem Bild der BNN nicht erkennen."

Niemand sagte etwas. Adam hatte die beiden Brillen aus ihren Hüllen genommen. Nun lagen sie nebeneinander, aus der Nähe unverwechselbar.

„Ich fass' es nicht", flüsterte Lena endlich.

„Woher haben Sie Schneiders Brille?"

„Schmitz hatte einen Geistesblitz. Er erkannte die Zusammenhänge und ging vom Optiker, der seine gestohlene Brille wieder erkannt hatte, direkt zu Frau Schneider, um sich diese Brille hier aushändigen zu lassen. Schneider hat sie nicht verloren, er hat sie nicht liegen lassen, nichts dergleichen. Sie war auf dem Telefontischchen im Flur, wo sie immer ist."

„Wir lagen total daneben mit unserer Theorie", sagte Weber. „Aber sie hat doch funktioniert!"

Betzke schüttelte langsam den Kopf. „Mir fehlen die Worte."

„Nein, ich fass' es nicht", wiederholte Lena.

„Ich bin sicher, dass etwas auf dem Foto in der Zeitung Schneider bis ins Mark erschüttert hat", sagte Weber. „Wenn es nicht die Sonnenbrille war, was war es dann?"

„Ich habe heute morgen das Bild einfach Schmitz und Krämer mitgegeben und sie noch einmal zu Schneiders geschickt. Sie sollten alles mitnehmen, was abgebildet ist. Das vorhin am Telefon war Schmitz. Ich denke, wir sollten ihn für eine Beförderung vorschlagen."

„Adam, bitte, mach's nicht spannend! War es einer der Golfschläger?"

„Nein, den hat er wohl abgewischt."

„Sicher findet man trotzdem noch Spuren."

„Was war es dann? Adam! Bitte!"

„Die Schuhe. Es waren die Schuhe, die Schneider auf dem Bild trug. Die Schuhe, die er auch trug, als er Olli ermordete. Als er das Bild sah, ist ihm eingefallen, dass er sie noch zu Hause stehen hat. Sie sind oberflächlich geputzt worden, aber Schmitz sagt, man könne mit bloßem Auge die Flecken auf dem linken Schuh erkennen. Schneider hat schon immer mit dem linken Fuß gekickt."

„Und ich dachte, das wird heute ein langweiliger Tag", stöhnte Betzke.

„Jetzt müssen wir nur noch herausbringen, wie der Daumenknochen in Ollis Jackentasche kam", meinte Weber.

„Dieses Geheimnis hat er wohl mit ins Grab genommen. Finden wir uns damit ab. Sonst noch etwas?"

„Ich hatte die Idee mit der Sonnenbrille", sagte Adam kopfschüttelnd. „Das war ein fürchterlicher Irrtum."

„Macht nichts", sagte Lena. „Selbst mit falschen Theorien fängst du Mörder. Ich glaube, du bist ein bisschen genial."

28

Die feierliche Einweihung von Betzkes neuem Haus, auch Housewarming Party genannt, fand am 5. Dezember statt. Ein Bruchsaler Party-Service lieferte unzählige Tabletts, die im Wohnzimmer auf noch nicht ausgepackten Umzugskartons aufgebaut wurden. Den einzigen vorhandenen Tisch brauchte man für Teller, Gläser und Flaschen. Die Organisation lag in den Händen von Lore Adam, die Magherini und Schmitz dirigierte, während diese wiederum Aufträge an untergeordnete Beamte weitergaben. Sitzgelegenheiten fehlten, da die Stühle mit Geschenken bedeckt waren.

Lenas Geschenk war „Das große badische Kochbuch".

Adam stand mit Lena und Weber am Treppengeländer im ersten Stock und blickte auf das wilde Treiben hinab. Alles war schön chaotisch.

„Das ist ein wunderbares Haus", sagte Bärbel Brecht, die auf der Treppe saß. „An sich hätte Frau Betzke auch die Schneider-Villa kaufen können, aber die war wohl doch eine Nummer zu groß. Das hier passt besser zu ihr."

„Die Schneider-Villa heißt jetzt wieder Villa Simon", belehrte Adam. „Übrigens wird sie nicht verkauft, das war nur mal so ein Gerücht. Frau Schneider will weiterhin dort leben. Es ist ja ihr Elternhaus."

„Ich habe gehört, sie wird ihren Namen ändern und wieder Simon heißen."

„Könnte ich verstehen. Sie hat sich tapfer gehalten, angesichts der fürchterlichen Lage, in der sie sich befindet. Das wird allgemein anerkannt. Eine Weile hat sie sich kaum sehen lassen, aber inzwischen spielt sie sogar wieder Golf."

„Weiß man, wer der geheimnisvolle Liebhaber ist, mit dem sie sich beim Golf trifft?", wollte Brecht wissen.

„Erstens ist es aus, und zweitens ist er nach wie vor unbekannt."

„Adam!", rief Lena. „Deine Frau weiß doch sicher Bescheid! Hast du sie mal gefragt?"

„Hm. Sie meint, es sei ein junger Ingenieur der Firma Schneider."

„Das klingt sehr wahrscheinlich. Carolin Schneider hat sich schon immer für die Mitarbeiter der Firma interessiert."

„Jedenfalls sind sie nicht mehr zusammen. Das weiß jeder."

„Wie geht es Vanessa? Ist sie tatsächlich sitzengeblieben?"

„Nein, sie hat es doch noch geschafft." Lena lächelte verschmitzt. „In Französisch bekam sie Unterstützung durch einen Freund der Familie. Martin Lang hat sich um sie und ihre Mutter gekümmert. Bekanntlich hat er mehrere Jahre in Paris gelebt und spricht sehr gut Französisch. Die drei sind anscheinend ständig ins Elsass gefahren, um einzukaufen, zu essen oder einfach nur Ausflüge zu machen. Ob Vanessa dabei wirklich viel Französisch gelernt hat, wage ich zu bezweifeln, aber es hat ihr auf jeden Fall Selbstvertrauen gegeben."

„Moment mal. Heißt das, Lang und Carolin Schneider – ?"

„Sieht so aus. Das ist offenbar der Typ, den sie schätzt: Ehrgeizlinge, die ihren Konkurrenten übel mitspielen."

„Aber Lang ist doch kein Mörder!"

„Nein, das nicht", beeilte sich Lena zu versichern. „So weit würde er nicht gehen. Sollen sie glücklich werden!"

„Wer sind denn die drei da unten?" Adam wies mit einer Kopfbewegung auf eine attraktive Blondine, die an Marylin Monroe erinnerte und alle Blicke auf sich zog. Auch ihre Begleiter, der eine mit glänzendem, zurückgekämmten Haar, der andere mit gepflegtem Vollbart, sahen wie Filmstars aus. Die drei waren in ein lebhaftes Gespräch mit Staatsanwalt Huber und Drogenfahnder Heißler versunken.

Weber grinste. „Das sind Betzkes Freunde von der Pathologie. Man hat sie sich irgendwie anders vorgestellt, nicht wahr?"

„Betzke, Betzke! Immer nur Betzke!", sagte eine Stimme hinter ihnen.

„Schöne Party, Frau Betzke", sagte Weber unsicher.

„Betzke hier, Betzke da, ich kann das nicht mehr hören. Ich heiße Marion, merkt euch das gefälligst!"

„Ja, Marion", sagte Lena artig.

Weber und Adam brauchten länger, um das Gehörte zu verkraften.

„Seht mal, wer kommt denn da?", fragte Betzke erstaunt.

Ein gut gekleideter Herr mittleren Alters in Anzug und mit geschmackvoller Krawatte war gerade eingetroffen. Er trug ein Gebinde in Plastikfolie vor sich her.

„Ich glaube, das ist – Na, so eine Überraschung!" Betzke ging die Treppe hinunter und begrüßte den Neuankömmling.

„Liebe Frau Betzke, ich wollte Sie zu Ihrem neuen Heim beglückwünschen und Ihnen alles Gute wünschen!" In der Plastikfolie leuchtete eine Orchidee.

„Sehr nett von Ihnen, Herr Maier. Ist das ein Friedensangebot?"

„Nein, nur ein Waffenstillstand. Wenn der Prozess beginnt, werde ich Sie und Ihre Aussagen aufs Heftigste attackieren. Ich liebe es, wenn man mir widerspricht, sonst wird es mir langweilig. Deshalb bin ich Anwalt geworden."

Über dem allgemeinen Geräuschpegel hörte man ein paar Mal „Ruhe! Ruhe jetzt!" aus verschiedenen Ecken, und als es etwas leiser wurde, ertönte eine tiefe Stimme: „Von draus vom Walde komm ich her!"

An der Haustür stand ein Weihnachtsmann.

Die Partygäste lachten fröhlich und verstummten. Entgegen der allgemeinen Erwartung fuhr der Weihnachtsmann jedoch nicht mit seinem Gedicht fort, sondern begann plötzlich zu singen. „Mein Traum, das Haus zwischen den Birken – “ Er hatte wirklich eine sehr angenehme Stimme.

Man hätte fast meinen können, Betzke sei gerührt. Sie faltete die Hände und ließ den Sänger nicht aus den Augen. „Das Haus zwischen den Birken, mein Traum, mein Traum!“ lautete der Refrain.

„Es gibt hier weit und breit keine Birken“, sagte Weber leise, „aber immerhin hat sie vor, einen Obstbaum zu pflanzen. Was ist das für ein Lied? Klingt nach einem modernen Musical.“

„Ich glaube, ich weiß, wer das ist“, flüsterte Lena.

Weber lachte. „Adams Schwiegersohn, wenn ich nicht irre.“

„Er ist nicht mein Schwiegersohn“, erklärte Adam.

„Wie nennst du ihn dann?“

„Ich nenne ihn Paulchens Papi.“

„Wisst ihr eigentlich schon“, begann Lena, „dass Adam einen Enkelsohn hat?“

„Ich glaube, ich habe davon schon einmal gehört.“ Weber grinste.

„Einmal?“, rief Bärbel Brecht von der Treppe. „Dass ich nicht lache! Hundert Mal! Man kann nicht behaupten, dass er ein Geheimnis daraus macht!“

„Mimi Schweikert hat eine Tochter bekommen“, sagte Adam nachdenklich. „Es fällt mir gerade nicht ein, wie sie heißt – “

„Sie heißt Claudia. Und Mimi Schweikert heißt Miriam Berger.“

Adam hörte kaum hin. „Das wäre ein Mädchen für unseren Paul, was meint ihr?“

„Lewskis haben auch ein Mädchen. Das ginge auch“, sagte Lena. „Und dann wäre da noch die Tochter meiner Freundin Silke Schlindwein – du weißt schon, sie ist aus Karlsdorf.“

„Wie schön, dass er Auswahl hat“, sagte Adam.

„Ihr seid total verrückt“, erklärte Weber.

Als der Weihnachtsmann seine Darbietung beendet hatte, zog er seine rote Mütze hoch, wobei auch gleich der Rauschebart davonflog. Ein junges Gesicht kam zum Vorschein, ein strahlendes Lächeln und kurze dunkle Locken. Er ging auf Betzke zu und küsste ihr die Hand. Für einen Weihnachtsmann war das ein äußerst ungewöhnliches Benehmen.

„Wie heißt er? Rob Walter? Ich weiß wirklich nicht, was du gegen ihn hast“, meinte Lena. „Das ist ein freundlicher junger Mann, und er singt sehr schön. Er ist viel netter, als du anfangs geglaubt hast.“

„In dieser Richtung sind meine Ermittlungen noch nicht abgeschlossen“, sagte Adam.